内藤康生——山の小説集

岩壁に舞う

ピッツ・バディレ北東壁

目次

〈初出一覧〉

黒部白竜峡　『市民文芸ふじのみや28号』二〇〇〇年度佳作
雁坂峠　季刊『山の本』（白山書房）二〇〇五年秋～二〇〇六年春号連載
遠野の一夜　『市民文芸ふじのみや29号』二〇〇一年度市民文芸賞
ケルンの墓　季刊『山の本』（白山書房）二〇〇七年春～夏号連載
残　照　『市民文芸ふじのみや38号』二〇一一年度市民文芸賞
岩壁に舞う　季刊『山の本』（白山書房）二〇一三年春～秋号連載

黒部白竜峡

須藤邦夫は、巨大な岩山を見上げて立ちつくしていた。岳人から〝岩と雪の殿堂〟と呼ばれる剣岳。切り立った尾根を突き上げる灰褐色の山体は、近寄りがたい風貌をしていた。頂上を覆った霧《ガス》が流れると、時おり夕日を浴びた頭頂部がかいま見える。強風が吹き荒れているらしい。

「戦国武将が鎧かぶとで完全武装したような山だな……」

と須藤は独りごちた。対岸の剣山荘《けんざんそう》にはもう最前から灯がともっている。立山側の台地に建つ剣沢小屋の前で、須藤はもう長い時間俊険な岩山に目を奪われていたのだった。

「夕食ですよ」という声を耳にして、一つ身震いをして須藤は小屋にもどった。食堂の壁は、古い写真や絵画で埋められていた。あの新田次郎や八千草薫、それに山のエキスパートたちのセピア色に古びた写真。それらは古い伝統を持つこの山小屋ならではのものだった。

須藤と、相棒の深見久作は夕食をすますと、ストーブで暖められた談話室に陣取った。五、六人が本や写真集を広げ、山の話に熱中していた。その中に一人、若い女が混じっていた。二十二、三位だろうか。中年のガッシリした体躯の男と、写真集を広げなにやら話し込んでいる。聞くともなく、二人の会話は耳に入ってきた。その男はプロのカメラマンであるらしく、山の写真の撮りかたを講義している様子だった。

「主役はあくまで剣岳だが、脇役が大事なんですよ。脇役は雲であり、光であり、また花であれ何でもいいのです。心に感じるものを表現するのです」

女は今朝、扇沢からの一番のトロリーバスに乗り合わせ、室堂までのロープウェイの駅でも見かけていた。一人で山に来たらしかった。須藤と深見は一の越から立山三山を越えて剣沢に入ったのだが、彼女は須藤たちが到着した午後三時にはすでに小屋に到着していたから、最短路の別山乗越《のっこし》を越えて来たのにちがいない。

「『私の名山』の表紙の写真にあこがれて来たんですよ」女が言った。「私もその場所に立って、あんな写真を撮ってみたいんです」

それは仙人池に映る八ッ峰を撮影したもので、『私の名山』は最近出版されたばかりの季刊誌だった。男はＴ・Ｈというプロのカメラマンであることを名乗り、「あれは私が撮った写真《もの》です。じつは今回も剣の写真を撮る為に、昨日まで一週間、仙人池ヒュッテに滞在していたのです。しかし若い身空でよく一人で来たものですね。登山の経験はどれくらいあるの？」

「ハイキング程度です」

女は二つ三つ、過去に登ったという山の名前を言った。いずれも日帰り程度の山だった。

「仙人池まで入るとすると、下山は黒部の谷に降りて下《しも》の廊下を溯るか、欅平に出るしかない。いずれも崖道の難路ですよ。自信はあるのですか」

写真家氏が案ずるように言う。

「内心は心配なのです。帰りのキップを買ってしまったので、どうしても下の廊下を通って黒部ダムへ出たいのです」

「ぼくたちと同じコースだけど、下の廊下は危険ですよ」

横から深見久作が口をはさんだ。深見は以前、下の廊下を経験している。彼は、別山谷出合や白竜峡を通った時の様子を話しだした。アルコールが入っているので饒舌になっている。暫く山の話がはずんだ後、写真家氏が言った。

「この人たちにくっついて行くといい。いずれにしても一人では危険だよ」

「いやぼくたちも年令《とし》が年令ですから、若い人の足には追いつけませんよ」

須藤が謙遜気味に言った。が、本音はパーティーを組んだ場合の万一の責任を回避することにあった。

「さあ明日があるから、早めに寝ようかな」

須藤は切り上げるように言って座を立った。

二階の角の部屋が須藤と深見に与えられた部屋だった。十月も紅葉には少し早く、ウィークデーでもあるので泊まり客は少なかった。十五、六人はいたろうか。ほとんどが須藤たちと同じ中高年の客だった。

須藤は布団にもぐり込んでみたが、今日越えてきた立山三山のことなど思いだして、なかなか寝つけなかった。縦走の間、稜線で三時間ほども強風に吹かれたろうか。剣沢に逃げ込むと嘘のように風が萎え、雷鳥の親子がのんびりと這松のなかで遊んでいた。

いつの間に布団に入ったのか、深見の寝息が聞こえはじめた。悲鳴のような風の音が小屋のすき間に鳴っている。須藤はふと剣岳を見たくなって起き出してみた。

窓からのぞくと、狭い闇の空は星屑で埋めつくされ、剣岳の巨大なシルエットが魔王のように天を突いていた。

小屋の前の闇の中に、佇立する人影が見えた。先ほどの若い女だった。すらりとした細身の背を見せて、寒空に剣岳に見入っている。何を考えているのだろう。ふと、後ろ姿が笙子に似ているな、と須藤は思った。笙子は彼が最近まで交際していた女である。

「変わった娘だな……」須藤は声に出さずに呟いた。

＊

剣岳と、剣御前の稜線を朝日がモルゲンロートに染めた。剣沢はまだ薄墨の底に眠っている。

早朝からいくつものパーティーが出発していった。

須藤邦夫と深見久作も、後を追って剣沢に向けて下降を始めた。剣沢は例年より雪渓が少なく、やせていた。流れの上にブリッジ状になった雪渓の上を歩くのは危険であった。ルートは渓を避けて、岩場を高巻いていた。

女性混じりのパーティーを二つほど追い越すと、前を昨夜の若い女が歩いていた。軽快な足取りだったが、ロープのつけられた一枚岩の岩場では少し怖い様子で、ロープにしがみついて時どきスリップしている。

「もっとロープから体をはなして！」

深見久作が見かねて声をかけた。岩から体を離さないと足元が見えず、よけいにスリップするのだ。女は「はい」と素直に深見の指示にしたがった。

深見は小柄だがガッシリした体躯で、山も歩きなれている。須藤より五つ年長で、たしか今年五十三の筈であった。須藤にとって、人の良い深見はだれよりも敬愛する友であった。若い時分一緒に山に登った仲だが、結婚後はお互い子育てで山を離れていた。山登りを再開したのは、子育ても一段落した最近である。

去年は二人で念願の剣岳を登った。今回は「須藤に黒部川の十字峡を見せたい」という深見の誘いに、喜んで応じた山行だった。それに須藤には、山で日頃の悩みやストレスを洗い流したいという思惑もあった。彼の山行には、時折そうした不純な動機が作用する。

対岸に平蔵谷、源次郎尾根が突き上げ、その向こうに八ッ峰の岩陵が屹立している。ところどころ、緑の山肌が紅や黄に染められている。

雪渓を渡って左岸沿いの道になるともう雪はなかった。女はカメラを周囲に向けたりしながら、須藤たちにつかず離れずついて来た。

広い河原の真砂沢ロッジに着いた。五、六人の登山者が憩っていた。須藤と深見も小憩をとることにした。だいぶ汗ばんでノドが渇いている。

「熊を見ませんでしたか」

中年の男が話しかけてきた。

「見ませんが……。居るのですか」

須藤が驚いた顔で言うと、

「あの辺りに新しい糞がありました。小屋の人に聞いたら時々出るそうなんです」

傍らにいた女が、大きな目を見開いて顔を青ざめさせた。

「大丈夫だよ。むこうが避《よ》けてくれるよ」

深見が水筒の水にノドを鳴らしながら、笑って言った。

汗がひいて出かけようとすると、女の姿が見えなかった。

「水でも汲みに行ったんだろう。べつにパーティーを組んだわけでもないんだから」

と、深見は気にせず、さっさと歩き出す。道は右岸に、左岸にと渡り返す。女が追いついて来た。左岸の岩に鎖や針金が取り付けられたヘツリが続いた。

「おい、須藤。彼女を真ん中にいれてやれよ」

先を行く深見が声をかけた。一つのパーティーなら未経験者を間に入れるのは山の鉄則である。そこから三人は一つのパーティーとなって進んだ。違和感はなかった。

左から流れ込む北股の鉄製の吊り橋を渡った河原で、三人は昼食にした。この橋はシーズン終わりに仙人池ヒュッテのシンパたちによって撤去されることを、後で知った。雪崩に流されてしまうからだそうだ。

「東京から来たの？」

握り飯をほおばりながら深見が聞いた。短い髪が自然にウェーヴし、今どきの娘にしては髪も染めていない。都会的な瀟洒さと素朴さが混在している娘だな、と須藤は思った。

「はい。世田谷に一人で住んでいます。郷里は静岡の方ですけど」

須藤と深見の住む町から一時間ほどの、清水市の出身だという。その偶然から急に親しみが増し、二人

が名乗ると、

「仲昌美です」

と、素直な答えが返ってきた。

「女優のような名前だな。二十歳《はたち》ぐらい？」

深見がぶしつけな質問をする。

「久《キュウ》さん。女性に年令《とし》を聞くもんじゃないよ」

須藤が口をはさむと、

「そんなに若く見えますか？　そんな若い時もありました。それより〝久さん〟て、面白いですね」

須藤が深見に〝久さん〟と呼び掛けるのが面白いといってケラケラと笑った。根が明るい性格らしい。

笙子もこんな風に笑うことがあった……。須藤はまたしても仲昌美に笙子の面影を重ねている自分に気がつく。

「二人とも楽しそうでいいですね」

「いや、これでけっこう悩みが多いんだよ」

須藤は少し憮然として言った。次から次と起きてくる悩み事を忘れるための山行でもあった。その中にはむろん、笙子との別離を癒す目的も含まれていた。

「さあ、あと二時間半で仙人池ヒュッテに着く。頑張ろうぜ」

深見が立ちあがった。

剣沢を離れ尾根に取り付くと、最初から急な登りが続いた。樋状に崩壊した箇所では、両足をふんばり、木の根につかまってよじ登る。

「雨でも降ったらたちまち川になってしまいそうだな」

深見が言った。須藤はかつて北八ッで、急に増水した登山道で危うく流されそうになった場面を思い出した。

高みに出ると、左に断崖が北股の谷に向かって落ちこんでいた。対岸の谷の上部に三の窓の雪渓が光り、恐竜の背のような八ッ峰に雲霧がまつわりついている。いつの間にか剣岳を裏から眺める位置まで来ていた。

仲昌美は息を呑んだように、額に汗を浮かべた横顔をみせて、断崖の上に突っ立っていた。その顔が蒼白に見えた。須藤は、彼女が前のめりに舞ってしまうのではないかという錯覚にとらわれ、思わず、

「飛び込まないでくれよ」

と、声をかけた。夢から覚めたように振り向いた彼女は、

「私、自殺願望はありませんから……。でも、すごい山ですね」

とため息を吐くように言って、こわばった笑顔を見せた。

仙人池ヒュッテに着いたのは、二時すぎだった。剣岳から派生するなだらかな尾根上の、池畔にある古い山小屋だった。冷えたビールを買って、小屋の前の池畔に出た。思ったより小さな池に、逆光の八ッ峰と紅や黄に色づいた木々が映っている。アマ写真家たちがズラリと三脚を並べてシャッターチャンスを

待っていた。越えて来た立山は遠く霞んで、頂に雲がかかっていた。

「これが有名な仙人池か。仲さんのあこがれたところだね。まあ、われわれもだが――。ともかく乾杯しよう」

深見久作が言い、須藤と仲昌美もいっせいに缶のフタを抜き、乾杯した。

「有り難うございました。とうとう来ましたね」

仲昌美が嬉しそうな笑顔を見せた。


仙人池ヒュッテは古い建物だが、面倒見のいいアットホームな雰囲気の山小屋だった。小屋主の老婦人は自らを「おばば」と呼ぶ。この山域では有名な存在らしく、この日もNHKの富山局から取材に来ていた。

「じいちゃんは去年の十二月に往ってしまったんよ。里にいる時も、山でも、いつも一緒に居《お》って、もう空気みたいな存在《もん》じゃった。じゃが居なくなってしまうと、なんか空気が無《の》うなってしまったような……」

問わず語りに、おばばはとりとめのない話をする。夕食の席でも客たちの世話をやきながら、とくに若い仲昌美が気に掛かるらしく、

「若いのによう一人で来たもんじゃ。黒部の谷は危険じゃで、男衆《おとこし》に従いていった方がええ」

と、わが孫娘を案ずるていであった。須藤と深見はもうビールで顔を赤くしていた。仲昌美もけっこう

イケる口らしく、頬を染めている。

「夕方電話をかけていたね。彼氏にラブコールでもしていたの？」

深見がからかい気味に言う。北アルプスでは電話も通じるようになったらしい。

「はい。そうです」

彼女は以外にあっさり認める返事をした。

「なぜ一緒に来なかったの？」

さらに深見が追及すると、

「彼は山好きなんですけど、会社が忙しくてヒマが無いんです」

と言い、すっかり彼らに打ち解けた様子でポツリポツリと話した。

彼女は、須藤も聞いたことのある大手の食品会社を、自己都合で退職したばかりだという。例の『私の名山』の表紙の写真に魅せられて、その山に行きたいと彼に相談したところ、「君なんかにはとても無理」と相手にして貰えず、反発心から黙って出かけて来てしまったという。

「彼に電話で『今、仙人池ヒュッテにいる』と言ったら驚いていました」

と、彼女は肩をすくめてひょうきんな笑顔を見せた。が、須藤は、彼女の笑顔のうらに、ふと陰がさしたような気がした。

夜半、屋根を打つ雨と風の音で、須藤は目ざめた。やはり昨日、立山や剣の頂を覆っていた雲は、天気のくずれる前兆だったのだ。明日は朝日に輝く裏剣を見るどころか、池の平の散策もかなうまい。深見もやはり眠れないのか時々寝返りをうっている。仲昌美も他の女性たちとの相部屋で、眠れずにいるのだろうか……。須藤はますます強まる風雨の音を聞きながら、いつの間にか笙子のことを考えていた。

笙子とは行きつけのスナックで知り合った。彼女は商事会社に勤めるOLだった。常連客として二、三度顔を合わせるうち挨拶を交わすようになっていた。ある時、深酒で悪酔いする彼女を諌めるうち、失恋したと告白された。どう慰めたらいいのか分からず、好きな山の話などして話題をそらすうち、笙子は山に登りたくはないが山を見たいと言い出した。

須藤は笙子と夜叉神峠にドライブし、残雪に輝く白峰三山を見せた。彼女は違う世界に来たようだ、と言った。志賀高原にも行った。北アルプスの連嶺が夢のように白く浮かんでいた。芽吹き始めた白樺林の中で、須藤は笙子を引き寄せ、唇を重ねた。

それから須藤にとっては、夢遊病者のような、地に足がつかない五年の月日が過ぎた。

夏も終わろうとしていたある夜、ホテルのベッドにいた。笙子は背中のきれいな女だった。長い髪がその背中に似合った。愛し合ったあとの気怠さから、髪を愛撫しながらついウトウトと眠ってしまった須藤は、突然の息苦しさに飛び起きた。笙子が彼の上にのしかかって首を締めていたのだ。彼女の顔は涙でグシャグシャに濡れていた。

それが別れの合図だった。いつの間にか、須藤も笙子も、真剣にお互いを愛し合うようになってしまっていたのだ。その不倫の苦しみから須藤を救ったのは笙子の方であった。彼に「さよなら」を言った時の笙子は、その決意を示すかのように髪を短く切っていた。

＊

朝、風はおさまったが雨は降り続いていた。小屋では停滞組と出発する者が半々だった。朝食後、須藤と深見は出発の準備をした。明日の行程を考えるとどうしても阿曽原まで行っておく必要があった。黒部川に向けて下るだけの半日行程である。

「可愛い娘を連れてっておくれよ」おばばが朝から世話をやく。

「大した雨じゃないから、阿曽原までなら大丈夫じゃろう。雨具はどうかな」

と、仲昌美の服装を点検し、

「帽子が無いときれいなお顔が濡れちまうで。どれ、この帽子をかむっていきな」と、奥から真っ赤な鍔広の帽子を出してきた。

「なに、お客の忘れ物《もん》じゃ。ちゃんと洗濯してあるから大丈夫よ。忘れ主も喜ぶというもんじゃ。おお、なかなかお似合いじゃよ」

と仲昌美に被せ、雨具のフードまで被せてやっている。

「気ィ付けてな。よろしゅう頼みますよ」

おばばの声を背に、三人は昨日と同じく仲昌美を間に挟んで、雨の中に飛び出した。

山道は小さな流れになっていた。増水した沢をいくつも横切って行く。仲昌美は器用に石から石へ飛んで、後ろから行く須藤も心配することもなかった。黒部の谷は霧の底に埋まっていた。山腹のそこ此々に、増水した沢が滝を落としている。

中腹の仙人小屋の軒先で雨を避けて休憩した。雨の中に温泉が湯気を立てている。仙人池ヒュッテを出て二時間が経過していた。雨中の歩行で、三人とも山靴とズボンの裾が泥にまみれていた。

「私、初めてです、こんな山深いところ……。一人だったらとても歩けません」

仲昌美がため息をついて言った。が、始めてのアバンチュールを楽しんでいる風でもあった。

「でも、なかなか足の運びがいいよ。運動でもしてたの」

須藤が聞くと、

「会社の陸上部にいたんです。でももう走れなくなって……。それで会社を辞めたんです」

仲昌美の白い横顔に憂いの影がよぎるのを見て、須藤はそれ以上聞くのをやめた。ＡＢ食品の女子マラソンといえば、素人の須藤でも知っているくらい有名だった。

(彼女は何かを悩んでいる。その何かを忘れるために山にきたのでは……) 須藤の脳裏をそんな思いがかすめた。

「須藤さん――」

仲昌美が、なにか思い詰めたような顔を彼に向けた。深見は用足しにでも出かけたのか、いなかった。

「須藤さんは、奥さん以外の女の人と交際したことがありますか？」

突然の彼女の質問に、須藤は狼狽した。つい先日別れたばかりの笙子の面影を、彼はまだ引きずっている。彼女は、須藤の様子に何かを感づいたのだろうか？　……彼が重い口を開こうとしたところへ、戻ってきた深見がザックを背負って声をかけた。

「さあ、あと二時間で阿曽原だ。ビールと温泉が待ってるぞ」

阿曽原温泉小屋には正午過ぎに着いた。プレハブの簡易小屋であった。大量の積雪による雪崩の危険のため、シーズン終わりには解体してしまうという。雨は小止みになっていた。黒部川の水音はここまで聞こえてこない。

「おばばから、娘が行くから頼むと電話があったよ」

頑健でいかにも山男といった風貌の小屋主が、大声で言った。おばばはそこまで心配してくれていた。

「ひと休みしたら、温泉に入ってくるといい。女性が先。そのあと交替でね」

テキパキと指図する主人は、中年のさっぱりとした気性と、人の良さを感じさせた。

昼食を済ませて仲昌美が温泉に向かった。須藤と深見はビールを飲みながら明日のことを話し合った。雨だったら深見を説得してでも一日停滞しよう、と須藤はひそかに考えていた。無理をすることはない。黒四ダムまで八、九時間もかかる行程である。二人とも会社では中堅の役職にあったが、久し振りの休暇を一日余分にとってきていた。

「もう三十分も経つから上がって来るだろう。妙齢のご婦人だから声をかけてやって」

小屋主の声で、須藤と深見は霧雨のなか露天風呂に向かった。道は黒部川にむかってジグザグに下っている。

「ずいぶん降りるんだね。熊でも出そうだな」

先に行く須藤が言う。硫黄の匂いがして、湯けむりが見えた。

「おーい。行っていいかい」

須藤が声をかけて角を曲がったとき、プール状の湯槽から湯気が上がっているのが見えた。と、その湯槽から今しも上がったばかりの仲昌美が、脱衣場のトンネルに向けて駆けて行くところだった。湯気としずくを滴らせた、すんなりと引き締まった白い肢体が、周囲の緑の中に鮮やかに浮かび上がった。

「久さん、待った。今、上がったばかりだ」

須藤はあわてて深見を制止した。それから五分ほども二人は立ったまま、息をひそめて待った。

「お待ちどおさま。あんまり気持ちがいいのでついウトウトしてしまいました」

仲昌美は上気した顔で、はにかんだ笑顔を見せて小屋へ戻っていった。

湯温は少し熱かった。霧雨が顔を濡らした。

「極楽だな……」

タオルを頭にのせて首まで浸かった深見が、ごきげんな声で言った。

須藤は湯槽の縁に体を預けたまま、対岸の山肌にぼんやりと目を向けていた。山肌の緑に、色付き始めた紅が散っている。が、彼の目には何も映ってはいなかった。彼の脳裏に先ほどの残影が残っていた。その仲昌美のうしろ姿は、いつの間にか笙子のそれに変わっていた。山肌の緑のスクリーンに向かって、笙子の白い裸身が、映画のスローモーションのようにゆっくりと駆けて行く。

＊

須藤と深見は昨日と同じく仲昌美を間に挟んで、S字峡に差し掛かっていた。いよいよ下の廊下の核心部に入る。須藤に緊張感が走った。脚下二百メートルにS字形に曲がった流れが見下ろせた。左岸の垂壁に穿たれた日電歩道は延々と続いているかに見えた。

昨夜屋根をたたいて心配させた雨は、今朝は上がっていた。阿曽原小屋を六時に出発してから、途中いったん仙人ダムのある川底に降り、再び登り返して二時間が経過していた。この深い峡谷にはまだ陽は射してこなかった。

「墜ちたら助からないからね。針金にしっかりつかまって、——三点確保だよ」深見が注意を促しながら先を行く。深見は「下の廊下では死人は出ても、怪我人は出ない」と、道みち言っていた。次の半月峡を見下ろす頃はもう緊張感はとれていた。仲昌美も蒼い流れを見下ろししきりに感激している。

川底が浅くなってきた。右から勢いよく流れ込む奔流に釣り橋が架かっていた。渡り終わって、深見がどっこいしょとザックをおろした。

「十字峡だよ。今、渡ったのが剣沢だ」

一昨日途中まで下降した剣沢が、ここに流れ込んでいた。十字峡の全容を見るには少し下降しなければならないという。三人はカメラだけ肩に、十字峡を見おろす岩場に降りた。ゆるやかな本流の流れに、左岸から剣沢が滝をかけ、対岸からは棒の沢が白い飛沫を上げて落ち込み、十字を為している。磨かれたような周囲の岩壁と、深翠の流れは、神秘的な色彩を帯びていた。

よく登山家は、理想の女性を好きな山を背景に立たせたい、という。今、意を別に、仲昌美がこの風景に似合っているな、と須藤は思った。彼女は岩の上に立ったまま、茫然と流れを見下ろしていた。

「先が長いから出かけるよ」

深見が声をかけると、仲昌美が虚を衝かれたように振り返った。

「あの、私、もう少し写真を撮りたいんですけど……。後から追いかけます」彼女は遠慮深げに言い、

「わがままを言って本当にすみません。お蔭でだいぶ自信もつきましたし、一人で歩いてみたいのです。陽のある内にダムまで行けると思います」

須藤は仲昌美の歩きぶりに格別不安は感じなかったものの、何かひっかかる思いがした。昨日、仙人小屋で中断した会話が頭に残っていた。彼女は何かを話したかったのに違いない……。が、あれから二人きりで話す機会を失していた。

しかし所詮は行きずりの同行者である。無理に彼女の行動をしばることは出来なかった。深見も心配そうな面もちだったが、諦めたのかこまごまとした注意を彼女に与え始めた。

「ダムまではすべて右の岸沿い（左岸）に道があるから迷うことはないが、あと四、五時間はかかるから余りゆっくりは駄目だよ」

「本当にありがとうございました」

「またどこかで会おう。気をつけてね」

深見と須藤は少し心を残しながらも、二人になるとにわかに身軽になったように先を急いだ。

頭上に岩が庇のようにのしかかる岩場に差しかかった。川幅は四、五メートルにも狭まり、脚下に白濁した奔流が渦巻いて、岩を噛んでいた。白竜峡であった。往時は黒部川そのものを白竜峡と呼んだという。電源開発される以前の黒部が秘境であった頃、急流が岩を噛み、蛇のようにうねりながら延々と日本海に流れ込む様《さま》をいったものだろう。

（人の一生もこの川の流れのようなものだろうか）流れを見下ろして須藤は思った。（激流にもまれ、あるいは淵に澱み、曲がりくねって、やがては「死」という海に流れ込む――）

上流から五、六人のパーティーが来た。足場の良い所で彼らを待ち、聞くと、昨夜黒四ロッジに泊まって早朝出かけて来たという返事だった。

「すると一番のトロリーバスでやって来る登山者は一時間ほど後になる。その前に白竜峡を抜けてしまおう」

深見が言った。この狭い岩棚で擦れ違うのは危険であった。昨日の雨と黒部ダムの放水で水かさが増していた。須藤はあとから来る仲昌美が気掛かりになった。ここで転落でもしたら激流にもまれ岩に激突して、助かるすべはないだろう。

白竜峡を抜けた別山谷の出合に着くと、河原にダムから来た二、三人が休息していた。十一時を回っていた。須藤と深見もほっと一息つき、弁当を広げた。

「以前通った時、ここは雪に埋まっていて、だいぶ高巻きさせられたよ」

深見が遠い記憶をたどって言った。

出合から上もヘツリは続いた。中年の男が降りて来た。

「阿曽原までまだ余程ありますか」と問う。

「そうですね。まだ半分ほどですよ」深見が答えると、

「こんな岩場がまだ続くのですか？」

と、不安そうに聞く。浅黒い顔は須藤と同年配か少し下に見えた。

「まだ序の口ですよ」

深見が答えると、彼は大きくため息をつき、ていねいに礼を言うと、おぼつかない足取りで去っていった。

「おい見たか。マラソンで履くような運動靴を履いていたよ。スリップしなければいいが……」

すこし離れてから深見が言った。精悍な風貌のわりに山なれていない感じに、須藤にも見えた。

また一人やって来た。今度は長身の若者で、日焼けした顔に目を光らせて、いかにも山男という風貌であった。深見と須藤が身をよけると、危なげない足取りで風のように去っていった。その後は二人組に出会っただけであった。

流れの上に土砂で汚れた万年雪がブリッジ状に残っていた。その上に新雪がくると、この谷はもう通行

不能になる筈であった。

谷は次第に開けて、蒼空の下に後立山の稜線が見えてきた。平凡な谷歩きになると疲れが出て、二人はゆっくりと歩いた。

黒部ダムの下に着いたのは午後三時少し前だった。最後の四十分ほどの急坂を上りきると目の前にトンネルが口を開けていた。トンネルの向こうには、観光客でごったがえす駅の雑踏が待っているだけであった。

「終わったな……」

深見も疲れたのか、息をついてダムの底を見下ろしている。ダムから放水された大量の水が飛沫を上げて落下している。

川底の丸木橋の向こうに人影が見えた。赤い帽子は仲昌美のようであった。少し離れてもう一人、男がいた。須藤はふと、別山谷の出合いの上で会った長身の若者を連想した。しかしその男が引き返してくる理由もなかった。

須藤と深見が手を振ると、赤い帽子が手を振り返した。やはり仲昌美であった。須藤は内心心配していただけに安堵して、

(さようなら。おかげで良い山行だった。元気でね)そんな思いを込めてもう一度大きく手を振った。

＊

「またしても中高年の遭難、黒部峡谷で転落死」

須藤がその記事を目にしたのは、山から帰った翌々日であった。テレビのニュースでも報道された。遭難したのは森本裕二、四十四才、東京のAB食品会社の課長で、女子陸上部の監督を兼務している。単独で山に入ったらしく、正午前、下の廊下の白竜峡で男が転落するのを見たという匿名の電話で捜索したところ、仙人ダム付近で死体を収容した。

遺された奥さんの談話によると、登山は今まで余り経験はなく、今回も北ア方面に行くとだけ言い残して、急に旅立ったという。例によって中高年や単独登山の無謀を否難する識者の論評が、続いて掲載されていた。

須藤が衝撃を受けたのは、転落した日時が彼と深見が白竜峡を通過して間もなくだったことと、遭難者が勤務するAB食品が、仲昌美が退職したばかりの会社であったからだ。しかも女子陸上の監督といえば、仲昌美もその監督の下で直前まで選手をしていた筈ではなかったか。

偶然にしては出来過ぎである。

須藤はふと、別山谷出合の上で出会った中年の男が遭難した森本裕二ではないかと思った。そういえばマラソンで履くような運動靴を履いていた。そうだとすると下流から来る仲昌美とちょうど白竜峡付近で出会う筈であった。選手と監督が峡谷の難所でハチ合わせする――そんな偶然が有りうるだろうか。

須藤の脳裏にもう一人の男の影が浮かんだ。中年の男から数分遅く、あたかも誰かを追うように、急ぎ足で通り過ぎた若者である。須藤は、黒四ダムの下に仲昌美が到着した時、少し離れた後ろにいた男が、その若者に似ていた事を思い出した。

もし彼が仲昌美のボーイフレンドであったとしたら？　監督と選手とボーイフレンド、彼らに三角関係のトラブルがあったとしたら？　そしてすれ違いに困難な白竜峡ではさみ撃ち、何らかの力が真ん中の男に加わり、いや加えられ、激流に真っ逆さまに転落したとしたら……。流れに翻弄され、岩に激突して、万に一つも助からないだろう。須藤の疑惑は黒雲のように膨らんでいった。

その一方で、あの仲昌美が何かの作為をするような女には思えなかった。かの山好きの作家F氏も言っているではないか。「山に事件《ドラマ》などない。だから山を舞台に小説は書かない」――と。

深見ともその後何度か会ったが、彼は遭難した男が運動靴の男だろうという疑いは口にしたが、仲昌美と結びつけること自体気がつかない風であった。以後、その話題が二人の間に上ることはなかった。

このところ須藤は久し振りにわが家に帰った思いがしていた。長男も長女も東京に下宿して、それぞれの学校に通っていた。須藤の浮気にもとんと気付いてはいなかったらしい妻は、以前となにも変わらぬ様子だが、笙子と別れて空虚な気持ちの須藤の方が、なにか妻と二人きりの生活に戸惑いを感じていた。

年も押し詰まって、仕事に追われる日々が続く十二月の中頃であった。須藤のもとに一通の封書が届いた。裏を返すと仲昌美の名前があった。住所は書いてなかった。便箋三、四枚に、きれいな女文字がびっしり埋められていた。

前略　須藤様

お元気にお過ごしの事と思います。早いもので、あの剣沢から黒部峡谷への山旅から二か月が経ちました。あの三日間、足手まといだったでしょうに、嫌な顔もせず私の面倒をみて頂き、本当にありがとうございました。

実際、須藤さんと深見さん、それに山小屋の親切な人たちに出会わなかったら、私一人では到底あのコースを踏破できなかったと、今も感謝しております。行く先々の岩場も怖かったし、真砂沢ロッジで熊が出る話を聞かされた時は、もう一人で山を歩く勇気を喪失していました。

それなのに十字峡ではあんな我がままを言ってごめんなさい。ほんとうは一人で行くのは怖かったのですが、もういい年齢《とし》をしてそろそろ世の中を人に頼らず一人で歩かねば、というような思いもあったのです。それともう一つ、実はそれが本当の理由なのですが、ある人と途中で会うという目的があったのです。もうお気付きかと思います。初めから申します。

山で一部お話ししましたが、私はAB食品の森本監督の下で中距離ランナーとして指導を受けていました。監督は温厚な方ですが、こと練習に関しては大変厳しい人でした。実業団駅伝で、上位入賞を狙うという陸上部の方針からいって当然の事です。私も一時期は調子もよく良い成績を残せたのですが、しばしばスランプに陥り、その都度監督から厳しく叱責されたり、慰撫されたりしました。

そうした事はどの選手にもある事ですし、女子陸上の監督はそうした事に対応出来る厳しさと、女性の気持ちを慮ることの出来る人が選ばれるのです。森本監督は人望もあり、かつてオリンピックの予選で惜敗したほどの、根性と優しさを合わせ持った方でした。

詳しい経過は申せませんが、私が長いスランプに悩んでおりました今年の冬ごろから、私と森本監督は恋に墜ちてしまったのです。最初は父親に対するように甘えていた監督を、ある時好きという感情で慕っている自分に気が付きました。監督も同じだったと思います。娘のように思ってくれていた私を愛してしまったのです。

愛されることの晴れがましい日々と、悶々と悩む日々が交互に私に訪れました。監督には奥様と小学校六年になる男のお子様がいらっしゃいます。許されない恋をいつか精算しなければならない事は分かっていました。

ある日、会社の山岳部でチーフリーダーをつとめる久慈岳史に私は呼び出されました。彼には二、三度日帰り登山に誘われて連れていってもらった仲です。山登りに不慣れな私を二番目に入れ、先頭を歩く彼を頼もしく感じました。でもそれ以上の感情は持っていませんでした。

その彼に呼び出された喫茶店で、森本監督との仲を詰問されました。

「なぜ、貴方に関係のないそんなことを聞くの!?」

不意をつかれた私は、動揺が顔に出てしまっていたと思います。心とうらはらに私は感情的なもの言いになっていました。

「君を以前《まえ》から好きだった。だからぼくには君と森本課長の仲が、只事には思えない。黙っていられないんだ」

と、久慈さんは怒った顔で言うのです。それから二、三度彼と逢いました。監督と別れなければと悩む私を、助けてくれる救世主のようにも思えたのです。

そして森本監督に逢い、「お別れしなければ」と胸の内を伝えました。しかし私の気持は決してふっ切れてはいませんでした。

「離婚を考えている。君を忘れられない……」

監督は思い詰めた目をして言いました。

そんなある日、私は書店で目にした『私の名山』という雑誌の表紙の写真に魅かれました。あの仙人池に映る裏剣の写真です。私は無性にその仙境のような場所に立ってみたくなったのです。それを久慈さんに言うと「君の行ける場所じゃないよ」と一笑に付されました。

その久慈さんへの反発と、森本監督への思いから逃れたくなった私は、会社へ辞職願いを提出し、翌日には北アルプスへ向けて旅立っていたのです。

室堂から剣沢までハイキング気分で入った私は、目の前に聳立する剣岳に圧倒されました。この凄絶ともいえる岩山があのように美しく池に映っていたのだろうか。そして剣沢から仙人池に登る途中から見た三ノ窓雪渓と八ッ峰、仙人池に映っていた裏剣、それらは私のモヤモヤを吹きはらってくれる素晴らしい自然の彫刻でした。

ふっ切れた思いがしました。今度こそ再出発できる。そう確信した私は仙人池ヒュッテから東京へ電話しました。森本監督は私のいる場所を聞いてびっくりしていました。そして私の話をさえぎり、明日からの私の日程を聞き質すと、「阿曽原小屋で待て。迎えに行くから」と言って電話を切ってしまいました。

思いと違った展開に困った私は、次に久慈岳史に電話していきさつを話しました。彼は「下の廊下は危険だから同行者から離れないように」と言いました。須藤さんと深見さんのことを話したからです。そして「自分もそちらに向かいたいが休みが取れるかどうか分からない。とにかく課長とはきっぱり話を付けるように」と言い、「課長の気持ちが分からない……」と憮然とした声を残して電話は切れました。

私はあの十字峡の目の覚めるような景観を見下ろした時、心の洗われるような感動をおぼえました。そして此処で真心を込めてお話しすればきっと監督もわかってくれる、そう確信しました。「阿曾原小屋で待て」という監督の言葉に従うことは、またずるずると監督との関係を続けることのように、私には思えました。もう自立して人生を歩むことを宣言するのに、この動と静が調和したような十字峡は、格好の場所に私には思えたのです。

須藤さんたちが行ってしまうと、静寂の中に滝の音だけが響いていました。傍らに白い可憐な花が揺れていました。大文字草でした。飛沫に濡れたその小さな花は、今の私のように心細げに見えました。

私はしだいに不安になってきました。監督は来ないかも知れないという考えが頭をもたげてきました。もしやって来たら行き会った場所でお話しすればいい――そう思い直して須藤さんたちの後を追うことにしました。

そして白竜峡に差し掛かりました。足下に激流が渦巻いていました。必死に針金に縋って行くと、岩陰から森本監督の姿が現れました。私たちは最も危険な場所で出会ってしまったのです。話し合う場所ではありませんでした。

「監督、ダムまで行きましょう」

私は水音に逆らうように叫びました。

「なぜ阿曾原小屋で待たなかったんだ！」

監督も怒鳴るように言いました。

その時です。思いがけない久慈岳史の姿が、監督の後ろの岩陰から現われたのです。彼は大声で何か叫びました。

その声に驚いた監督が、後ろを振りかえった時です。監督の背負っていたザックが岩の出っ張りにぶつかり、同時に彼の足は濡れた岩にスリップして、大きくバランスを崩していました。手を差し出す余裕はありませんでした。何かにすがりつこうと両手をもがくような格好で、監督の体は激流の中に吸い込まれて行きました。

必死で監督の姿を眼で追っても、流れは私を威嚇するかのように、轟々と渦巻いているだけでした。

そして――

泣き叫ぶ私を、一旦安全な別山谷の出合まで誘導した久慈さんは、「監督を捜さなければ」と興奮する私を、「助けるのは無理だ。ダムまで行って通報するしか方法はない」と説得しました。

泣きじゃくる私を先導しながら彼は、

「十中八九、課長は助からない。その場合、君も僕もこの黒部には居なかったことにするのだ。課長は一人で山に来て、遭難したのだ。奥さんの悲しみは、君との事が表面に出た途端、憎しみに変わる」と、冷酷に言い放つのです。

後で久慈さんから聞いた話では、急きょ休暇を取った彼は、扇沢からの一番のトロリーバスに間に合わず、二番のバスでダムに入り監督の後を追ったのです。そして白竜峡で私と監督の姿を認めた時、二人が言い争っているようにみえて、思わず「待て！」と叫んだそうです。

黒部ダムから匿名で通報したのは久慈さんです。途中で会った二人組にも仙人ダムか、阿曾原小屋への通報を頼みました。

翌日、仙人ダム付近で発見された監督のご遺体は、ヘリコプターで黒部市に運ばれ、車で東京の奥様の元に帰ってきました。そして通夜、葬儀と、もろもろの行事《こと》が夢の中の出来事のように進んでいきました。もちろん私も教え子の一人として焼香しました。

すべてが終わった今、久慈さんの説得の意味がようやく私にも分かってきました。監督の奥様は最愛の夫を亡くした悲劇の未亡人であり、森本監督は傑出したスポーツマンとして多くの人に惜しまれました。

森本監督は私が殺したようなものです。須藤さんはどうお思いでしょうか。

あの時、私より前《さき》を行った須藤さんと深見さんは、途中で森本監督とも、そのあとを追って来た久慈さんとも出会っていたと思います。

黒部ダムの下に着いた時、私の後ろにいたのはもちろん久慈さんです。ダムの上で手を振ってくれた須藤さんと深見さんに、私は懸命に手を振りました。いろんな思いが錯綜して、混乱してしまっていた私は、三日間いっしょに旅したお二人に、胸中を訴えたい気持ちでいっぱいだったのです。

でもそれは久慈さんが許さなかったでしょう。もうこれでお二人に永遠に逢うことはないだろうという思いに駆られて、涙でかすんでしまった私の目には、お二人の姿はおぼろにしか映っていませんでした。

――もうこれ以上書けません。

深見さんにくれぐれもよろしくお伝えください。さようなら――。

＊

仲昌美からの手紙を読み終わった須藤は、大きく息を吐いた。そしてたとえ一時でも彼女を疑ったことを恥じた。遭難した森本裕二という中年男の哀れさが、他人《ひと》ごとには思えなかった。彼自身が若い笙子への煩悩から抜け出たばかりであった。

仲昌美と久慈岳史、そして森本裕二、みなそれぞれの思いを胸に黒部峡谷に入り込んだ。そして白竜峡で出会う。

（いや、森本裕二という男は一人で山にやってきた。そして足を踏み外して遭難したのだ）

「山に事件《ドラマ》などなかった……」

と、須藤は一人呟いた。彼は、泣きながら手紙を書いていたにちがいない仲昌美を想像した。その真剣な表情は、別れを言ったときの笙子の顔と重なって見えた。

（笙子も、仲昌美も、中年男との泥沼の恋を脱して、――いや、それから生じた悲しみをのりこえて、真

摯に人生を生きようとしている）

須藤の胸中を、苦い悔恨の思いが通り過ぎた。仲昌美は、恋した森本裕二に近い年齢の、山で偶然出会った須藤に何らかの助言を求めようとしたのではなかったろうか。それにしては、彼はあまりに無力な中年男でしかなかった。

彼は二か月前の、あの楽しかった四日間の山旅を思い起こした。深見久作と仲昌美と、三人で歩いた山や渓谷には、もう厳しい冬が訪れているだろう。彼は、あの仙人池や十字峡を、そして白竜峡、——それらすべてを白一色に埋めつくして、そこを通り過ぎた人間どもの業《ごう》を消し去ろうとでもするかのように、深々《しんしん》と降り積もる雪の情景を、思い描いていた。

（了）

雁坂峠

1

小型天幕《テント》の中で、久藤竜彦はふと目が覚めた。何かが近付く気配がする。

傍らの寝袋からは、秋元康史のかすかな寝息が聞こえている。その寝息が、彼を揺り起こそうとした、久藤の手をとめた。草原を擦るような足音は次第に近づいて、すぐそこに迫っていた。突然、天幕が明りに照らされた。

彼が天幕の入り口を開けたのと、足音の主が二、三メートル先に足を止めたのと同時であった。不意に電灯が消され、辺りは闇に包まれた。黒い影がそこに立ちすくんでいる。その影も、思わぬ場所に張られた天幕と人の気配に驚いたようであった。

瞬時の沈黙の後、久藤は思い切って声をかけた。

「今晩は。……どなた……」

影は、「うっ！」とうめくような野太い声を発したかと思うと、天幕の脇をすり抜け、逃げるように走り去った。大柄な影は、声から推して男のようであった。

「どうした!?」

傍らから、気配に驚いた秋元の声が上がった。

「うん、男が通り過ぎた。変な奴だ。返事もせずに逃げてった。……今何時だ？」

秋元が枕元の電灯を点け、腕時計を覗いている。

「二時十分前だ。今時分誰だろう。登山者だったか？」

久藤はまだ胸の動悸がおさまらずにいたが、天幕の窓から顔を出して、男の去った方角を探った。月は雲に隠れて、星がちらほら見えたが、ほとんど闇に近かった。取り乱したような足音は、まだかすかに聞こえていた。

「いや、よく分からなかったが、荷物《ザック》は背負ってなかったようだ。それにしても……」

男は峠の方から降りて来て、村の方角へ下って行った。この真夜中に何の用事があるというのだろう。それから二人はあれこれ推論を交わしたが、もうとうに去ってしまった足音の主を、特定できよう筈もなかった。

「熊でなくて良かったというものだ。もう一《ひと》眠りしようぜ」

秋元が寝袋のチャックを締める音がして、再び元の静寂が戻った。風もない静かな夜だった。

久藤は眼を瞑ってみたが、なかなか眠れなかった。それでなくても彼は山ではよく眠れない性質《たち》である。

先刻の男の事は頭から追い払って、一昨日からの山行を思い起こしてみた。二人は笛吹川東沢を溯行し、昨夜は上流域の河原で野営した。鬱蒼とした原始の森にくい入る峡谷の情景が、彼の脳裏に蘇った。芽吹き始めた眩いばかりの新緑、明るい花崗岩の河床を音もなく流れる清冽な流れ、いくつもの滝が藍色の深い釜に落ちていた。

瀑の音が耳についてよく眠れなかった翌日、渡渉を繰り返し、残雪を踏んで稜線に出た。甲武信《こぶし》ケ岳に登頂し、木賊《とくさ》山、破不《はふう》山、雁坂嶺と縦走して、昨夜テントを張った雁坂《かりさか》峠に至ったのだった。

雁坂峠は、山梨と埼玉を結ぶ海抜二千八十二メートルの峠である。埼玉側は深い原生林に覆われていたが、山梨側は明るい笹の草原が開けていた。

「ここにテントを張ろう」

峠を下り始めたとき、秋元が草原を指して言った。秋元は行動的で、明るい性格である。いつも行動を決めるのは彼であった。久藤は口数が少なく、どちらかというと優柔不断なところがある。

この気持ちの良い草原で、一泊することに久藤に異存はなかった。かなり疲労がたまっていたし、もう三時を回って、日のあるうちに里に行き着ける時間ではなかった。

「良い渓谷《たに》だったな……」

飯盒でコーヒーを湧かしながら、秋元が言った。遡行した東沢のことである。二人は、残り少ない食料をごちゃまぜにしたオジヤの夕食で、満腹していた。

「うん、良かった。田部重治の紀行文どおりだった。……次は西沢へ入ろうぜ」

昨日からの行程に満足して、ハイな気分の久藤が言った。天幕の外はもう闇に包まれていた。

「おい、おい、ずいぶん飛躍するじゃないか。西沢は踏み跡も無い難所なんだぜ。おまえはおとなしそうな顔をして、言うことはいつも大胆なんだよな」

「いや、おまえと一緒なら何処でもやれるような気がする。北鎌でも、バットレスでも……」

久藤が、秋元の淹れてくれた米軍放出のコーヒーを啜りながら言った。中には残飯が浮いていたが、彼らにとっては最高のご馳走だった。北鎌は槍ヶ岳の北鎌尾根、バットレスは北岳の胸壁のことである。

しばらく山の話が続いたあと、映画の話題に移っていった。

「石原裕次郎の『錆びたナイフ』見たか？」

「うん、見た。裕次郎もカッコいいが、なんか軽い気がするね。それに比べてアラン・ドロンの『太陽がいっぱい』、あれにはシビれたね。俺たちの心情を代弁してくれるような……。ラストシーンが凄かった」

東京ではここ数年安保反対の嵐が吹き荒れていたが、山に熱中する久藤と秋元には無縁な世界だった。

こうして山の夜は更けていった。久藤は、昨夜秋元との会話など思い返しながら、いつの間にか眠り込んでいた。

翌朝、二人はテント場を後に、下山にかかった。昨夜の男のことはもう忘れていた。前方に靄の上に浮かぶ富士山と、右手に南アルプス北部の山々が白く連なっていた。重畳と重なる山並みの底に、集落の屋根が光るのが見えた。それがふと久藤に、めったに帰らない富士山の裾野の郷里と、野良で働く母の姿を思い出させた。

「山ばかり行ってないで、将来の事も少しは考えんと」と、口癖のように言っていた母の声が聞こえたような気がした。彼は山の行き帰りに麓の集落を通るのが苦手であった。畑で働く農夫たちの姿を見ると、なぜか罪悪感のようなものに苛まれるのが常だった。

久藤竜彦と秋元康史は、共に今春、東京のジャーナリスト専門学校を卒業したばかりの、新社会人であった。久藤は小さな出版社の編集部員、秋元は中堅商事会社の営業マンであった。卒業してからも、山という共通の趣味、というより、山への熱病のような憧憬が二人を結んでいた。

先を行く秋元が立ち止まった。

「何か光ってる！」

と、左の崖下を指差し、キスリングをその場に下ろすと、岩を伝って下りて行った。（相変わらずマメな男だ……）久藤は苦笑して、秋元の好奇心には付き合わず、前方の山に目を奪われていた。彼の視線を釘付けにしたのは、笛吹川の右岸に突乞と特異な岩峰をもたげる天狗岳であった。

日本山岳会によるマナスル登頂後、若者の間に登山ブームが続いていた、昭和三十六年四月三十日の朝まだきのことである。

2

久藤竜彦は、中央線の塩山駅を出た午後のバスに揺られていた。いかにも田舎のバスといった小型の車体の中は、四、五人の客が乗っているだけだった。バスは笛吹川の橋を渡って、右岸沿いの道を走った。前方に天狗岳の峻峰が迫っていた。黒々とした背後の山並みに比して、その鋭角の頂は目立っていた。

この雁坂みちとも呼ばれる秩父往還は、笛吹川沿いに、三富村の天科までバス道が通じている。その先は最奥の集落広瀬を通り、細々とした岨道となって奥の東沢に向かうが、支流の久渡《くど》沢沿いの道を右へ折れると、雁坂峠への山径が続いている。

雁坂峠は山梨と埼玉の県境にある、日本三大峠の一つとも言われる、古い峠である。日本武尊が東征の折に越えたという伝説もあり、彼《か》の武田信玄も北条との戦に、何度も越えたという。峠の先は大滝村を経て秩父市に通じている。

往昔、峠を往来するのは日常の一部だったろう。が、交通機関の発達した現在、山深い峠は忘れ去られた。雁坂峠もその例にもれず、今は時折ハイカーが訪れるだけの静寂境であった。

久藤はバスに揺られながら、その峠近くにキャンプした夜を思い出していた。

(あれから八年になるか……)彼は指を折った。あの時は秋元康史と二人だった。確か峠から少し下った草原に天幕を張った。(——俺も秋元も若かった。俺たちはまだ人生のなんたるかも解らず、いや考えようともしないで山ばかり追っていた。今、彼が生きていてくれたら……)

秋元康史はその年の冬、北岳で雪崩に巻き込まれて死んだ。久藤の脳裏に、その時そばにいながら彼一人を死なせてしまった悔恨が、また蘇ってきた。

バスは左折し、笛吹川に流れ込む支流の岩清水川沿いの、未舗装の狭い道に入った。この支流の奥の山懐にある、岩清水という三十戸ばかりの集落が、今日の久藤の目的地だった。山梨県三富村字岩清水、天狗岳の登山口である。今日の久藤は雑誌『山と草原』の取材が目的だった。

杉並の小さなビルの三階にある社を出るとき、編集長の三隅の言った言葉が、彼の頭の隅に残っていた。

「いいか。一泊料金を出すなど、我が社にとっては痛い出費なんだ。しっかり取材して貰わないと困る。だいたい君は社の方針を理解していないふしがある。日頃の君の山行も、『山と草原』の日帰り、精々一泊二日の山旅の紹介という方針に合致しないものばかりじゃないか」

と、いつもの苦言を交じえた前置きの後、

「岩清水という集落に清水屋という古い旅館がある。なに、旅館という程のものでもない、時おり登山者や釣り師の泊まる寂れた宿だが、君も知っていると思うが、昔、小暮理太郎や田辺重治といった山の先達が泊まった由緒ある宿でもある。その折世話したおかみ、いや今はもう八十八才のおばあさんだが、健在だそうだ。息子を戦争で失い、嫁さんにも先立たれ、今は孫の嫁さんが世話しているらしい。彼女の話を聞き、記事にしてくれ。出来れば美人で評判だという孫の嫁さんを山に引っ張り上げて、天狗岳をバックに写真を撮るんだ。ついでに中腹の山小屋の取材も頼む」

と三隅は欲張りな注文を並べ立てた。

秋元の死後、久藤は彼らが夢見ていた先鋭的な登山は諦めたが、それでも三日、四日と休暇をとっては、単独で縦走や渓谷遡行を繰り返していた。編集長の苦言には、久藤の夢中になっている危険な山域を、ハイカー相手の月刊誌、『山と草原』で紹介して、遭難でもされたら困るという理由も含まれていた。久藤が休暇願を出す度に編集長は皮肉を言ったが、彼の山の知識を重宝してもいた。

橋を渡った先の、バスが転回できるほどの広場が終点だった。山峡《やまかい》の渓流に沿って民家が点在し、その周囲に猫の額ほどの畑地や林があった。清水屋はその広場の脇にあった。背後に天狗岳の新緑の眩い尾根が迫っていたが、頂上の巌はここからは見えなかった。

硝子に「清水屋」と書かれた玄関の戸を音を立てて引くと、二十四、五と思われる細身の女が前掛けを外しながら久藤を迎えた。編集長の言った〝美人の嫁さん〟であろう、面長な顔立ちに憂いを帯びた眼が印象的だった。地味な感じの和服姿がしっとりとした雰囲気を醸している。

久藤が名刺を渡して挨拶すると、

「編集長さんからお電話を頂いていています。なんでも昔の事をお聞きになりたいとか……。のちほどおばあちゃんに話して貰いますので。まずはお寛ぎ下さい」

と愛想よく二階の一室に案内する。

「美人の若おかみと聞いて来ましたが、想像と違いました」

久藤がザックを部屋の隅に置きながら、さりげなく言った。久藤にしては大胆な物言いであった。

「あら、美人だなんて……。どう違いました？」

「いや、もっと華やかな女性を想像していたので……」

と久藤は、屈託ない笑顔を見せた嫁さんとは逆にしどもどろになって、顔をあからめた。

「ところで……、清水屋さんというのは土地の名前から付けられたのですか？」

「はい。それもあるのでしょうが、実はうちは清水という名字なんですよ。おばあちゃんは清水とめ、夫は……栄治、私は深雪《みゆき》と申します」

久藤は彼女が夫の名を言う時、少し言いよどんだのに気づいた。心なし顔を曇らせたようにも感じた。

「今、お茶をお淹れしますが、階下《した》で宜しいでしょうか。おばあちゃんは足が悪くて階段を上がれないんです……」

深雪が話を逸らすように言った。

清水とめは台所に隣り合わせた居間にちょこんと座って、なにやら繕い物をしていた。

「ようお出でられました。わしはもう老齢《とし》で、物忘れがひどくてのう。深雪に世話にばっかなっとって、何の役にも立たんじゃが、お迎えが来んことにゃ向こうへも行けんでのう」

と穏やかな笑顔を見せた。白髪と、小さな顔に刻まれた深いしわが、彼女の歩んだ長い人生を想わせた。

「おばあさん、明治の何年生まれですか？」

「わしゃ何年じゃったか……確か十五年じゃったかのう」

「そうよ、おばあちゃん。いつもそう言ってるでしょ」

お盆にお茶を運んで来た深雪が横に座って言った。久藤は手帳を取り出して、本来の質問に移った。

戦前の有名な登山家たちの名が老婆の口から次々と出てきた。彼らは塩山駅から歩き、一泊後、天狗岳、さらに奥山へと向かったという。とめは往時を思い起こしながら、断片的なエピソードを懐かしそうに語るのだった。

「小暮さんや田部さんはもうお老齢《とし》で山へは来られんと聞いたが……。深田さんはまだ達者でおられるじゃろか」

「まだお元気でヒマラヤなんかのご本を書いておられます」

久藤は深田久弥氏に会った事はなかったが、氏は『山と草原』が時折原稿を依頼している老登山家である。久藤も若い時分は、彼の著書『わが山々』という文庫本をいつもポケットに忍ばせて愛読していたものだ。いわば久藤には雲の上の人と言えた。小暮理太郎と田部重治は、深田氏よりも更に以前に活躍した山のパイオニアたちである。

「大変貴重なお話を有り難うございました。おばあさんの記憶力の良いのに驚きました」

「替わりに、最近の事はみんな忘れてしまいますがな」

とめはそう言ってにこやかに笑った。

「ところでおばあさんは生まれもこの岩清水ですか？」

「いや、わしの生家は山の向こうじゃよ。栃本ですじゃ。深雪の実家の近くですて」

「……？」

久藤が意を解しかねているのを察して深雪が解説してくれたところによると、老婆の郷里は雁坂峠の向こう、大滝村の栃本で、深雪の郷里も同地区だというのだった。

「昔のう、山を越えて嫁に来たんじゃ」

「えっ、歩いてですか？」

「そう、昔はの、こっちの衆《し》はみんな峠を越えて三峯《みつみね》さんや秩父観音へお参りしたし、向こうからは繭を背負って塩山の市に運んだりしたもんじゃ。今は電車があるで、だれも歩いて峠など越えん。向こうとこっちじゃ交際《つきあい》もままならなくなってしもた」

老婆は久し振りに聞き手を得て嬉しかったのか、さらに話し続けた。

「深雪はわしと違うて、電車で来たけんどの。わしの生家と二丁と離れぬ山本さんの一人娘じゃったが、あの不幸で天涯孤独になってしもうての。おまけにわしの馬鹿な孫に嫁いだばっかりにもう一つ不幸を背負ってしもた」

「おばあちゃん！」

深雪が脇からとめの饒舌を止めようとしたが、遅かったようだ。久藤も返す言葉が見つからず、黙った。

その時、玄関の戸が開く音がした。訪問者は案内を請うでもなく、ずかずかと上がり込んで来た。

「おお、ばあちゃんも深雪もここに居ったか……。客人かな？」

太い声の、大柄な中年男であった。髭のそり跡の濃い野性的な風貌に似合わない派手なネクタイに背広を着込んでいた。

「新家の義兄《にい》さんです」

深雪が男を久藤に紹介した。久藤が名刺を差しだして挨拶すると、男も懐から分厚い財布を出して、普通より大きめの名刺を出した。久藤は男の名刺の文字を目で追った。三富村村会議員、清水土建社長、清水石材社長、三富村開発推進委員長とずらりと肩書きが並んだ後に、清水太一郎とあった。

深雪の補足したところによると、清水太一郎はとめの亡くなった夫の弟の孫であるという。住家は近くだが、事務所や工場は村の中心部に在るらしい。

「太一郎は出世頭だでの」

とめが目を細めて言った。

「ほんと、私もお世話になりっ放しなんですよ」

横から深雪が言った。

「いやあ、なに、時おりの集まりに旅館を使ってやるくらいしか、わしにゃ出来ん。そういえば次の日曜日も集会がある。よろしく頼むで」

「何の集まりでしょう?」

「まだ発表は出来んが、T県知事になって岩清水にもいよいよ開発の波が来そうなんだ。あの踏跡もなかった西沢に遊歩道が出来、山一つ向こうの昇仙峡にはロープウェイがかかって客が急増しとる。雁坂隧道の計画はなかなか進まんが、広瀬のダムの計画は順調に進んどる。皆の気持ちを一つにすればこの岩清水も観光開発の恩恵に浴するというもんだ。わしは皆の為にこの僻地を一大観光地にしたいんだ」

「なにか具体的に計画でもあるのでしょうか?」

「ここには天狗岳や岩清水渓谷という素晴らしい自然がある。これを開発して活かせば、わんさか客が押し寄せるというもんだ。これはわしの私案の段階だが、渓谷に遊歩道、天狗岳にロープウェイというのも一案だ」

「でも、せっかくの綺麗な自然が壊されてしまわないでしょうか」

久藤は清水太一郎と深雪のやりとりを聞きながら、心の中で嘆息していた。彼は八年前、秋元と笛吹川東沢を遡行したあと、踏跡のない原始のままの西沢の遡行を計画していた。ところが秋元の遭難死で頓挫している間に、西沢渓谷には手摺りのつく遊歩道が開発され、瞬く間に観光地に堕してしまっていた。

「私見を申し上げてよろしいでしょうか?」

久藤が遠慮気味に横から口をはさんだ。

「雁坂隧道は地域の発展に必要なものかも知れません。広瀬のダムも自然の景観とマッチするよう配慮した岩積《ロックフィル》ダムで、下流の水源の確保や、田畑を潤すのが目的と聞いています。それは是非やってほしい開発ですが、渓谷道やロープウェイは取り返しのつかない自然破壊に結び付くのじゃないでしょうか」

清水太一郎が、何を言うのかと言わんばかりに眼をむき、久藤をにらんで言った。

「君たちのように一度通り過ぎるだけの登山者に、地元の事は分からんよ。わしらは村の経済や、過疎対策に必死なんだ」

久藤は傍らで息を呑んで見守る深雪を意識して、それ以上反論するのを控えた。太一郎は、深雪に日曜日の酒や食事の手配を指示すると、久藤に向き直って、

「明日は晴れそうだ。良い登山を楽しんで下さいや」

と一転、いかにも政治家らしい如才なさを見せて、帰って行った。

「悪い男でないんだが、強引なとこがあるでのう、太一郎は……」清水とめがボソリと言った。「気に掛けんで下さいよ」

「いえ、それより明日深雪さんに途中まで登って頂きたいんですが……。天狗岳をバックに写真を撮りたいんです」

「あら、私なんかモデルに無理ですわ。それより私、蕨採りに行っただけで、天狗岳には途中までしか登ったことがないんです。でも、先程《さっき》の義兄さんの話を聞いて頂上を見たくなりました。連れてって頂けますか」

久藤はおとなしそうに見える深雪が、自然に対しても謙虚な気持ちを持つ女性であることを確信した。

3

翌早朝、深雪が夜のうちに案内役に頼んだ森田久作がやってきた。特別案内を必要とするコースではなかったが、深雪にすれば、初対面の久藤と二人だけで山へ出かけるのに戸惑いがあったに違いない。

森田久作は、七十を幾つか超えたと思われる小柄な老人だった。以前は猟師をしていたというだけに、深雪の荷を入れた背嚢を背負って、地下足袋の足を軽々と運ぶ。

深雪は、ズボン姿にスポーツシューズが身軽そうだった。帽子も似合って、まだ独身といってもいいくらい若々しかった。久藤は昨日とめの言った深雪に関する事情がまだ疑問のままだったが、そんな事も忘れさせるくらい今日の深雪は生き生きとして見えた。

「あれが新家です。大家《うち》と違って三世代が同居してるんですよ」

深雪が、右手の高みにある入母屋造りの二階屋を指して言った。山村には不似合いな豪邸であった。森田久作が横から引き取るように、

「太一郎が事業を起こしてから建てたんだが、奴があげなやり手だとは思わなんだ。ガキの頃はよくわしに随いて歩いたもんだが、今はわしなど眼中にないんでねか。あ、大家《おおや》の嫁さの前で、ちと言い過ぎたかの」

と言いながら苦笑いした。清水太一郎にあまり良い感情を持っていないように見えた。

「義兄さんは議員になってから、ずけずけ物を言うようになったので嫌う人もいますが、本当は面倒見のいい人なんですよ。富子義姉《ねえ》さんにもほんとに良くして貰ってます」

久藤は深雪の、夫の再従兄弟《はとこ》に当たる人物を庇うような物言いに、彼女の優しさを感じた。

集落を外れると林道は細くなった。やがて右手の林に通ずる山径になった。真っ直ぐは岩清水渓谷の核心部に下り立つ道という。

つづら坂と呼ばれる急な登りに汗をかき、林を抜けると、疎らに落葉松や白樺の点在する草原に出た。前方に天狗岳の岩峰が頭をもたげている。草原の中ほどに、白樺平小屋と書かれた古い山小屋があった。

「おーい恵造さ、居《お》るかや」

森田久作が声をかけると、のそっと小屋から出てきた髭面の中年男が、小屋番の佐伯恵造であった。小屋は三富村営と聞いている。

「おお、久作爺ちゃか。深雪ちゃんも……。よう来たの」

「はい、こちらは東京の記者さんです」と深雪が久藤を紹介し、「今日は頂上までお供する積りで来ましたが……。行けるでしょうか」

と、汗をふきながら頂の方向を見上げた。

久藤は名刺を差し出し、挨拶した。

「お話を伺いたいので、帰りに寄らせて頂きたいのですが……」

「どうぞ。それにしても、深雪ちゃんがよく頂上さ行く気になったもんだ」

と佐伯恵造は苦笑しながら、深雪の横顔を見つめた。

小屋を後に草原を登っていくと、露岩の点在する尾根に出た。ほころび始めた三つ葉つつじの尾根道が続く。次いで痩尾根の岩場を幾つか乗っ越すと、垂直に近い岩のフェースが立ち塞がった。

「ここを登るんですか？」

深雪が息を呑んで言った。

「天狗岩だよ。なに、しっかり鎖に摑まって登れば大丈夫」

森田久作が見本を示すように身軽に攀じ登って行く。続く深雪を、久藤が下から足場など指図したが、心配するほどもなく、彼女は軽快に登りきった。

岩の上が、南北に細長い天狗岳の頂上だった。山の名と、海抜二千百二メートルを示す標柱が一角に立っていた。西側に四畳ほどの巨岩が張り出していた。その平らな岩からは脚下に新緑に輝く樹海が見下ろせた。樹海の左手に先ほど通った草原と、山小屋の赤い屋根が小さく見えた。

深雪は、岩の上に立って来し方を見下ろしていた。久藤は、いつも頂上に達した時に先ず目を奪われる山々の展望に目もくれず、深雪の汗を浮かべた白い横顔に見惚れていた。蒼白ともいえる白さだった。

深雪は久藤の視線を感じて向きなおると、ぽっと顔をあからめて、言い訳のように言った。

「やっぱり来て良かった。ありがとうございました。久作おじさんもありがとう、荷物まで持たせちゃって」

森田久作は、背嚢から食料などを取り出していた。

「いやなに、それより少し早いが昼飯《めし》にするかね」

「なんか胸が一杯で、もう少し景色を……。あ、富士山！」

靄の上に富士山が浮かび、その右手に白く南アルプスが連なっていた。ひときわ高いのが秋元康史の遭難死した北岳である。北方には奥秩父の黒い山並みが連なっていた。久藤はその一角にある緩やかな撓《たわ》みを指して、深雪に教えた。雁坂峠であった。その向こうに彼女の故郷がある……。深雪は黙って、その方角を見つめ続けていた。

「こんな良い所にロープウェイを架けたら、折角の景色が死んでしまいますわ」

深雪がぽつりと言って、しばし沈黙のあと、ふっと呟くように漏らした言葉が、久藤を驚かせた。

「もしも死ぬようなことがあるとしたら……。こんな景色を見ながら、この岩に横たわって死ねたら、どんなに良いでしょう」


「自分は七年ほどしか小屋番をしとらんので、あまり山の事は詳しくないが」と前置きしたあと、ストーブに薪をくべながら、佐伯恵造は久藤の質問に気持ちよく答えてくれた。

「今は日帰り客が多く、村営の小屋もピンチというところです」

森田久作と深雪は先に下山していた。佐伯は四十がらみの朴訥な風貌をした、どちらかというと寡黙な感じの男であったが、話し出すと訥々とした喋り方ながら、日頃の孤独な山暮らしの鬱憤を晴らすかのように話し続けた。久藤は、一応の取材を終えたあと、

「ありがとうございました。ところで、清水屋旅館の事ですが、昨夜、おばあさんが深雪さんのことを天涯孤独とか、不幸とか言っていましたけど、どういう事でしょうか」

と、昨夜から気に掛かっていた疑問を質した。とめの言っていた言葉が、久藤の頭に残っていたのだ。

佐伯はしばしためらう素振りだったが、久藤の真剣な表情から何かを察したのか、ぽつりぽつりと話し始めた。

「深雪ちゃんは可愛そうな女《こ》だ。彼女の郷里というのは山の向こう、大滝村の栃本で、彼女の父親は栃本にたった一人の大工の棟梁だったがの。その父親が八年ほど前のある夜強盗に入られて、殺されてしもうての。その上放火されて家は丸焼けになってしもうた。その時、親方の奥さんは高崎の女子大の寮にいる深雪ちゃんを訪ねていて、二人は難を逃れたのだが……」

久藤は、あまりの話の成り行きに驚きを隠せなかった。

「犯人は捕まったのですか」

「いや、奥さんの話で、新築の家から集金した百万円ほどがあったという事から、金目当ての強盗だという警察の見解だったが、手掛かりが無くていまだに犯人は挙がらん。凶器の斧と、無い筈の自転車が焼けて骨だけになっていたというが。実はわしと太一郎も——知っとるかな、村会議員やっとる——刑事に事情を聞かれた口だ。二人は当時、山中親方の所に出稼ぎに行っとったんだ。いわば大工の見習いだ。そしてその日、月末の給金を貰って早退《はやび》けしたわしと太一郎は、秩父へ出て、久し振りに酒を飲んだ。その夜のうちに三富村まで帰れんこともなかったが、明日から五月の連休だし、金もあるしで、ゆっくり飲んで簡易旅館に泊まるつもりだった。ところが太一郎と、貰った給金が多い、少ないという些細な事で諍いをしてしまって、怒った太一郎は一人で電車で帰ってしもうた」

「惨事はいつ知ったのですか」

「翌朝だった。呑み過ぎで寝坊したわしは、八時頃起きると宿のお上から聞かされてすぐ太一郎の家へも電話で知らせた」

「太一郎さんは自宅に居たのですか」

「当時太一郎の新家には電話が無かったで、大家の清水屋旅館に電話して知らせに行って貰った。太一郎はまだ疲れて寝ていたそうだが、驚いてまた電車を乗り継いで駆け付けて来たという訳だ。

現場は酷いもんだった。ほとんど全焼してしもうて、親方は黒焦げの死体に変わり果てていた。頭の骨に殴られた跡の陥没があったそうだ。奥さんと深雪ちゃんの嘆きぶりは端でとても見ておれんほどだった」

「捜査は今も続けられているのですか？」

「十五年が時効だというから、終わった訳でもないじゃろうが……、実はこれも噂じゃがの、荻原欣造という人夫が川又の飯場から居なくなってしもて、重要参考人として手配されたんじゃが……」

「川又というのは？」

「栃本の奥の、入川と滝川沿いに出来た集落じゃが。当時、原生林の切り出しで大変な活況での、二千人もの仕事師が押し寄せて、過疎地だった山奥にパチンコ屋は出来るわ、床屋は出来るわ、の騒ぎだ。そんなわけでわしと太一郎も大工の手伝いに出稼ぎに行ったという訳じゃ」

「その荻原欣造という人の行方は分からなかったんですか？」

「それが不思議なことに、十日ほど後、ところもあろうにこの笛吹川の下流にある差出の磯で、死体で発見されたんじゃ。大量のアルコールが検出されたそうでな、泥酔して川岸からでも墜ちたのではという事で、捜査は終わったようだ」

「お金は持っていなかったんですか？」

「金もなかったたし、遣った形跡もなかったらしい。どうしてこげな山反対の側に来たのか、不思議な話としか思えんが……」

久藤はここまで聞いて深雪の不幸の一端を理解した思いがした。

「どうして深雪さんはこの岩清水に来るようになったのですか」

「奥さんと深雪さんは一時近くの親戚に身を寄せたんだが、元々体が弱かった奥さんは、明くる年肺炎を病んで亡くなってしもうた。天涯孤独になって、学校もやめてしまった深雪ちゃんを、口を利いて、清水屋旅館の手伝いということで連れて来たのは太一郎だ。元々とめさんの生家と深雪さの家は隣同志だっただでの。今はもう本当の孫のようにばあさんの面倒をみてくれちょる」

「ところで、深雪さんはおばあさんのお孫さんと結婚したのではないのですか」

「とめさんも運の悪い人でのう。久しく子供に恵まれなかったが、三十にもなってやっと男の子が生まれたそうだ。その一人息子の栄一郎さんを兵隊にとられてしもうて、その留守に、旦那さんも嫁さんも相次いで病気で死んでしもうた。遺された孫の栄治を、ばあさんが苦労して育てていたが、終戦まぎわ、栄一郎さんが満洲で名誉の戦死を遂げたという通知が届いたんだ。孫の栄治は高校まで卒業させて貰ってから、塩山の工場で働いていたが、じきに酒場の女とできて、家出してしもうたんじゃ。暫くして女と別れたと言って帰ってきた。その時ちょうど来ていた深雪ちゃんを栄治が気に入り、深雪ちゃんも依存がないというので、親戚衆が集まって協議の末一緒にさせたという訳だが……」

佐伯恵造はそこで大きく溜め息をついた。

「ところが深雪ちゃんに幸せな日は一年と続かなかった。栄治は太一郎の工場で働いていたが、どうやら生来の遊び癖が抜けなかったらしく、またあの酒場の女とよりを戻して出て行ってしまった。甲府の方で女と同棲しているという噂だが、もう何年も岩清水には寄り付かんちゃ。深雪ちゃんももう諦めて、最近太一郎に栄治と離婚させてくれと言ったそうだ」

久藤は、深雪の背負っている過酷な運命を思い、言葉もなかった。八年前と言えば、久藤は親友の秋元と二人、ノー天気に山を登りまくっていた。そしてその年の暮、秋元は北岳で遭難死した。久藤にとっても辛い時期であった。

久藤は、「深雪ちゃんが山へ登る気になるほど、元気になってよかった、よかった」と繰り返す佐伯恵造に丁寧に礼を言って、小屋を後にした。

4

久藤竜彦は、その後も三、四ヵ月に一度は、山行の帰りと称して岩清水を訪れた。本当はもっと頻繁に来たかったのだが、どこ何処の帰りに寄りましたなどと言い訳するのが、気恥ずかしかった。

職場では一応の仕事を無難にこなしてはいたが、今一つ身が入らなかった。結婚する気もなかった。飲みに行って知り合った飯沼頼子というホステスと、ここ数年付き合っている。がそれも、肉欲の渇きを癒すだけの関係だった。頼子の方も他に男がいるらしく、さばさばと割り切った様子だった。いわば東京の久藤は、どろどろとした無気力な生活に流されていたと言える。

そんな久藤にとって、好きな山登りに行く時だけが充実した時間だった。いや最近は山よりも深雪の面影が、徐々に彼の心を占領し始めていた。

「おばあさん、お元気でしたか？」

もうすっかり気心の知れたとめに声をかけて、久藤はいつも彼にあてがわれる二階の一室に上がる。客はいつ来ても、小人数の客がいるか、まったく居なかったりだった。それでも二人だけの生活には困らないらしく、深雪は時おり畑に出て、野菜などを作るのが楽しみの様子だった。

久藤は、深雪の過去に関する話題を極力避けるようにしていた。深雪にいやな事を思い出させて、悲しませたくなかった。その分とめの昔話に話題がいった。

「わしが鬼門の方角から嫁に来たから、清水の家は不運が続いたと、昔、随分言われたもんじゃ」

と、とめはある時ぐちを言った。長男や嫁が早逝した事を言っているのである。長男の栄一郎は戦死だから仕方ないにしても、嫁の病死は姑のいびりのせいとまで言われたという。が、言葉ほど気にしている様子ではなかった。もう全てが過ぎ去ったこと――と、とめは達観した心境にあるようだった。

ただ目下の心配事は、両親の早逝で性格を歪めてしまった孫の栄治と、深雪の行く末にあるのは、久藤にも想像できた。

清水屋へは時おり訪れる客のほかに、清水太一郎夫婦や森田久作爺がよく顔を見せた。久藤の目を引いたのは、太一郎の妻富子であった。富子には、何かと深雪の助けになるよう、真剣に面倒をみる様子が見られたからである。深雪も、「義姉《ねえ》さん、ねえさん」と呼んでは、慕っているようだった。しかし富子は、夫の太一郎に対しては何故かおどおどと恐れている風に、久藤の眼にはうつった。

佐伯恵造も山から下りた時には必ず立ち寄った。

「久藤さんの記事のお蔭で、客が増えましたよ」

『山と草原』に久藤が紹介した天狗岳の案内文のことを言って、佐伯は人の良い笑顔を見せた。

「あの記事でわしは大分悪者にされたが……」別の時、太一郎が言った。「客の増えるのは我が村にとって大歓迎というものだ」

悪者とは、太一郎のロープウェイや渓谷道の私案に対して、久藤の批判した記事のことであった。太一郎が議会にその私案を提出したという話を聞き、久藤が「安易な開発・増え続ける自然破壊」という題で書いたものだった。

太一郎はそれ程怒っている風でもなく、むしろ鷹揚さを見せたいのか笑みを浮かべてさえいた。がその開発を諦めた様子はなかった。町や村を巻き込んだもっと大規模な県の構想が、ちらほらと久藤の耳にも入ってきていた。太一郎は時期の到来を、ひっそりと身を潜めて、待っているようであった。

旅館には時折、町から大村という医師が往診にやって来た。とめは秋が深まると共に風邪を引きやすくなった。体力が弱っているらしい。深雪も時々睡眠薬を貰っていた。

「どうしても眠れない時だけにして……。常用しない方がいい」

医師が言った。久藤は深雪が、夫との離婚のことで神経を病んでいるのでは、と心配した。

ある時、とめが久藤の前で独り言のように言った。

「深雪が久藤さんのようなお人と一緒になってくれたら、わしも安心して死ねるんじゃが……」

深雪が横でぽっと顔を赤らめて言った。

「おばあちゃん、久藤さんに失礼よ。久藤さんにだって選ぶ権利がありますもの。それに私は東京になんてとても住めません。私はずっとこの岩清水で暮らすことに決めています」

深雪がとめの言葉を全否定しなかったことに、久藤は希望のようなものが沸々と湧いてくるのを覚えながら、その時は帰京した。


そうこうして一年が経ち、二年が過ぎた。

山梨県に、「連峰スカイライン構想」が浮上したのは昭和四十六年の四月である。再選されたT県知事により打ち出された構想によると、河口湖を起点に、三ッ峠から大菩薩峠を経、奥仙丈、金峰山を通り、八ヶ岳横断道路に繋がる、じつに総延長百五十キロメートルにも及ぶ有料道路を建設するという、壮大なものであった。

背後には政権党建設族の実力者《ドン》の後押しがあるという噂が、ちらほらと流れていた。岩清水地区も道筋に当たるというので、清水太一郎の張り切りようは並大抵ではなかった。彼の野心は、四十を過ぎてますます盛んになっているようであった。

「この計画が実施されれば、この岩清水もいよいよ脚光を浴びる。みんなの生活《くらし》も良くなるというものだ」

太一郎は事ある毎に力説した。

しかし一方には、豊かな自然を破壊する構想に、反対の声もあがっていた。久藤は自身の郷里の、富士山の五合目にまで達する山岳道路《スカイライン》が何時の間にか通じてしまったことに、苦い思いを抱いた過去を思い出していた。

久藤は、自分に出来ることは『山と草原』に自然保護を訴える記事を書くことしかない、と心に決めていた。そしてそれは当然のように清水太一郎と対立することになる、ということも分かっていた。

広瀬ダムの工事も進捗していた。完成すれば、笛吹川最奥の集落、広瀬の三十二戸がダム湖の底に沈むことになる。白樺平小屋を預かる佐伯恵造の家も、その中の一軒であった。

「湖の左岸に代替え地を貰うことになるが、どうしたもんかのう。民宿でもやろうかと悩んでるんじゃが……」恵造が、ある時山小屋を訪ねた久藤に言った。「一家を養うことを考えていかにゃならん。誰かこの小屋を預かる適当な人がおらんじゃろうか。久藤さん貴方《あんた》、山へ引っ込む気はないじゃろうか、の」

久藤は、半ば本気とも思える佐伯の言葉に驚いた。

それより久藤は、ダムの底に沈んでしまう広瀬集落のことが気になっていた。今の内に記録なり、写真に写して残しておかねばならないと思った。それを佐伯に言うと、「それなら一度ご一緒しますよ」と、彼は約束した。

久藤が佐伯と広瀬に向かったのは、客の少ない梅雨《つゆ》期の一日だった。久藤の誘いに、深雪も同行した。初対面から三年が経って、もう何の遠慮もなかった。

秩父往還に出て笛吹川沿いの道を遡った。山の迫る両岸の緑が鮮やかだった。崖下に滝の音が響いていた。

「一の釜だよ。帰りに案内しますよ」

佐伯が言った。

天科で、橋を対岸に渡ったところに、塩山からのバスの終点があった。小さな広場の隣の雑貨屋に見覚えがあった。山の行き帰りに、ここで何度かバスに乗降した記憶がある。佐伯が顔を出した店の主人と、一言二言時候の挨拶を交わした。

笛吹川最奥の集落、広瀬は狭まった川沿いの傾斜地に、粗末な藁葺き屋根の民家が点在していた。往昔、金山発掘のため広瀬千軒といわれるくらい賑わったという言い伝えなど、嘘のような過疎地だった。狭い道路を時おり土煙を上げてダンプが通り過ぎた。

午前中歩き回って、久藤は集落の全景や工事の様子やらをカメラに収めた。昼食は佐伯の家で馳走になった。

佐伯の女房はいかにも人の良さそうな女だった。働き者らしく、野良から帰ったばかりのモンペ姿で、

手拭いを姉さん被りにした顔をほころばせ、

「この家が水の下に沈んでしまうなんて……。父ちゃんに帰って来て貰わんと、どうしたらいいのか私らには分かりません」

と愚痴を言うのだが、少しも暗さを感じさせない。深雪の事情も心得ているらしく、

「深雪さも大変じゃが、ばあちゃをよろしくお頼もします」

と、激励のような言葉を口にするのだった。久藤はほのぼのとした心持ちで広瀬を後にした。

帰り道、弘法大師が巡礼のみぎり、岩壁に爪で自身の像を描いたという磨崖仏を見た。が、久藤の眼をひいたのは、その周囲の路傍に置かれたおびただしい石仏群であった。往時、伊勢参りを果たした人々が、お礼のために奉納したものだという。驚いたのは、地元の人ばかりでなく、山向こうの秩父や江戸の人たちの名が多く見られたことである。

深雪は、山里の散策が楽しそうであった。懸命に歩いた後の紅潮した横顔は、久藤の眼にはまだ二十歳《はたち》前後の小娘のように映った。

天科の橋を渡った分岐で、佐伯が言った。

「来た序でに、芹沢の親戚に顔を出したいんじゃが……。一の釜を見て、待っててくれんじゃろか」

芹沢は笛吹川右岸の最奥の集落である。笛吹川の名の由来となった、笛吹権三郎の生まれた地ともいわれる。佐伯は「ほんの一時間ほどー」と言って足早に去った。

久藤は、深雪と二人だけで帰るわけにはいかないと思った。行く時に教わった曲がり角まで来ると、久

藤は深雪を先導して川底に下りて行った。眼下に笛吹川が藍色の瀞となって流れ、対岸に滝が糸を引いて落ちていた。

瀑音はもっと上流から聞こえていた。その音の出所を確かめようと、久藤は深雪の手をとって飛び石づたいに対岸に渡った。見上げるような岸壁に、大きなスズメバチの巣が吊り下がっていた。回り込んで覗くと、濡れた岸壁の奥に、笛吹川の流れを一つに集めて落下する瀑が、飛沫をあげていた。それらの情景は、久藤がかつて見た上流の東沢を彷彿とさせた。

深雪は圧倒されたように、周囲の景観に見入っていた。久藤はその時、感動を抑えるように沈黙している深雪を愛《いと》おしいと思った。思わず引き寄せて抱擁していた。瀑の音ではない、心臓の鼓動を久藤は感じていた。それが深雪の心臓の音なのか、あるいは自身のそれなのか、分からなかった。

5

山梨県の連峰スカイライン構想の調査は続いていた。同じ頃、大石環境庁長官が自然保護を前面に打ち出し、開発か自然保護かの論議が白熱していた。

ある日、久藤は編集長の三隅のデスクの前にいた。

「君の自然保護にかける情熱もよく分かる。しかし、地方には地方の事情もあるだろう。これ以上わが社が顔を突っ込むことでもない。この辺で君の記事を中止してくれないか」

三隅は半ば懇願するように、半ばは強制的に言った。

久藤には分かっていた。山梨の政権党の実力者が建設大臣に就任してから、圧力が各方面に掛けられているという噂があった。こんな小さな出版社にまで、と久藤は歯噛みする思いだった。あの素晴らしい峰々を蹂躙してはばからない、権力者の頭の構造が分からなかった。

清水太一郎も下部組織の一員として、この開発にかかわっている。彼は来年の県議会議員に立候補する準備を進めていた。当選する為には、構想の実現が彼にとっての必須条件だった。

久藤は、最近周辺を嗅ぎまわる、得体の知れない影に気づいていた。最近は会ってもいない飯沼頼子から、電話が架かってきた。

「なにか貴方のことを聞きにきた人がいたわよ。様子から政治家の秘書のような感じだったわ。どうでもいいけど気を付けた方がいいわよ」

梅雨の明けた七月半ば、久藤は鳳凰三山の一つ、地蔵ケ岳の頂上にいた。いや、頂上の巨大な岩の積み重なりの上に立つ、最後の十メートルほどの岩峰の下で、呼吸を整えていた。かのウェストンが初登攀したという、その岩峰の登攀が今日の目的だった。最近のもやもやとした気持ちを吹き飛ばすのに、それは格好の対象であった。

彼は岩峰の裂け目《チムニー》に体をいれると、前の岩に手と足を、後ろの岩に背を預けて踏ん張りながら、少しずつ体を持ち上げていった。二メートル、三メートルとずり上がる毎に呼吸《いき》が弾んだ。力を使い果たす寸前、彼は頂上から下がった捨て縄を摑んで、岩の上に這い上がった。

巌の上は意外に広かった。彼は午後の陽に暖まった岩に俯《うつぶ》せに寝そべって、野呂川の谷から吹き上げる風に身をまかせた。野呂川峡谷を隔てて、残雪の谷間と、急峻な岩壁を峙《そばだ》たせる北岳があった。

久藤は岩壁の右に見える草スベリと呼ばれる地点に目をやった。あの日、秋元はその急峻な斜面で雪崩に巻き込まれた。元旦に登頂の予定で、芦安から歩いて広河原に入る予定だった二人は、思いがけない村営バスの運行で、その日の内に白根御池小屋まで達したのだった。

大晦日に一日早い登頂を果たした二人は、小太郎尾根から草スベリに向け、下山にかかった。久藤は頂上に吹き上げる雪煙に目を奪われて、カメラを構えていた。その時、ズズンと腹に響くような衝撃と、先に下って行った秋元の悲鳴のような叫び声を耳にした。前夜まで降り続いた新雪が、急斜面を一気に雪崩《なだれ》たのだ。

久藤は雪の巨大なブロック帯と化した雪原を彷徨《さまよ》い、わずかに雪の間から手を出していた秋元を、夢中で掘り出した。しかし足も肋骨も骨折して動けない彼を助ける余力はなかった。彼は御池小屋に駆け込み、折よく居合わせた東京のU山岳会に救助を求めた。

山岳会のメンバーは、秋元を小屋まで下ろすと、無線で救急車を広河原まで手配し、大樺沢へのルートを切り開く先発隊を出発させた。そうした事をてきぱきと準備して、白樺の枝で組んだ橇《そり》に秋元を包んだ寝袋を乗せ、本隊が出発したのはもう暗い時間だった。久藤は何もできず、無力感に苛まれながら、ただ寝袋の中で呻き声を上げる秋元に付き添い、励ますしかすべはなかった。

四方からザイルを引いて雪上を降ろす作業は、難航を極めた。さいわい満月に輝く月の光があった。凍った大樺沢を、四方からザイルを引きながら、右岸に左岸にと渡り返した。沢の中ほどまで来た時、突然月が欠け始めた。思いがけない月蝕だった。月は徐々に欠けていき、ついに全てが暗黒に包まれた。ヘッドライトの光だけが交錯する闇の底に、全員声もなく座り込んだ。

「秋元！　……」

月が戻り始めた時、久藤の悲痛な叫び声が静寂を破った。寝袋の中の秋元は、静かに永遠の眠りについていた。

地蔵ケ岳の岩塔《オベリスク》の上で、久藤は残雪の大樺沢に目をやりながら、あの夜の黒い月を思い出していた。あれから十一年余の歳月が過ぎた。もう年齢は三十を三つも越えた。秋元も生きていれば、同じ年齢の筈であった。

「秋元……俺もようやくお前以外のパートナーを見つけたよ」

久藤は深雪の白い顔を思い浮かべながら呟いた。ふとその深雪の面影に重複して、淡い紅紫色の混じった白い花が、眼に浮かんだ。いつか旅館の前庭で花の手入れをしながら言った、深雪の言葉を思い出していた。「夏、岩清水渓谷に咲くレンゲショウマという花が、私、大好きなんです。渓流沿いの林床に、とても似合う、清楚な花なんですよ」

そのレンゲショウマを、久藤はつい三時間ほど前に眼にしたばかりだった。青木鉱泉からドンドコ沢沿いの樹林の中に、それは咲いていた。点々と散る白玉の蕾に混じって、あたかも暗い樹林を照らすランプのように釣りさがる花が、深雪の顔と重なって、久藤の眼の中で揺れた。

ふいに久藤は、今夜の山小屋泊まりと夜叉神峠への縦走の予定を中止して、山を下りようと思った。強烈に、深雪に逢いたいと思った。彼はザイルを下ろして下降の準備を始めた。

「今、中央線の穴山駅にいる。今から行くから泊めてほしい」

久藤竜彦の声が、電話の向こうで言った。夜の七時を回っている。

「それならぜひ、夕食は済ませないで来て下さいね」

と、深雪は言った。山から下りて来たばかりだという久藤に、なにか美味しいものを食べさせたいと思った。彼女は受話器を置くとそそくさと食事の支度を始めた。今夜も泊まり客はなく、とめと二人だけの夕食をひっそりと済ませたばかりだった。

「楽しそうじゃな、深雪。久藤さんでも来るんと違うじゃろか」

とめが言った。

「からかわないで下さい、おばあちゃん。実はその通りよ。疲れたら寝とってくれていいですよ」

最近の深雪は隠すこともなく、本当の孫娘のように、とめと本音の会話を交わすようになっていた。とめは近ごろ疲れ気味で、すぐに横になるのだった。

久藤がタクシーでやって来たのは、九時を少し回った時間だった。約束どおり空腹のままで来たのが、深雪には嬉しかった。そして少量のビールで口のほぐれた久藤は、その日登った山の様子などを、楽しそうに深雪に語った。彼はいつもの夜行で乗り、未明の駅から歩いて、せっかく達した頂上で急に気が変わって、山を駆け下りたという。深雪は、自分に逢いたい一心が彼にそうさせたのを知っていた。

深雪はこのところ、再び自分に何かが戻りつつあるのを感じていた。あの栄治との短い結婚生活は、いったい何だったのだろう。あれはそもそも本当に結婚と呼べるようなものではなかった、と今にして思う。

その惨めな結婚生活にもまして、深雪にあの時の屈辱がよみがえる。それは誰にも打ち明けたことのない、いや、言ってはならない出来事だった。久し振りに家に戻った栄治に、深雪は無理やり凌辱されたのだ。まだ初《うぶ》だった深雪は、「な、結婚しよう」と耳元で囁きながら犯す栄治に、とめに気付かれるのを恐れて声も出せず、そしてその後もまた周囲に言われるままに結婚生活に入っていった。栄治がその後愛してくれてさえいたら、従順な深雪は、それを当たり前の幸福として受け入れていたに違いなかった。

しかし栄治は、草深い田舎に落ち着ける男ではなかった。彼は半年も経たぬ内に、勤め先も辞めてしまい、しばしば金を持ち出しては、帰宅しない日々が続いた。家計を握ってもいない深雪に金銭を要求し、困った深雪がとめに相談したのを怒って突き飛ばすという、暴力にはしった。

妊娠の兆候をまだ医師にも相談していなかった深雪は、突き飛ばされた時のショックで、流産という、とめの他には誰も知らない深い傷を負わされたのだ。そうした過去は、いまだ癒されぬまま深雪の胸の中に封じ込められたままでいる。

が、今、何かが変ろうとしていた。深雪の身中に、熱い血潮が音を立てて迸っていた。その夜、最後に入浴を済ませた彼女は、密かに階段を上ると、久藤の布団にすっと身体をすべり込ませた。

「竜彦さん……」

長い年月の心の渇きを、一気に潤そうとでもするかのように、深雪はひしと久藤にすがりついていった。

6

清水とめが風邪から肺炎を併発し、あたかも枯れ木が朽ちるように息を引き取ったのは、年が明けたばかりの一月半ばであった。折からの降雪が、岩清水を白一色の雪景色に変えていた。

葬儀の間、いろいろと取り仕切ったのは清水太一郎であった。彼は三月に行われる県議選の準備に追われていたが、葬式は格好の宣伝の場とて、張り切っていた。

その日、名ばかりの喪主を務める清水栄治を、久藤は初めて見た。彼は以外に優男《やさ》タイプであったが、表情に乏しかった。長年の荒んだ生活が、彼の冷たい顔を作ったのではないか、と久藤は思った。彼にとめの死を悲しむ様子は見えなかった。とめの死を一番悲しんだのは、他ならぬ深雪であった。

とめの遺言書が見つかったことを、後日、久藤は佐伯恵造から聞かされた。遺言には、栄治と深雪の離婚を前提に、清水屋旅館は今までどおり深雪に守ってもらうこと、栄治には預金通帳の全額を遺すが、今後一切清水家に迷惑をかけないこと、等、くれぐれも太一郎を間に立てて計らってほしい、とたどたどしい字体で記されていたという。

「栄治は、金さえ貰えば用はないと言わんばかりに、離婚届けに判を押して出て行ったげな」と佐伯が苦笑いしながら言って、

「ところで久藤さん、深雪ちゃんのことだが……真剣に考えてやってくれんかな」

と、真剣な眼差しを久藤に向けた。久藤はもとよりその事を考え始めていたが、その前にいくつか整理しなければならない事があると思った。そして何より、過去も含めて深雪のことをもっと知りたいと思った。

久藤は帰京してから、図書館に出向き新聞を繰って、十二年前の埼玉版にそれらしき記事を見つけた。深雪の生家の事件のことである。それは概ねかつて佐伯恵造が語った通りであった。日を追って新聞を繰ると、佐伯の語った通り、唯一重要参考人として荻原欣造の名が載っていた。

彼は埼玉県川越市生まれの三十五歳。賭け事好きで、日雇いなどしながら無頼な生活を送っていたが、折からの木材需要の活況で忙しい川又の飯場に住み込んだ。給金を貰った四月二十九日、町に飲みに行くと言って出かけたまま、消息を絶ったという。

重要参考人として手配されてから一週間後、笛吹川で死体となって発見されたのは、佐伯の語ったとおりであった。それ以後の捜査の進展は新聞紙上には見られなかった。

久藤は、栃本で事件の起きた日付に何か引っ掛かるものがあり、アパートに帰って古い山日記をひっくり返した。

昭和三十六年四月二十九日。思った通り、それはかつて秋元康史と雁坂峠にテントを張った日付と一致していた。久藤の頭の中を、形にならない何かが駆け巡り始めた。新聞には惨劇のあった深雪の家からの道筋をくまなく洗ったが、犯人の足跡はかいもく摑めなかったとあったが、何かが欠けていると久藤は思った。

三月のある日、久藤は久し振りに相模原の秋元康史の墓を訪れ、線香を手向けた。そしてその足で秋元の実家に立ち寄り、在宅していた母親に久闊を叙すと共に、彼の遺品の中にある物を探してくれるよう頼んだ。母親は彼の机や山道具をそのまま保管してあった。

「ほんとによういお出でてくれましたね」

と、息子を懐かしむかのような視線を久藤に投げながら、母親が机の引き出しから取り出して久藤の手の平に載せたのは、一個のライターであった。


久藤は、とめと深雪の生まれ故郷、大滝村栃本にいた。四月二十九日の夕刻である。十二年前、事件のあったその日に合わせて、彼は栃本にやって来た。

彼は栃本関所遺跡前の道に立って、荒川谷左岸に向かって落ち込む、急斜面に広がる畑地と、疎らな家々の屋根を見下ろしていた。そのうちの一軒は、先刻訪れたばかりの清水とめの生家であった。とめの甥の嫁にあたる女の言った言葉が、久藤の耳に残っていた。

「とめ婆さは、旅館などいうハイカラな家《え》さ嫁に行ったけに、あげに長生きできたども、わしらなど、こげなゴウロ畑で苦労して、若いのに腰も立たなくなっただよ」

と初老の女は、裏の畑で耕作する手を止めて、腰を叩きながら嘆いた。急斜面の畑の土を下から上へ引っ張り上げるように耕作する〝逆さ掘り〟をしているのであった。ゴウロ畑とは、石混じりの畑のことを指すらしい。

深雪の生家跡は、とめの実家から百五十メートルほど離れていたが、わずかに石垣を残すだけで、雑草に覆われていた。久藤はその辺りを見下ろしながら、この地から山の向こうに嫁いだとめと深雪を思った。そして長生きしたにしても、決して幸せだったとはいえないとめの一生を思った。

父親に連れられて、雁坂峠を越えて嫁に行ったというとめは、何度かの里帰りのうち、最初のお宮参りの時だけは、気丈にも子供を背に負うて峠を往復したという。久藤は長大な峠を越えた若い時のとめを想像し、明治、大正、昭和と過酷な時代を生き抜いたとめの一生の中で、その旅をした時期が一番幸せだったのでは、と思った。

荒川の谷を隔てて和名倉山が峙っていた。新緑の山腹に散る紫は、藤の花であろうか。山肌を薄い霧が這っていた。重畳と連なる山並みを右へ、雁坂峠と思われる辺りに、久藤は目を移した。彼は今夜、夜を徹してその峠を越えるつもりであった。

十二年前、深雪の父親が殺された夜、奇しくも久藤と今は亡い秋元は、峠から少し向こうへ下った草原で、夜を過ごしていた。その夜半過ぎ、テントの脇を通り過ぎた男がいた。その男が、迷宮入りになった事件の重大な鍵を握っているのでは、と久藤は疑っている。

今夜峠を越えて何かが解決するとは思わないが、少なくとも警察の眼は秩父方面の道筋だけを捜索して、犯人の逃走路だったかも知れない奥深い山を、見逃したのではなかろうか。新聞には一応雁峠《がん》、雁坂峠、十文字峠等の山小屋にも問い合わせたと書かれていたが、通り一遍の捜査だったのでは、と久藤は思う。

その時の火事の、火が燃え始めたという八時に、彼はここを出発する予定であった。西の空にたなびく雲を、残照が茜に染め、夕闇が迫っていた。

武田信玄が開設したという栃本の関は、徳川の世になって、関守として任命された武田の遺臣大村氏により世襲されたという。この集落には大村という名字のほかは、千島と山中が大半であるらしい。そういえばとめと深雪の旧姓も同じ山中であった。

関所跡から道は二手に分かれる。関の裏側を尾根に向かう道は十文字峠を越える信州路、前の道はいったん川筋に下って、最奥の集落川又で橋を渡り、尾根に取り付く雁坂みちである。

川又集落にも、久藤は昼間のうちに行った。川又は荒川の支流、入川と滝川の合流点にある小さな集落だった。久藤は雁坂小屋を経営する扇屋山荘という旅館兼雑貨店に立ち寄って、折から山を下りていた、これも山中という主人に話を聞いた。小屋は若い衆に任せてきたのだという。

「荻原欣造という男は知らんが……なにしろ当時は二千人に及ぶ人が、この入川と滝川筋に入って生活《くら》しとったから。警察にも聞かれたが、わしゃその時小屋に居ったが、人影は見んかった。笛吹川で死体で上がったいうから、或いは峠を越えたのかも知れんがのう」

重要参考人の死が、その後の捜査の手を鈍らせてしまったのだろう、と久藤は思った。

「当時、川又は随分繁盛していたそうですね」

「そりゃあもう大変なもんじゃった。お蔭でわしは雑貨の仕入れに東京まで行ったりして、ずいぶん忙しかったし、儲けさしても貰いました」

狩猟や山小屋の生活で鍛えられたという主人は、精悍な顔を紅潮させて、当時の川又の盛況振りをまくし立てた。

「今は余り人家も見えませんね」

「原生林の伐採が禁止されて、索道も取り除かれ、人も、家も飯場も潮が引くように引き上げて、今はご覧のように閑散とした元の過疎地に戻ってしまいましたわ」

主人は当時を思い出すように、感慨深げに言った。


夜八時、久藤は川又に向かって歩き始めた。月はなかったが満天の星空だった。川又までは振り返ると栃本の灯が見えていた。川又には昼間立ち寄った扇屋山荘も含めて、三、四軒の灯しか見えなかった。

橋を渡って急な尾根道を登って行くと、もう栃本も川又の灯も見えなかった。深い原生林の闇がどこまでも続き、闇の中に久藤の照らすヘッドライトの明りだけが動いていた。犯人がここを逃げたとすれば、火事の炎が見えなくなって、ほっと胸をなでおろしたことだろう。

しかし空は、火事の炎で明るんでいたに違いない。川又はどうやって通過しただろうか。人目を避けて、橋を渡らずにいったん河原へ下りてから、尾根に取り付いたに違いない、と久藤は思った。

久藤のライトが古い石の道標を照らしだした。「先は甲州旧道、後ろは栃本を経て三峰山及び秩父方面に至る」と読めた。久藤は、信仰や交易のため峠を往来した往時の人々を想像した。大滝村の繭は明治の末まで甲州に運ばれたという。

峠には表と裏がある、と何かで読んだ記憶がある。最初に峠を開いた人は、迷わぬように谷筋に沿って、尾根の鞍部を目指し、下りは麓の平地を目標に、見通しのきく尾根道に道を拓いたという。そういう意味では、今、久藤の歩いているのは峠の裏道であった。

雁道場《がんどうば》と呼ばれる広い尾根に出た。雁が高い山を越える前に、ここで羽を休めるのだという。そういえばこの山域には雁の字がつく山や峠が多い。久藤は昼間、扇家山荘の主人が語った雁の話を思い出した。

「あれは十五年ほども前、そう、稲の稔る頃だった。わしはその夜、雁坂小屋におったが、外が騒がしいので客と一緒に出てみた。星も見えない薄曇りの空に、姿は見えんかったが、その鳴き声ですぐに雁の群だと思った。峠の方から来たのか、或いはこれから峠を越えようとしているのかも分からない、闇の空に鳴き声と羽ばたきだけが何時《いつ》果てるとも知れぬ永い時間続いた。わしゃその時はじめて、昔の人が雁坂峠と名付けたいわれを知った気がしたもんじゃよ」

主人は二度体験したが、何故かいずれも薄曇りの夜だったという。雁はこの広い尾根で一旦羽を休めたあと、一気に七百メートル余の高度差の峠に向かったのだろうか。久藤は、峠の樹林や草原をかすめて渡る雁の群の、羽ばたきと耳を聾するばかりの鳴き声が聞こえるような気がした。

そんな想像を逞しくしながら行くと、闇の中にいくつかの目が光るのに気付いた。久藤の照らすライトの光に反応したのだ。久藤はギクッとして後ずさった。一瞬狼を連想したのた。が、とうの昔に絶滅した狼がいる筈もない。気配に驚いて逃げ去ったのは、何頭かの鹿であった。

（秩父地方には狼を祭る神社が多い……）久藤はかつて両神神社で見た狛犬を思い出した。三峰神社も狼を眷属として祭っている。秩父地方の古くからのオオカミ信仰は、日本武尊という大神の神使と結び付いたのだろうか。昔、猪や鹿に畑を荒らされて困った農民たちは、神社で発行するお犬（狼）さまの御札《ふだ》を、竹に挟んで畑の畔に立てたという。

久藤は三富村で見た、秩父の人たちの奉納した、お伊勢参りの無事を謝したという石仏群を思い出した。峠を越え、はるばると遠方まで旅した往時の人々に思いを馳せながら、何も見えない山径を歩いた。そしてその後に、彼の脳裏に蘇るのは、深雪の面影であった。彼女は今、どうしているだろうか——。

林の隙間にきらめく星と、黒い稜線だけがわずかに久藤に見える景色だった。突ん出し坂と呼ばれる、急な坂道が続いていた。

7

清水太一郎の頭の中で、炎が燃えていた。それは彼に時おり起こる現象であった。数年来、彼はその炎に苛まれて来た。が、それをバネにして仕事に精を出し、政治に打ち込んできた。少なくとも自分ではそう自負している。

太一郎は清水屋旅館の食堂にいた。彼の前にはもう五、六本の徳利が空になっている。

「もう一本くれ！」

太一郎は台所にいる深雪に声をかけた。

「義兄さん、飲み過ぎですよ。これ以上飲むと身体に毒ですよ」

「ふん、深雪だけだ、わしに優しくしてくれるのは……。どいつもこいつもわしの苦労も知らんと、なんの援助もしてくれんかった。わしの郷里を良くしようと気持ちがどうして分からんのだ」

飲みながら、先程から繰り返すぐちであった。太一郎は、先ごろ行われた県議選に落選したのだ。突然襲った石油ショックによる経済情勢が、あらゆる開発の見直しを迫っていた。

当然のように、連峰スカイラインの計画は頓挫した。いや九十九％断念の方向にあるのを、太一郎は知っていた。計画を断念した知事が、発表のタイミングを計っているのだ、とある県議から聞かされていた。

「やはり、スカイラインの計画が足を引っ張ったんじゃないでしょうか。義兄さん、それよりこの間は何を山に運び上げていたのですか？」

深雪はここ二、三日、太一郎の会社の人夫たちが資材を山に運ぶのを目撃していた。

「供養塔を頂上に建てたんじゃ」

「供養塔……？　どなたのでしょう」

「いや、なに、誰のという訳でもない。わしの三峰さんへの信仰と、しいて言えばわしらの先祖や、とめ婆ちゃんや、親方や……」

親方、と言った太一郎の言葉が深雪をとまどわせた。太一郎の言う親方とは、深雪の父親のことである。今日は父親の命日であった。太一郎も仏壇に線香を手向けに来て、そのまま居座っているのだ。それに、太一郎が三峰山を信仰しているなど聞いたことがない。

深雪は今、目の前の太一郎をいつにない覚めた目で見ていた。昨日の久藤竜彦からの電話が、深雪にある変化をもたらしていた。彼はある疑いを口にした。まだ確かではないが、それを確かめる為に栃本に行くと言っていた。

「勝手に山にそんな物を建てて良いのでしょうか。あのきれいな頂を自然のままに残してほしいと思います。私、ロープウェイの計画が潰れて内心ほっとしているんですよ」

「おまえもあの久藤という男に影響されたな。わしの親切も忘れて、最近あの男とつるんでいるという噂は本当だったんだな。大体あの男には東京に女がいると聞いた。深雪には合わん。あの男だけは許さん。わしは深雪の為を思うからこそ……」

「義兄さんが色々面倒みて下さったことには感謝しています。でも……お聞きしますが、義兄さんは十二年前のあの夜、秩父から電車で帰ったと言いましたが、雁坂峠を越えて来たんじゃありませんか？」

太一郎は信じられないものでも見るように、目の前の深雪を見た。深雪もまた、焦点を失って宙をさまよう太一郎の尋常ではない眼に、恐れを抱いた。

太一郎の脳裏に再び炎が燃え始めた。彼に忘れることの出来ない、あの夜がまた再現されていた。

――俺はあの夜、どうかしていた。……きっかけは、佐伯恵造と酒を呑みながら交わした給金のことだった。恵造の給金の方が多いのが、俺には解せなかった。そして許せなかった。頭に来て、いったんは電車で帰ろうと思ったが、駅近くに放置されていた自転車を見て、気が変わった。

俺はその自転車に乗って栃本に向かった。盗んだというつもりはなかった。また戻って来て、そこに置けば良いと思った。

栃本の手前の二瀬まできた時、顔見知りの荻原欣造に出会った。彼は給金を貰って、秩父に飲みに行くと言っていた。俺は何気なく、親方の家へ忘れ物をしたので取りに行くと言ったが、後で思えば失敗だった。

親方は一人で家にいて、酒を飲みながら、施主から集金したばかりの金を数えていた。今にして思えば、親方にも俺にも、それが不運の元だったのだ。

俺の抗議に親方は激怒した。二歳年上の恵造に幾らかの割り増しするのは当り前だ。大体お前より恵造の方が真面目だ、お前なんかもう馘首《くび》だ、とまくし立てられたとき、仕事にかけては恵造より上だと自負していた俺は、遂にキレた。

我を忘れて親方に摑みかかっていた。親方に突き飛ばされて倒れた時、そこに斧があった。俺は無我夢中でその斧を摑んでいた。

血を吹いて動かなくなった親方の、傍らにあった札束を財布に入れて懐に収《し》まい、懐中電灯を探し、自転車を中に入れると、ポケットからライターを取り出して障子に火を点けた。燃え上がる火を背に荒川の渓谷に駆け下り、川又で「火事だ」と騒ぐ人々の目を避けて、川伝いに逃れ、尾根への道に取り付いた。無我夢中だった。

雁坂峠を越えて逃げるつもりだった。なるべく電灯は点けないようにした。山歩きには自信があったし、闇に慣れるにつれて夜目も利いた。雁坂小屋で気付かれるのを恐れて、少し手前から灌木に摑まって尾根に出た。ようやく峠を越えてほっとした時、思いがけない場所にテントがあった。俺は思わず逃げた。しばらく下って、ほっと一息つき、煙草に火を点けた時ライターを落とした。大事にしていたカルチェのライターだ。疲れていた俺は、もう崖下に降りてそれを捜す気力はなかった。

家には未明に帰り着いて、気付かれぬように布団にもぐりこんだ。翌朝、女房の富子には昨夜のうちに帰ったと言い、「余計なことは言うなよ」と口止めしておいた。恵造からの知らせで、電車を乗り継いで再び栃本に行き、警察から事情を聞かれたが、恵造の証言のお蔭で疑われることもなかった。夜の山を越えるなど、想像の外だったのだろう。

ただ、荻原欣造が行方をくらまし、重要参考人として手配されたのが気掛かりだった。そして一週間後、案の上彼からの呼び出しがきた。どうして探ったのか、彼は塩山から清水屋旅館に電話してきたのだ。彼は焼け跡に黒焦げで残った自転車の話をちらつかせた。

塩山の飲み屋で彼と会った。彼は「俺は犯っていないから出頭してもいいが、今までろくなこともして来なかったし、過去の窃盗や恐喝がばれて食らい込んでもつまらない。それより俺が出頭したら貴方《あんた》が困るだろう。俺は今、金を使いきって文無しなんだ」と暗に俺を強請《ゆす》った。

俺は彼にしたたか酒を飲ませ、岩清水まで一緒に来れば当座の小遣いをやると誘った。酔いを醒ましながら行こうと、夜更けの道を歩き、笛吹川沿いに遡って、予め目星をつけておいた場所まで来た。

そこは道脇が切れ墜ちた崖で、下は岩畳になっている。俺はつれションしながら、油断を見すまして思いきり彼の背中を突いた。荻原欣造はあっけなく闇の底に消えた。俺は雨の落ち始めた暗闇の道を、岩清水に向かって歩いた。

二日後、雨の増水で流された荻原欣造の遺体が、下流で揚がったと聞いた。それで全てが終わった。あとは俺自身が、墓場まで闇を引きずっていけば済むことだ。

いや、女房の富子だけには俺の秘密を知られてしまったが、よもや喋ることはあるまい。俺が再度栃本へ行っている間に、箪笥の引き出しの奥に隠した親方の財布と札束を見つかって、問い質された。俺は富子の頬を思いっきり張った。そして固く口止めすると同時に、財布を焼かせ、ほとぼりの覚めるまで金の保管を命じた。おかげで以後ずっといい思いを共有してきたのだし、いわば富子は俺の共犯者だ。

ところがあの男、久藤竜彦が現れてから、どうもついていない。あの時、一瞬テントから顔を出した若者が、最近どうもあの久藤のような気がしてきた。

確かに、俺はあの時の金で事業を起こしたし、成功もした。いつも親方に悪いことをしたと思うからこそ、深雪の幸せを願い、面倒も見てきたつもりだ。その深雪が今、雁坂峠を越えなかったか、と言った。あの久藤竜彦にも、この間、遠回しに同じことを聞かれた。すべて彼奴《あいつ》の差し金だ。あの男は許せん——。

太一郎の神経は、酔いも加わって錯乱していた。眼の中に炎が燃え盛《さか》っていた。彼の目の前に、最近とみに女らしさを増した深雪の、胸の膨らみが息づいていた。昏い欲情が沸然とわき起こった。彼は深雪の肩をわし摑んでほえた。

「深雪、あの男は許さん。わしの言うことをきけ。悪いようにはせん」

深雪は、深酔いしたときの太一郎が、女癖が悪いことを知っていた。そして、かつて栄治に犯された時の恐怖が蘇った。彼女は階段に逃げ昇りながら、夢中で叫んだ。

「竜彦さん、助けて！」

居る筈のない久藤を、しかも竜彦さんと親しげに呼んだ深雪の言葉が、わずかに残っていた太一郎の理性を失わせた。彼は深雪を追って階段を駈けのぼり、白いふくらはぎを隠す彼女の着物の裾を摑んだ。深雪は恐怖を払いのけるように、力いっぱいその手を振り払った。巨大な図体が転がり落ちるけたたましい音の後に、ガンッと何かが潰れるような鈍い音が響いた。

8

久藤は、孤独な夜の道に、息をはずませていた。ようやく急坂を登りきると、道は緩やかになった。尾根の左側を巻く長い道のりが続いた。残雪の残る沢の源頭をいくつも渡った。

一時半過ぎ、雁坂小屋の脇を通り抜けた。小屋は寝静まって、人の起きている気配はなかった。樹林帯を抜けると、遂に峠に出た。月明りに照らされた草原が広がっていた。犯人は小屋を避けて、樹林をぬって峠に出たかも知れないが、いずれにしてもここまで来てほっとしたに違いない。久藤自身が今、ほっと息をついていた。

(この辺りだったか……)

久藤はかつてテントを張った辺りを見やった。午前二時になろうとしていた。あの時も確か今時分の時間だった。犯人は久藤たちのテントに驚き、慌てたに違いない。呻き声を発して逃げるように去った男の後ろ姿を、久藤は思い出した。

秋元康史がライターを拾った崖の上に来た。彼は帰京してから、律儀にも山の雑誌の拾得物欄に掲載した。久藤も『山と草原』に載せた。が、落とし主からの連絡はなかった。そのT・Sとイニシャルの刻まれたカルチェのライターは、今、久藤のポケットの中にある。秋元の遺品として彼の実家に保管されていたものだ。

あの笛吹川に転落死したという、荻原欣造という男を最初疑ったが、どうもそうではないらしい。太一郎のものに違いない、久藤の問い合わせに佐伯恵造が言った。彼はライターが好きで蒐集していたという。それにT・Sというイニシャル。清水太一郎は雁坂峠を越えている――久藤は確信した。それとない久藤の問いに、雁坂峠など通ったことはない、と太一郎は頑強に否定した。森田久作に聞くと「太一郎がガキの時分よく山を連れてまわったものだ。栃本にも行ったことがある」と証言した。太一郎は峠を越えたことを知られたくないのだ。

林道に出た。ひっそりと寝静まる広瀬を過ぎ、天科のバス停まで来た時、路上に人影があった。近づくと見覚えのある雑貨屋の主人だった。

「お早うございます。ずいぶんお早いですね」

と久藤が小声で挨拶すると、

「おう、前に恵造さと来た東京の人でねか。どこから来なさった」

「はい、雁坂を越えて来ましたが、ご主人はいつもこんなにお早いんですか」

「わしゃ、もう何年も早起きが習慣で、外便所で小便して、こうしてぶらつくのが健康法じゃよ」

そう言って朴訥そうな主人は笑った。久藤は少し躊躇したあと、思い切って尋ねた。

「十二年前の今時分、ここを塩山の方に向かって、誰か通らなかったでしょうか」

「そんな昔のこと分からんが……。夜明け前に山へ向かう登山者はたまにいるが、下る人に会ったのは貴方《あんた》さんが始めてじゃよ。あ、そういえばいつか太一郎さが山の方から来たことがあるが、あの人は女好きじゃで、わしゃてっきり広瀬の娘っこでもかまいに行った帰りと思ったがの」

「その年と、日を、ぜひ思いだして頂けませんか」

「もう古い事《こん》で、思い出せんが――確か今と同じ五月休みの前じゃと思うが……」

「十二前、昭和三十六年だったのでは？」

「いや分からん、分からん。そん時は太一郎さは逃げるように行ってしもたが……。そのあと、なぜか土産など持って訪ねて来て、石和に温泉が湧いて大騒ぎになっとる話をしたのは覚えちょる」

それ以上は無理であった。久藤は礼を言って天科を後にした。もはや太一郎が雁坂峠を越えたのを、疑う余地はなかった。石和が温泉ブームで湧いたのは昭和三十六年である。しかしそれをもって太一郎を犯人とする証拠は、なに一つない。あとはなぜ雁坂峠を越えたことを隠すのか、問い詰めるだけだ。

清水太一郎に恨みがある訳ではなかった。ただ深雪を人生の伴侶《パートナー》に希《のぞ》む以上、疑惑をそのままには出来なかった。久藤はもう辞表を出して、会社を辞めてきていた。ようやく彼は、自らの将来を見つけた気がしていた。飯沼頼子にも、きっぱりと別離を告げた。あとはアパートを引き払うだけである。

滝の音が谷底から聞こえていた。深雪との思い出のある一の釜であった。あと一時間で深雪に会える。いや彼女はまだ眠っているだろうか。夜が明けるまで起こさずに待ってやろう、と久藤は思った。

点け放しの電灯に、すぐに久藤は変事の起こっているのを悟った。階段の下に清水太一郎が倒れていた。柱に頭を強打したらしく、血痕が付着していた。息絶えてすでに数時間が経過したらしく、冷たかった。

「深雪……深雪さん！」

深雪は階下にも二階にもいなかった。食堂のテーブルの上のノートに、鉛筆の走り書きがあった。

（しまった！）

久藤は臍《ほぞ》をかんで、見覚えのある深雪の筆跡を眼で追った。

〝久藤さん――大変な事をしてしまいました。もう生きてお会いすることは出来ません。色々とお世話になりました。おかげで最近の私は本当に幸せでした〟

落ち着かねば、と久藤は思った。久藤は食堂や居間を点検した。居間の小引き出しが開け放しになっていた。中は空だった。深雪が睡眠薬を入れてあったのを、久藤は知っている。最近はよく眠れるからもう飲みません、と深雪が言ったのは、半年ほど前だ。

（彼処《あそこ》だ――）

と久藤は思った。彼処しか彼女の行く所はない、と確信した。戸外に飛び出すと、まず森田久作の家に向かった。眠っていた久作を叩き起こし、警察への連絡と救助隊の手配を依頼した。大村医師にも、もし山頂まで無理だったら、白樺平小屋まででも登ってほしい旨言伝《ことづて》を残して、彼は足早に山に向かった。

（自分が清水太一郎を詮索したことが、深雪を災難に追い込んでしまったのかも知れない……）

自責の念が久藤をおし潰し、一晩中歩いた疲労も忘れていた。白々と空は明るんで、夜が明けようとしていた。佐伯恵造は起きて、泊まり客の朝食の支度をしていた。救助隊の案内と、医師の指示を仰ぐよう依頼して、久藤は再び頂上を目指して急いだ。

（深雪、早まらないでくれ。間にあってくれ……）と念じた。

頂上に向かって何度も深雪の名を呼んだが、空しい谺が返ってくるだけだった。

朝日が赤々と染める頂の岩の上に、深雪は仰向けに横たわっていた。かつて深雪が、もし死ぬようなことがあるとしたら、こんな気持ちのいい岩の上で……、と言った岩である。

こんこんと眠ったままの深雪の傍らに、何枚かの薬の包み紙と、空になった魔法ビンが転がっていた。

頂上の北の一角に異様な石塔が立っていた。なにやら経文らしき文字が彫り刻まれ、下に施主・清水太一郎とあった。その太一郎は、もう仏となって旅館の階段の下に横たわっている。石塔の背後に雁坂峠が見えていた。久藤はその石塔を、気の小さい太一郎が己が罪を告白している姿だと思った。

久藤は反応のない深雪の身体をかき抱き、揺さぶりながら、一刻も早い救助隊の到着を祈るしか、なすすべはなかった。三十年の短い生涯を、自ら絶とうとした深雪が哀れだった。彼女の寝息だけにわずかに希望を繋いで、頬ずりする久藤の頬を、涙が伝って落ちた。

人声が近づいていた。久藤は彼らがやって来るまでの短い時間が、深雪と自分に残された最後の時間のような気がして、必死に彼女の身体にしがみついた。

9

久しく「開かずのトンネル」と言われた雁坂隧道が貫通したのは、平成六年のことである。清水太一郎の死からすでに二十一年の歳月が過ぎていた。開通まではまだ四年ほどを残すが、ともあれ甲州からの風が、峠を越えずして武州大滝村に向かって吹き抜けたのだ。開通すれば、歩きでほぼ一日強を要し、乗り物でも大回りしなければならなかった三富村と大滝村を、わずか数十分で駆け抜けることになる。

周辺も大きく変貌を遂げた。トンネルに向けてバイパスが走り、笛吹川は痩せ細ってしまったが、そのぶん広瀬のダム湖は満々と水を湛えている。観光地となった湖畔では、あの佐伯恵造が民宿を営んでいた。森田久作翁はもう鬼籍に入って久しい。

天狗岳の山頂からは、あの場違いな石塔が取り払われていた。その跡に、雁坂峠を背にして、小さな石地蔵がひっそりと置かれている。

春の一日、つづら坂を登る深雪の姿が見られた。大村医師の手当てで奇跡的に一命をとりとめた深雪は、その後の警察の取り調べやら、何やらも、もう苦痛とも苦労とも感じなかった。竜彦がいつも傍にいたからだ。

父親の事件も未解決のまま時効となったが、それも太一郎の妻、富子が深雪にした告白から、内々で一応の解決がついていた。富子は、引き出しの奥に隠されていた親方の財布と札束を見つけ、問い質したが、太一郎に顔が腫れるほど殴られ、以後太一郎の言うがままに、貝のように口を閉ざしてきたという。

号泣しながら詫びる富子に、深雪は太一郎を誤って死なせてしまった事を詫び、もう死んだ人のことはお互い口にしないようにしましょう、と固く約束して、以後はお互いを労りあうような、以前と変わらぬ親戚づきあいをしている。無論、久藤にもそれに異論を挟む気持ちなど、毫もなかった。

二十一年の歳月は彼女の髪に幾すじかの白髪をもたらしていたが、ふっくらとした頬は、一男一女に恵まれた彼女の自信を示していた。長男の一彦は、甲府市に下宿して大学に通っている。娘の雪乃は東京の女子大に合格して、今春上京したばかりだった。二人とも、自らの将来に希望を持つ、明るい若者に成長してくれた。

深雪は、見晴らしのきく所まで来ると、立ったまま一息ついて、来し方に目をやった。霞に煙る甲府盆地の向こうに、南アルプスの連嶺が白く浮んでいた。

この日、彼女は佐伯恵造の後を継いで、白樺平小屋を預かる夫の竜彦のもとに、荷物を運ぶ途中だった。荷物の中には、東京に落ち着いたばかりの娘の雪乃からの手紙が、大切にしまわれている。心配性の竜彦は、雪乃の東京への遊学に大反対だったが、最後には遂に折れた。深雪は額の汗をぬぐいながら、最愛の娘の便りに、欣喜するであろう夫の顔を思い浮かべて、思わず笑みをもらした。

森の中に、しきりと、鶯の鳴き声がした。

※「天狗岳」は実在の山ではありません。似た山に、筆者の好きな乾徳山があります。当時、連峰スカイラインの構想があったのは事実です。

遠野の一夜

風はいくぶん弱まったようであった。そのぶん雪は量を増して、彼のかむったツエルトの上に降り積もった。ときおり寝袋から腕を出して、彼は雪を己が体の下にかき込んだ。そうしないと、完全に埋まってしまうだろうと思われた。今、夜中の何時なのか、見当がつかなかった。寝袋は湿ってきて、もう何時間も震えどおしだった。

（小屋を出なければよかった……）彼は先程から繰り返した、何度目かの回想の中にまた浸っていった。早池峰《はやちね》山頂の避難小屋では、二晩を明かした。最初の夜は一人きりだった。一晩中荒れ狂った風雪は、朝になっても止まなかった。昨日登った急斜面は、新雪をつけて不安定になっているだろう。降り積もった雪が雪崩を起こす危険があり、下山は無理と思われた。

午後、風雪の中を雪だるまになって、六人のパーティーがやってきた。彼らは山田線の平津渡《ひらつど》駅から歩き、途中天幕を張って一夜を明かしたという。盛岡の大学のＯＢたちで、彼より三つ四つ年上の二十六、七歳に見えた。登山経験も豊富そうであった。

その晩、寝袋にくるまって声高な彼らの話を聞きながら、明日は下山しなければ、と思案した。食料も残り少なかったし、燃料も切れていた。

翌朝、彼らの止めるのを振り切って、前日よりいくらか弱まった風雪の中を、小屋を後にした。彼らの登ってきた平津渡へ降りるつもりだった。ルートに関しては彼らも賛成してくれた。小田越へ降りる急斜面より危険は少ないと思われた。

最初のうちは、前日彼らが踏み固めた後を辿り、新雪の上のいくらか凹んだ部分を歩くと、膝ぐらいのラッセルで済んだ。昼を過ぎた頃から道は雪に埋まって分からなくなり、腰までの雪を泳ぐ悪戦苦闘が始まった。夕刻ちかく、雪庇を踏み外して、沢に転落した。深い雪が幸いして捻挫で済んだようだったが、体力はもう限界に来ていた。そしてついに彼は雪の中に倒れ込んだのだった。彼はあの白魔の世界を彷徨《さまよ》った一日を、朦朧とした意識の中に思い起こしていた。寒気と、睡魔が交互に彼を襲った。彼の脳裏に、うるんだ瞳の白い顔が浮かんでいた。それは彼の脳裏を一刻として去らない映像であった。（彼女に逢わなければ――。話したい事が山ほどあるというのに。どうして俺は厳冬の山なんかに来てしまったんだ。眠ったら死ぬ。生きるんだ。彼女の為にも……）彼女と何度も歩いた、遠野の猿ガ石川の岸辺や、郷土史料館界わいでの、彼女の楽しそうな笑顔と、何気ない可愛らしいしぐさが目に浮かんだ。

彼女の郷里に遊んだとき散策した、浅間大社の境内や、裏山の巌からこんこんと湧きだして流れる、清冽な川の情景が思い浮かんだ。そしてその向こうに、信じられない高さで聳えていた白雪の富士山が、彼女の白い顔と重なって、彼の瞼に蘇っていた。

一

私の東北への旅は、台風八号が通過してから始まった。朝の新富士駅を久し振りの青空の下出発した私は、まさかその台風がコースを変えて再び東北地方を襲うなど、夢にも考えていなかった。本州中央部を横断したやゝ大型の台風は、日本海を北上して北海道西岸をかすめ、シベリア方面に抜ける見込み、とテレビは報じていた。

東北新幹線の仙台付近から車窓を打ち始めた雨は、下車した新花巻では更に激しくなっていた。駅の構内のテレビで、私は迷走台風が九十度コースを変えて、再び東北地方を襲い、大平洋に向かっているのを知った。画面には各地で起きている大雨による被害が映し出されていた。三日間台風の通過待ちをしていた私に残された夏期休暇は、あと三日だけだった。

（折角ここまでやってきたのだ、ともかく行ってみよう）私は駅前から岳《だけ》行きのバスに乗り込んだ。

「台風を追いかけて来たようなものだな……」

私は車窓の雨の風景を見ながら、苦笑して呟いた。バスは横なぐりの雨の中、ワインで有名な大迫《おおはさま》町を抜けて、山懐に分け入った。終点の岳集落に着いたのはまだ四時前であったが、辺りは夕闇のような暗さだった。予約していた民宿・大和坊はバス停のすぐ傍にあった。岳集落は修験道の名残か、各々の民宿をいまだ「坊」と呼んでいる。道を隔てて早池峰神社の山門があり、杉の大木に囲まれた暗い参道が奥に続いていた。

夕食が済んで、テレビも新聞もない部屋で、私は孤独で長い夜を過ごさねばならなかった。ますます強まっていく風雨の音を聞きながら、明日登る予定の早池峰山の伝説などを想い浮かべてみた。

――はるか遠い昔、一人の女神が三人の娘を連れて、この地を訪れて、言った。「今夜、ここでいい夢を見た子に、あのいちばんきれいな早池峰山をあげよう」……その夜、姉娘の上に霊華が降るのを見た末の娘は、こっそり自分の胸の上にそれを置いた。こうして末の娘、瀬織津《せおりつ》姫神は早池峰の神となった。二人の姉は夫々、遠野の六角牛山《ろっこうしさん》、石上山に祭られたという。――

早池峰山は、なんてわがままで、嫉妬深い女の神様を祭ってしまったのだろう。うつらうつらとそんな事を夢想している内に、いつの間にか眠ってしまったらしい。

翌朝、一番のバスで登山口の河原坊まで入り、台風の余波の小雨の中を、コメガモリ沢沿いの道を歩き始めた。最近運動不足の私は、足が重く、じきに息が上がってしまった。後からきたパーティーがなんなく私を追い越していく。中年の悲哀を感じながら、私は息を弾ませた。

頭垢離《こうべこうり》という最後の水場を過ぎると、道は尾根に向かっていた。這松の岩場に花々が咲き乱れていた。夫婦らしい中年の男女が立ち止まって指差しながら、ヨツバシオガマ、ハクサンチドリ等と花の名を口にしている。傾斜が急になってきた。雨は上がったようだが、濃い霧が立ち込めていた。巨大な岩塔が、濃霧の中にいくつも見え隠れしている。

ふと目の前の岩の間に、霧の露をたっぷりと含んで白く咲く花が目に入った。黄色い頭花のまわりを、星形の白い綿毛の花びらが囲んでいる。ハヤチネウスユキソウであった。数ある日本の薄雪草の中で、アルプスの名花エーデルワイスに最も近いといわれている花である。時おり吹く風が、花むらを揺らして過ぎた。

急な斜面を上りきると、小広い頂上に着いた。何も見えない頂で、何人かが記念写真を撮っていた。脇に早池峰神社の奥宮があり、少し離れて避難小屋があった。

私は小屋の中へ入って、早い昼食をとった。二、三人の登山者が憩っていた。小屋の薄暗い雰囲気に、何か胸を締め付けられるような重苦しい気配を感じて、私は早々に小屋を出た。

ゆるやかな尾根を下山にかかると、「左、門馬に至る」と標識があった。私の予定は、右の小田越に下って昨夜泊まった岳集落に戻り、バスを乗り継いで遠野に行くつもりだった。

が、左側の緑の濃いゆるやかな山腹をみると、急に気が変わった。岳側は濃い霧に埋まっていたが、そちらには薄日が差し込んで、今にも晴れそうに思われた。私は誘われるように、薄日に向かって足を踏み出していた。

時おり、私は、気まぐれな衝動に支配される。地図は持っていなかったが、門馬には確か盛岡からの支線がある筈だ。まだ時間も早いし、電車を乗り継げば、今日の内になんとか遠野まで行けるだろうと思った。未知の土地への期待が私の心をはずませていた。

道は這松帯から灌木帯に入る。長い道のりだった。三時間も歩いて、暗い密林を抜けたところで林道に出た。もう里もそう遠くはないだろうと思えた。左手の谷川の音が大きくなった。その奥に崩壊した沢が落ち込んでいるのが見えた。いかにも暗鬱で、妖気をただよわせた沢であった。私は、逃げるように足を速めた。

ほどなく舗装路に出た。一台の車が止まっていた。渓流釣りを終えて、帰り支度をしていたらしい初老の男が、声をかけてきた。

「こちらへ下山する人は珍しいですね。どちらから？」

私が静岡から来たと言うと、彼は釜石の住人だと名乗り、帰り道だから駅まで送ると言った。

「途中で崩壊した沢が見えたでしょう」

車を走らせながら男は幾らか東北訛りの口調で言った。

「ああ、あの暗い沢ですね」

「アイオン沢といってね、昭和二十三年の台風で崩壊して一夜で出来た沢ですよ。アイオン台風と名付けられたその台風では、この東北の地だけでも六百余名の死者、行方不明者が出たんですよ」

男は当時を回想するように言った。昭和二十三年といえば、私がまだ小学校に入学したばかりの頃であった。

「そういえば十年ほど前の冬にも、遠野の若者が遭難したことがありました。疲労凍死でしたな」

「そうですかー」話を聞きながら、私は憂鬱な気分になっていた。そしてあの陰気な沢の光景をもう一度瞼に描いた。

車は橋を渡り、国道らしい道に出た。ほどなく平津渡という駅で私は下ろされた。山間の小駅であった。改札口に人影は見えなかった。売店に入り、声をかけたが、誰もいない。もう一度大声で呼ぶと、奥から返事がして中年の女が出てきた。洗濯でもしていたのであろう、手拭いを姉さんかぶりにして、前掛けで手を拭きながら、人の良さそうな笑顔を見せた。

「遠野まで行きたいんですが、次の宮古行きは何時ですか」

「朝夕《あさばん》だけで、昼間は走っていないんだども……」

私が意味を解しかねてポカンとしていると、彼女は早口の東北弁で懸命に説明してくれた。それによると、通勤、通学の朝と夕方の何本かの他に、客のない昼間の便はないのだという。困った顔の私に、バスを乗り継げば遠野に行けないことはない、と彼女は言った。

「こっち行ぐバスさ乗って、運転手に聞げばわかるべ」

礼を言っていわれたバス停で待つと、二十分ほどでそのバスはやってきた。私は前の方の座席を占め、さっそく何処で乗り継げば遠野に行けるのかを、運転手に尋ねた。ところが三十歳前後に見える運転手は首をひねるばかりで、知らないという。それから私の周囲にいた乗客のざわめきが始まった。どうやら、彼らは私の質問の答を議論してくれているらしい。早口で飛び交う東北弁は、私には苦手な英会話と同じに難解であった。

その結果、陸前川井という駅から出る村営バスを三台乗り継げば、遠野に行けるということが分かった。私は安堵して窓外の景色に眼を移した。道と平行して川が流れていた。きれいな流れであった。少なくとも、わが郷里のようなコンクリートで固められた川ではなかった。柳田国夫の『遠野物語』に出てくる、河童が棲んでいそうな川だった。その『遠野物語』の世界に憧れて、私は遠野を目指しているのだった。

川井という停留所で、乗客に礼を言ってバスを降りた。橋を渡った先に駅があった。折よく、何人かの乗客を乗せたバスが出発待ちをしているところだった。それが最終のバスと聞いて、私はほっと胸をなで下ろした。

バスは山里の曲がりくねった道を、苦しそうなエンジン音を響かせて上っていった。幾つものトンネルをくぐり、途中で何人かを降ろした後、終点の小さな集落に着いた。バスはここから折り返すのだという。

その先は向こうから来るバスが引き継ぐらしい。

三叉路の雑貨屋の前で、その家の老婆と一言二言話す間にバスはやってきた。脇の空き地に車体を止めて下り立った中年の運転手は、老婆と話し込み、いつまで経っても出発しようとしない。どうやら、どこぞの嫁が家出をした話などしているらしい。姑の愚痴っていたのを聞いた運転手が、また話を広めているのだった。

聞き耳をたてながら私は苦笑した。家出した嫁が『遠野物語』の時代だったら、山深く入り込んで山女になるのでは、と想像して可笑しかった。

二十分ほどして出発したバスは、更に山深くに分け入った。乗客は三、四人しかいなかった。最後に私ともう一人の客だけになると、バスはつづら折りの道をあえぎ、ついに峠を越えた。落葉樹の多い林はところどころ伐採されていて、とても天狗や山男の棲むような山には見えなかった。いや『遠野物語』の世界を空想しながら旅している私の方が、どうかしているのかもしれなかった。

山懐の牧場のような一軒家の庭が、最後の中継地であった。もう向こうからのバスは来て、待っていた。その遠野駅行き最終バスの乗客は私一人だけだった。

バスは山間を離れ、田園地帯に入って行った。青々とした稲穂を付けた田や畑が見渡すかぎり続いて、その間に農家が点在していた。山の端に陽が沈もうとしていた。ゆるやかな山々に囲まれた盆地を、残照が照らしだしていた。

太古は湖だったという遠野の語源は、アイヌ語のトオヌップ（湖のある丘）からきているという。明治の末、地元の学徒・佐々木喜善氏から聞き書きした昔話を著わした柳田国夫の『遠野物語』によって、遠野は〝民話の里〟として一躍世に知れわたった。

遠野盆地は、七つの峠によって盛岡、花巻、宮古、釜石等と通じ、中世には交易の中継地として賑わったという。しかし山深い盆地の人々は、深い雪に閉ざされた長い冬を過ごさねばならなかった。そんな人々にとって、無雪期にやってくる交易商人や修験者、金山師、木地師、浄瑠璃語りらから聞いた話や、村のだれそれの噂話などを、炉辺で語ったり、或いは子供に寝物語りなどして長い冬を過ごすのが、唯一の愉しみではなかったろうか。曰く、天狗にさらわれた話。山男、雪女、河童など山の霊異に満ちた話。狐狸に化かされた話、などなど。

また遠野は、人と神仏の距離が最も近いところといわれた。オシラサマ、オクナイサマ、ゴンゲサマなど数々の素朴な神々を彼らは祭ってきた。

ザシキワラシ（座敷童）のごときは、今もいるという。「旧家にはザシキワラシという神の住みたまふ家少なからず。此神は多くは十二、三ばかりの童児なり。折々人に姿を見することあり」（遠野物語十七）

ザシキワラシには童女もいたという。いたずら好きで、たいがいは二人で家の何処かに隠れ住み、ワラシがいる間はその家は幸運で富むというが、彼らが家を去るとカマドをかえす（破産する）といわれていた。

――そんな幻想と現実のはざまに想いを馳せながら揺られていると、いつの間にか途中で何人かの乗客を拾ったバスは、ネオンの瞬く町に入っていた。

二

遠野駅でバスから降りた私は、宿を探さねばならなかった。電話ボックスに入って、職業別の電話帳を繰る。私の眼は自然と民宿欄を追っていた。懐具合からくる習性であった。そしていきなり目に飛び込んだのが「駅前民宿旅館・遠野館」の広告だった。

おあつらえ向きだった。疲れていた私はもうこれ以上動きたくなかったし、なにより空腹だった。夏のシーズンに、駅前の旅館が予約もなしに泊まれるかどうかなど考えもせず、私はダイヤルを回した。

「遠野館でございます」

私の耳に若い男の声が心地よく響いた。私は当然の事のように一夜の宿を申し込んだ。

「素泊まりなら宜しいのですが……。この時間ではもう食事のご用意が出来ません」

「いいですよ。それよりお宅は、駅前のどこですか。今、駅の電話ボックスからかけているのですが」

「あ、そこからなら当館が見える筈です。駅前の広場に池がありますね。そこに河童の像が立ってるでしょう。その先を辿ってください。遠野ホテルの左、食堂かっぱ屋との間です。宜しかったら、かっぱ屋で食事してからお出で下さい」

なるほど、広場に池があり、河童のブロンズ像が二、三体立っている。その向こうの三階建ての白亜のホテルの左隣りに、古びた二階建ての小さな宿がひっそりと立っていた。ホテルも食堂も明るい照明に包まれていたが、真ん中のその宿だけがかすかに「民宿旅館・遠野館」と読める古い看板を掲げて、うす暗く沈んで見えた。

私は広場を横切って、まず食堂に入った。店内は二、三組の客だけで空いていた。私は応対に出た女将に、ビールと定食を注文した。

「早池峰に行って来たがですか？」

ビールと膳を持ってきたお上が、床に置いた私のザックを見て言った。話し好きのようであった。私が頷くと、

「今晩はお泊まりでっしょ。どちらがへ」

「隣です。駅前から電話したところです」

「あれ、よく空いていやしたなあ。隣はきれいな宿ですやろ。どちらからお出でられたかの」

きれいな宿と言われて、私は少々不服だったが、あえて反論するのも隣に失礼と思い、黙っていた。

「静岡県の富士宮です」

「それはそれは、遠くからようお出でなさったの。そういえば、ずいぶん昔に来なさった若い娘さんが二人、富士とか富士宮とか言わしゃったなあ」

「……そうですか」

私は曖昧にあいづちをうち、食事を終えると早々に腰をあげた。女将はまだ話したそうだったが、私が疲れているのを察したのか愛想よく送り出してくれた。

食堂を出て、その足で隣の暗い玄関をくぐった。

「いらっしゃいませ」と奥で声がして、二十三、四と思われる若者が小走りに出て来た。

「お食事はお済みになりましたか。あいにく今夜は他の者が用事がありまして、ぼく一人で申し訳ありません。お風呂はすぐに入れます」

と愛想よく、二階の一室に案内する。薄暗い裸電球が、ぼんやりと黒ずんだ部屋を照らしていた。

私はすぐに階下の風呂に浸かりにいった。ぬるい湯が、疲れた身体に心地よかった。

(それにしても、こんな暗くて古い宿に似合わない好青年ではあるな……) 私は風呂の中で一人ごちた。

風呂を上がっていくらか元気を取り戻した私は、帳場の奥で何やらゴトゴトと音をさせている若者に、声をかけて、ビールを注文した。

「すぐにご用意いたします。食堂でお待ち下さい」

八畳ばかりの部屋に、黒光りしたテーブルが並んでいる食堂の椅子にかけて待つと、若者はじきに、ビールとさきイカなどを盆に載せてきた。

「泊まり客は私一人ですか?」

ビールで喉を潤しながら、調理場に入って食器の音をさせ始めた若者に、私は声をかけた。

「はい、じつは、休業にしようと思っていたところへ、お客様からお電話が入りました」

「それは悪かったですね。ところであなたはこの辺の言葉ではないですね」

「いえ、まだまだ訛りが消えないのですが。じつは東京の大学を出たものですから。失礼ですが、お客さん、静岡の方ではありませんか？　ぼくは静岡の富士宮に友達がいて、二、三度行ったことがありますので……」

私は驚いた。これまでも言葉の訛りから郷里を当てられることは時たまあったが、遠い岩手県へ来てまでとは、思わなかった。それから急に若者に親しみを感じた私と、調理場から出てきて私の近くに腰かけた若者は、話をはずませた。私は聞き手を得た嬉しさから、今日辿ってきた道のりなどを得々と彼に話した。彼は若いに似ず、聞き上手であった。

「——という訳で、遠野に憧れてやってきたんですよ。今夜にでもザシキワラシに会えると面白いんですがね」

私はビールで上機嫌になっていた。しかし若者は、次に私に水をかけるようなことを言った。

「はあ、観光で来る方には面白いかも知れませんが、地元の人たちにとっては深刻な話でもあるんですよ。現にぼくの家にも昔、五、六才ばかりのザシキワラシがいたという言い伝えが残ってるんです」

「昔、いた？」

今度は、私が聞き役に回っていた。

「はい、祖父の代に出て行ってしまったらしいんです。それから我が家にはいい事がありません。祖父はアイオン台風の時、行方知れずになってしまうし、父も交通事故で、若くして亡くなってしまいました」

私はたった今まで、民話の世界のハナシだとしか考えていなかったので、返す言葉をなくしてしまっていた。が、彼が意外に笑顔を崩さずにいたので、思い切って聞いてみた。

「すると今は、誰とこの旅館をやってるの？」

「母と二人です。あいにく今日は親戚の法事で母が出かけたので、休みにしましたが」

「それは感心な。お若いのに親孝行ですな。私は遠野の民話が好きで、こうしてやって来ましたが、すべて実話だとは思えません。むしろほとんどが童話の世界のような気がします。例えば、愛娘が飼馬と愛し合ったのを怒った父親が、斧で馬の首をはねると、悲しんだ娘がその馬の首と天に上ってオシラサマになったという話など、ほとんど現実味に欠けますね」

と私が言うと、彼はつと後ろの縁台に手を伸ばして人形らしいものを手にとると、私の眼の前に置いた。顔らしいものを細工した細木に、衣装のように布を巻き付けただけの素朴な人形だった。

「これがオシラサマです。桑の木で作ったものです。多くの遠野の人が信仰している神さまです。桑の葉は蚕の食べ物、馬も農耕や荷駄の運搬に人々になくてはならないものだったでしょう。そうした生活に不可欠なものが、信仰に変わっていったんじゃないでしょうか」

「なるほど。それと、昔六十を過ぎた人が捨てられて一か所で共同生活したという〝デンデラ野〟の話。あれなど私にはユートピアのように思えますが、ね」

「いえ、それもぼくは各地にある棄老伝説とおんなじじゃなかったかと思います。――それと山女の話も多いですね。貧しかった昔、何かの事情で家に居場所のなくなった娘や嫁の行く場所は、山しかなかったのではないでしょうか」

次第に私は、眼の前の若者と、もう五十を過ぎた私の立場が、逆さまになったような錯覚に陥っていった。遠野へ来る途次、バスの運転手が噂していた家出嫁のことが思い出された。若者は熱に浮かされたように、更に話し続けた。

「農耕の技術がまだ幼稚だった江戸時代には、平均気温が二度下がると、二割強収穫が落ち、三度下がると六割強の減収になるという、過酷な法則があったそうです。大凶作の年は、人口が四分の一になったといいます。人喰い鬼の話は、飢餓に苦しんで死体を喰った人の話が、転化していったのではないでしょうか。――また、嫁が河童の子を生んだので殺したという話がありますね。あれなど間引きの口実ではなかったかと、ぼくはひそかに考えています」

馬を川に引きずり込もうとして捕まった河童が、詫び証文を書いたという、ユーモラスな河童のイメージしか持ち合わせなかった私は、彼の陰惨な、或いは真実であるかもしれない話にすっかり打ちのめされていた。

「あ、お客さん、すみません。ぼくばかり話してー。もうドントハレに致します」

「ドントハレ?」

「ええ、民話の語り部がいう、お終《しま》い、という意味です。それとも、語り部でもお呼びしましょうか」

「いや、疲れたから休むことにしよう」

時代ものの柱時計が、十一時を指していた。私の前には、既に二本のビールが空になっていた。かなり酔いもまわっている。若者は、彼の大人びた自説を披瀝した後にしては、あの人懐こい笑顔で、

「大丈夫ですか? 肩をお貸ししましょうか」

と、私の面倒を見ようとするのだった。固辞して二階の部屋に上がった私は、敷いてあった布団にごろんと横たわると、もう身動きも適わず、朦朧とした頭に今日一日のことどもの断片を追いながら、眠りに引き込まれていった。

音もなく襖が開いて、すっと誰かが入ってきた気配がした。見ると、一人の小柄な老婆が、閉めた襖を背にちょこんと座っている。いや、よく見ると老婆ではなく、まだ五十の半ばかと思える、和やかな顔立ちをした中年の女だった。

「お休みでやんしょうか？」

彼女が膝を進めても、私は金縛りにでもあったように、身動きも出来なかった。これは夢なのだろうか？

女はぼそぼそと湿った声で語りだした。

「よくお休みになれますように、ザシキワラシのお話でもして差しあげようと思いあんして……。

ここらではザシキボッコとも言いやんすが、ひどいいたずら者でござんして、はァい。納戸のだれも使わない糸車をカラリカラリと鳴らしたり、押し入れにある小豆の叺《かます》に穴こをあけて、いきなり、パラパラと撒かして、驚かしたりするものでござんすと、はァい。

昔ある人が、この北川の家から、見かけない赤い振り袖の女のボッコが二人して出ていくところを見たそうでござんすと、……。それから後、北川の家ではみな若死にしやんして、今は死に絶えてしまいあんしたと。はァい。今日はこれでドントハレ。

どうぞ、静かにお休みなされましょ……」

翌朝、私は、寝不足のような重い気分のまま階下に降り、宿泊費を払いながら、頭にひっかかっていた疑問を若者に質《ただ》した。

「昨夜、語り部さんが来ませんでしたか？」

「いいえ、誰も来ていませんが……」

若者はなぜか昨夜より十も老けたような、疲れた顔を上げて即座に否定した。私はなおも腑に落ちぬ気持ちだったが、若者がふと顔を曇らせたのを感じて、黙った。若者は、もじもじとなにか言いたげな様子であったが、思い切ったように口を開いた。

「お客さん、申し訳ありませんが、……富士宮にお帰りになりましたら、宜しくと伝えてほしい人がいるのですが……」

昨夜の雄弁な面影は消え、若者はもぞもぞとポケットから一葉の写真を取り出すと、おずおずと私に差し出した。見ると二十一、二と思われる若い女性が二人、遠野駅を背景に写っている色あせた写真だった。

「裏に二人の住所と名前が書いてあります。二人のうち一人に伝えて頂ければいいのです。ぼくの名前は北川豊といいます。遠野の北川が宜しく——と。いいえ、お互い元気でいるのが確認できれば、それでいいのです」

「承知しました、必ず伝えましょう。お世話になりました」

宿を出て、駅の売店でパンと牛乳で腹ごしらえをし、乗ったタクシーが走り始めてからだった。私は夢から覚めたように、はたと思い出したのだ。宿を出るとき名乗った若者の名前が、昨夜、夢かうつつか、私の枕元で、「北川の家では……今は死に絶えてしまいあんしたと」と女が言っていた名前と同じだったことを――。

暑い夏空の下、私はタクシーで遠野の観光名所を急ぎ足でまわった。常堅寺の裏のかっぱ淵は、こんな所に河童が棲んだとは信じられないほど、小さな川だった。次に行った山の中腹にある五百羅漢は、石に刻まれた素朴な姿で夏草におおわれていた。宝暦や明和の飢饉で、餓死した農民を供養するため、大慈寺の和尚が建立したものだという。

私は暑さと寝不足からか、ぼうっとした頭で昨夜の若者の話したことなど思い浮かべながらそれらを見物し、最後に千葉家の曲り家を見て、遠野の次の駅、綾織から正午過ぎの電車で帰途についた。

車内で弁当を食べたほかは、乗り換えの花巻までうとうととまどろみ通しで、東北新幹線に乗ってからも座席でぐっすりと寝入ったまま、終点の東京駅まで一度も目が覚めなかった。新富士駅には、車内から電話しておいたので、妻が迎えに来ていた。

「どうしたの？　……ぼうっとして。なんか竜宮城から帰った浦島さんみたい」

改札口を出た私を見て、妻が笑った。事実彼女の運転する車の中で、私は夕闇に浮かぶ富士山の黒いシルエットを見上げながら、久し振りに故郷に戻った浦島太郎のような、気の抜けた顔をしていたに違いなかった。

三

九月に入って、いくらか秋の気配の感じられる日曜日だった。私は遠野の若者から託された言伝《ことづて》を伝える為、写真の裏に記された二人の女性の内の一人、井筒美奈子の家へ向かった。何かそれを果たさないと、忘れ物をしたようで落ち着かなかった。

私は、自動車販売会社の営業課のチーフをしていた。ノルマに追いかけられる日常が続いていた。ここ数年続いたバブルもようやくはじけて、景気は下降線を辿っていた。会社では月々下回っていく売り上げを、まるで営業マンが悪事でも働いているかのごとく責め立てた。

月末の締めが終わって、一息ついた日曜日であった。井筒美奈子の家は郊外の閑静な住宅地にあった。近くを閏井川が流れていた。きれいに手入れされた庭と、瀟洒な二階家が、住む人の余裕を感じさせた。

ブザーを押して、待つ間もなく中年の女が出てきた。

「どちら様でしょうか?」

美奈子の母親であろうか、静かで落ち着いた物腰であった。来意を告げる私の方が、何からどう話そうかとまどいながら、

「井筒美奈子さんのお宅ですね。じつは、岩手県の遠野の……」と話し始めると、一瞬女の顔色が変わったような気がした。が、私は務めを早く果たしてしまいたい一心で、遠野へ旅したことから駅前の旅館の若者に言伝を頼まれたことを話した。ところがあれほど落ち着き払っていた筈の女の顔は、話が進むにつ

れ、驚いたように目を見開き、困惑の表情に変わっていった。そしてほぼ私の話が一段落すると、決然とした態度で、

「あの、遠野館の北川豊さんはとうにお亡くなりになった筈です。私どもとはもう縁もゆかりもございません。どうかお引き取りください。娘は今は結婚して子供もでき、すっかり落ち着いております。今日も婿どのと一緒に遊びに来ることになっております。どういう方に頼まれたのか存じませんが、今後いっさい遠野の話は聞きたくございません」

今度は私が唖然とする番だった。何かの誤解があるのでは、と私が口を開こうとしたとき、表に車の止まった気配がした。

「娘が来たようです。どうかお願いです。娘には話しかけないで下さい」

女は突然あわてだし、必死な表情で、廊下につかんばかりに頭を下げるのだった。

「分かりました。私は他意があってやって来たのではありません。それさえ分かって頂ければ……」

「本当に申し訳ございません」

私は挨拶もそこそこに玄関を出た。門まで来たところで赤子を抱いた娘とその婿であろう男とすれ違い、軽く会釈を交わした。二十七、八に見えた娘は、色白の面長な顔立ちに、大きな目が印象的だった。男の方は三十を二つ三つ越しているであろう、長身で陽に焼けた顔はスポーツマンタイプであった。まだ数か月かと思われる赤子をあやしながら笑い声を上げ、いかにも幸せそのものといった若夫婦に見えた。

私はすこし走ってから、閖井川の土手に車を停めた。そしてあの遠野の若者に託された写真をポケット

から取り出して、眺めた。右側に写っているのが確かに先刻会った井筒美奈子であった。いや、結婚したというから今は井筒ではあるまい。この写真はもう何年か前のものに違いなかった。実物の美奈子は写真より五つ、六つ老けていた。

それにしても井筒美奈子の家でどうしてああいう事になってしまったのか、分からなかった。北川豊さんはとうに亡くなった筈です、先ほど美奈子の母親は確かにそう言った。あれはどういう事なのか？　知らぬ間に私は、触れてはいけない事にかかわっているのではないのか？　もうやめた方がいいのでは、と思案した。

が、思い直してもう一人の滝口弘子の家に向かった。なにかをはっきりさせたい――そんな気持ちが私に働いていた。

滝口弘子の家は富士市の山の手にあった。農業を営んでいるらしい彼女の母親は、人の良さそうな女であった。用件も聞かずにすぐに嫁入り先の娘に電話を入れ、在宅を確かめてくれた。

私は富士の市街地に向かった。彼女の家は望月といった。サラリーマンの家庭らしく小ぢんまりとした借家に、小学校の低学年らしい二人の男の子と戯れていたおとなしそうな男が、彼女の夫であった。弘子はあまり身なりにこだわらないタイプの女で、三十一、二に見えた。あの写真より十は老けて見える。望月

私は名刺を差し出して挨拶をした後、せっかくの日曜日を邪魔した詫びを言った。遠野の件で、と切り出した私の用件を察したのか、いかにも朴訥そうな夫は二人の子供を公園に行くと言って連れ出してくれた。

私が話し出すと、弘子の顔色が変わっていくのが分かった。私の方も、先刻、美奈子の母親が示したと同じ反応にとまどっていた。弘子は暫く思案のあと、言った。

「なにか狐に化かされているような気持ちですが、私と美奈子と北川豊さんとのことを全部お話ししてみます」

昔を思い起こすかのように、訥々と話した弘子の話の概要は、以下のようなものだった。

――私と美奈子は大学の同級生でした。隣同士の市《まち》で育った二人が、東京の大学の同じ美術科に入学したのは奇遇でした。初めて大都会に出て、たった一人の下宿生活に不安いっぱいだった二人が、郷里が近くということから急接近したのは当然でした。

私は農家に育ち、見たとおり余り飾らない性質《たち》ですが、美奈子はおっとりとした、育ちの良さを感じさせる娘《こ》でした。しかし、その一方に気の強い、情熱的な一面を秘めていました。ご両親は共に高校と中学の教師とのことで、一人っ子の彼女は、厳格な父親と、情操面にやかましい母親に厳しく育てられた、と話していました。

私と美奈子は何故かお互い気が合い、上京一年後には部屋こそ違え同じ下宿先に住み、卒業後も、結婚してからもずっと仲良く交際を続けています。

サークルも二人で相談して「民話研究クラブ」に入りました。北川豊さんと知り合ったのはそのクラブでです。北川さんは遠野の民宿旅館の一人息子だったので、夏休みに誘われたのをこれ幸いに、二人で押しかけたのです。おかげで学生の身分の私たちには、たいへん安くて豪勢な旅行を楽しむことができたのです。

美奈子と北川さんの仲に気付いたのは、三年になった年の春休み、二回目の遠野旅行の時でした。二人の見交わす眼と眼を見れば、いかに鈍感な私にも二人が好き合っているのは分かりました。だからそれからは誘われてもそれとなく断り、二人のデートの邪魔をしないようにしていました。

北川さんは陽気でひょうきんなところがありましたが、反面、生真面目で堅実な性格でした。美奈子の相手にふさわしい、と私は祝福する気持ちでした。

卒業してお互いの郷里に帰り、美奈子は大手のフイルム会社に就職、北川さんは家業の民宿を継いで母親を手伝っていましたが、遠く離れてから二人の仲は急速に進展したようでした。

私は地元のスーパーに勤めていましたので、美奈子と会う機会は少なくなっていました。そんなある日、美奈子から電話が入り、喫茶店で久し振りに会いました。私は美奈子の顔が少しやつれたような気がしました。彼女は美人顔なので、私より三つも四つも若く見られるのです。

「お願いがあるの……」と、か細い声で話し出した美奈子の表情には、明らかに悩みの影が差していました。そしてぼそぼそと北川さんとのその後のことを話しました。二人はもう結婚の約束もし、お互いの家庭も訪問し合ったのですが、北川さんの母親が快く許してくれたのに反し、美奈子の両親の猛反対にあったというのです。とくに美奈子の父は頭から反対で、以後いっさいの行き来を許さないという厳しいものでした。

「北川さんからの手紙や電話を、弘子に取り次いでほしいの……」と言って、そのあと美奈子の語った言葉は、家出も辞さないという覚悟を匂わせるものでした。私は女の勘で、二人の仲が後戻りできないほど深くなっていると感じました。

それから北川さんからの手紙や電話の仲立ちをして三か月ほどが過ぎました。三月の中頃だったと思います。北川さんからの連絡が暫く途切れていたある日です。北川さんのお母さんからの電話は衝撃的なものでした。

私は電話が切れてからも、暫く言葉を失い、そのことをどう美奈子に伝えていいものやら、考えもつきませんでした。北川さんが雪の早池峰山に登って、遭難したというのです。吹雪の止んだあと、盛岡から来た六人のパーティーが下山途中雪に埋まった北川さんの遺体を発見したのだそうです。

北川さんは元から山登りが好きでした。でも最も危険な季節にあえて出かけたのは、美奈子とのことで悩む日々を一刻でも忘れる為だったのでは、と私には思えてなりません。

私にとって誤算だったのは、美奈子が北川さんの子を身ごもっているのに気付かなかったことです。北川さんの死を知ったあと、なかば半狂乱の日々を過ごした彼女は、半月後に流産しました。さすがのご両親も、はれ物に触るように彼女に接しざるをえませんでした。

人が変わったように、ますます無口に、かたくなになった美奈子を暖かく見守っている人がいました。同じ職場の秋鹿徹さんです。秋鹿さんはすべてを知った上で、何年も辛抱強く彼女の心が開くのを待ちました。

美奈子がようやく過去を忘れて、秋鹿さんの愛に応えゴールインしたのは、去年になってからでした。そして十か月後には玉のような男の子が産まれました。やっと訪れた幸せな日々にほっと胸を撫で下ろした美奈子のお母さんが、突然現れて遠野のことを話す貴方を追い出したのも、そういう理由からです。

私はご覧の通り二人の子持ちで、老けて見えますが、美奈子も私も今年三十二歳になりました。北川さんが亡くなってもう十年にもなります。北川さんのお母さんも二年後に亡くなられたそうです。それは遠野館の隣にある食堂かっぱ屋のおばさんに電話して知りました。その後遠野館は遠野ホテルに買い取られ、解体されて、今はホテルの一部になってしまったそうです。

一度遠野へ出かけてお墓参りしなければと思いつつ、十年もの歳月が過ぎてしまいました。——

四

私が再度遠野へ向かったのは十月に入ってからだった。五十五歳の定年ももうすぐそこに迫って、以前ほど仕事に意欲を感じないこの頃だった。毎月のノルマや、客との応対に神経を磨り減らす日々を忘れ、休暇の三日間をのんびりと東北の秋でも楽しもう、という気持ちが私の中にあった。

電車は紅葉の山峡を走っていた。二か月前青々としていた田圃の稲は黄金色に色づき、もう刈り入れ作業をしている農夫の姿も見えた。目指す遠野が近付いていた。私はあれから望月弘子の話してくれた話を幾たび頭の中で反芻したことだろう。そして遠野での一夜の出来事に考えを及ばしたことだろう。

「十年も前に亡くなった北川豊さんに、どうして会ったというのでしょう」——あの時、弘子は青ざめた顔でそう言った。それは私の言いたいセリフでもあった。

遠野駅で降り立った私にはもう覚悟ができていた。私は真っ直ぐに電話ボックスの前に向かって歩いた。そしてあの夜と同じように、河童のブロンズ像の立つ池の向こうに目を遣った。民宿旅館、遠野館はやはりそこに無かった。

あの食堂かっぱ屋に隣接しているのは、三階建の白亜のホテルだけだった。私はその遠野ホテルに今夜の予約をしてあった。電話した際、遠野館の消息を聞いてみた。望月弘子の言った通りそれは取り壊され、ホテルの一部になっていた。七年前のことだという。

念のため、二か月前の宿帳に私の名前が無いか調べてもらった。「ありません」と怪訝《けげん》な声が返ってきた。いったいあの夜、私は何処に泊まったというのだろう。

駅前は前に来た時と変わった風景に見えた。この前は気付かなかった、ユーモラスな河童の形をした交番があった。私は広場を横切って食堂に向かって歩いた。

前と同じに定食を注文すると、女将はすぐに私に気がついたようだった。

「ああ、またやって来たかね。よほど遠野が気に入ったようだね」

「今日は以前隣にいた北川豊さんの墓参りに来たんです。お墓は何処でしょうか?」

「それはご奇特な――。じゃがどうして北川さんを知っとりなさるかの」

二か月前のあの夜、隣で会いました、と言って、誰が信じるだろうか。

「十年ほど前に静岡から女の子が二人来たといいましたね。もう二人とも結婚してましてね。来られないので、旅行のついでに私が頼まれたのです」

私は曖昧に言った。女将は十年以上も前に静岡から来た二人の娘を思い出した様子で、怪しむ風もなく、寺の在所を教えてくれた。

「北川さん家《ち》も気の毒にのう。豊ちゃんは盛岡の方の登山者が雪の下に埋まってるのを見つけたいう話じゃが、眠るように死んどったそうな。なんでもアイオン沢の近くじゃったと言うとった」

アイオン沢といえば早池峰から下る時に見た暗鬱な谷であった。あんな里近くまで降りてきて彼は遭難してしまったのか。よほど深い雪だったのだろう。私は、知らぬ間に彼の登山コースを辿り、彼の霊を遠野まで連れてきてしまったのだろうか。二か月前に辿った山の情景が、私の脳裏に蘇っていた。

「八重さんものう、気の毒に。一人息子に死なれて、二年後にはあとを追うように病死してしもうた。昔、北川の家からザシキボッコが出てっちまったというからのう。家は絶えてしもうたが、親戚筋があとを始末したということじゃ」

女将は嘆息するように言った。

「いろいろ有り難うございました。お墓参りに行って来ます」

「行ってらっしゃれ。今夜も隣にお泊まりかの？」

「ええ。また隣に泊まります」

私は「隣に」と言った言葉をもう一度呟き、憮然として食堂を後にした。

駅前で買った花束を手にタクシーを降りたのは、二か月前見物した五百羅漢の近くの高台にある、大立寺という古い寺だった。庭先で、五十近くかと思われる坊さんが落ち葉を掃いていた。この寺の住職と思われた。私がさっそく北川家の墓を尋ねると、

「お墓参りですか。それはご奇特な――。暫く北川さんの墓を訪れた人はいなかったで、喜んでくれるでしょう。どちらからお出でなされました」

青々とした坊主頭の住職は、私の旅装を見て言った。

「静岡県の富士宮というところです。昔、北川豊君の旅館に泊まって、世話になったものですから」

「それはそれは。豊君も気の毒なことでした。このお堂の中に遺影がありますが、ご覧になりますかな？」

住職はかたわらの、赤いトタン葺きの古いお堂を指して言った。私は喜んで彼の後に従って縁を上った。障子を開け、畳の薄暗い部屋に踏み入ると、ひんやりとした空気が漂っていた。住職が紐を引いて裸電球を点けたが、暫く眼が慣れなかった。

「ここにござる方々は、皆ここのお墓に眠っている人たちです」

住職の指差す、四方の壁の上部に、幾十という額入りの写真が掲げられていた。ほとんどがセピア色に色あせていたが、中には最近のものらしいカラーのものもあった。それは異様な光景だった。紋付き袴の老人老婆から、軍服姿の若者、着物姿の娘、はては二、三歳と思われる童女まで、種々雑多な人々の遺影が額に収められていた。それらの幾十という死者の眼が私を見下ろしていた。

「これが豊くんです」

住職の指さす先に、まぎれもないあの人懐こい北川豊の笑顔が私を見下ろしていた。先刻住職に、昔世

話になった、と言ったが、つい二か月前に私は彼と話し合ったばかりだった。

「隣に居るのが彼のお母さんです。気の毒に、豊くんの遭難から二年後に亡くなりました」

穏やかな微笑顔の中年の女の写真に眼を移した私は、愕然とした。あの夜、寝物語りしてくれた、最初老婆とも見えた女性であった。この母親にも私は会っている――。あれは夢ではなかったのか……。

「お墓へご案内しましょう」

僧侶の声に、私は夢から覚めたばかりのように、蹌踉《そうろう》とした足取りで彼の後に従った。

墓地は東の高台にあった。遠野盆地の展望が開けていた。市街地の周囲に色付いた豊饒な田野が広がり、中に一すじ糸を引くように猿ケ石川の流れが光っている。その奥に遠くかすむ山は早池峰山であろう。右手の穏やかな三角錐は六角牛山に違いない。それらは数多くの伝説を生んだ山河であった。

「この墓地は昔ダンノハナといって、罪人を処刑した所です。その先の林や草原は、遠野の姨捨山といわれたデンデラ野があった所です」

住職の説明を聞きながら、私は落ち着きを取り戻しつつあった。遠野郷に伝えられた過酷ともいえる物語群とは裏腹な、伸びやかな草原や紅葉の林を、午後の陽が柔らかく包みこんでいた。

「なむあみだぶ――なむあみだぶ――」

住職が立ち止まってお経を唱え出した。北川家の墓の前であった。黒光りした石塔の横に墓碑があった。私はそこに刻まれた戒名を目で追った。終わりから二行目の戒名の下に、俗名北川豊、享年二十四歳とあり、逆さをみた母親の戒名がそれに続いているのが哀れであった。八重、享年五十七。

「それでは私はこれで。ゆっくり拝んでやって下さい」

住職が去ると、私は一人取り残された。花立ての水を替え、花を供えると、線香一束に火を点けて墓前においた。そして内ポケットから写真を取り出して墓の前に置いた。望月弘子に依頼して内緒で手に入れた写真だった。赤子を抱いた秋鹿美奈子がにっこりとほほ笑んでいる。

「約束どおり、静岡の二人に君から宜しくと伝えましたよ。君は井筒美奈子さんのことが気掛かりだったんだね。彼女は元気でいるから心配しないでいいよ。もう浮き世の事は忘れて、ゆっくり眠ったらいい……」

私はぼそぼそと墓に向かって話しかけた。北川豊の純情を思い、霊安かれと祈るような気持ちだった。私しか居ない墓地は森閑と静まり返っていた。

ふと、墓の中からくぐもった声が聞こえたような気がした。見ると目の前の黒い石塔の中に、照れくさそうに笑みを浮かべた、あの北川豊の顔が映っている。

「ありがとうございました。また貴方と遠野の民話の話でもしたいですね。どうぞ今夜も遠野の夜を楽しんで下さい」

そう言ってほほ笑んだかに見えた影は、すぐにかき消すように消えて、そこには、最近とみに白髪《しらが》の増えた私の、疲れたような顔があるだけだった。

何れ《いず》が現実《うつつ》で何れが幻影《まぼろし》なのか、わからなかった。やはりここは遠野なのだ——そんな思いが胸をよぎった。私は暫くそこにぼうっと佇んでいた。ようやく腰を上げて、墓を後に二、三歩歩き出した時だった。

背後にふと気配を感じて、私は振り返った。墓地には、消え残った線香の煙が一筋立ちのぼっているだけであった。その向こうの草原に、二人の童女がちょこんと背中を見せて座っているのが見えた。肩を押し合ってふざけながら、クスクスと笑っている。赤い振り袖に、おかっぱ頭……。

私は身震いして、思わず呻き声を上げた。

「ザシキワラシ……」

二人の童女は突然立ち上がると駆け出した。そして草原に没するように姿を消した。が、姿を消した辺りから、私の耳に、可愛らしい声が、確かに聞こえた。

「ドントハーレ！」

（了）

ケルンの墓

「イホちゃん――、おれ……」

若者は、眼の前に俯く娘を覗き込むようにして、思い詰めたように言った。「おれ、イホちゃんとコウイチ兄貴が結婚するなんて、どうしてもイヤだ。もしそんな事になったら、おれ、家になんか居られやせんし、死んじまうかも知れない」

年齢《とし》の頃は十七、八か、まだ幼な顔の残る顔立ちで、澄んだ眼をしている。娘も同年代、少女のような初々しい顔に涙のつたう白い顔を上げて、悲しげに若者を見返した。

「マツジさん、そんな……、でももうどうにもならないの。父ちゃんは、亡くなったマツジさんのお父さんと生前交わした許婚《いいなずけ》の約束は絶対破れないと、身一つでいいから明日にでもコウイチさのとこ行けって」

「無体だよ、そんなの」

「なんでも、マツジさんのお父さんに生前助《す》けて貰った恩があるし、ウチは一男三女で、女は早く出さないと食い扶持にも困るって。マツジさんと弟のジュウキチさんもいずれ家を出る身でしょ？」

「ジュウキチのやつは、満蒙開拓義勇団に応募して満州へ行くって張り切ってるが、俺はイホちゃんのいない国なんか行く気にならんに」

「……」

娘は寒いのか、綿入れの袂を少し合わせるような仕草をして、黙り込んだ。若者も古びた作業衣の襟を立てた。

城山《じょうやま》と呼ばれる丘の一角、頂にある牧場の外れの見晴らしのいい草地が、二人の好きな場所だった。二人がそこに座ってから、もう長い時間が過ぎていた。日差しは早春の柔らかさを含んでいたが、冷たい風が赤松の梢を鳴らしている。木立ちの間から、盆地状の斜面に点在する村の屋根〳〵が見えている。天竜川の流れは山裾に隠れて見えなかった。

二人には、祇園さまのお祭りや和合の念仏踊りを見に行った時の、楽しい思い出もあった。むろん、若い男女の交際など許される時代になく、花火や踊りを見るにも、少し離れた位置で見た。往き還りの道も、人影の見えない時だけ寄り添って歩いた。

娘は、若者の好きな山や川の漁の話を聞くのが好きだった。

「宮田村の奥の西駒ヶ岳さ登るとね、大井川の向こうに赤石山が連なって、その上に富士山が見えるさ」

若者は、山や川の話をする時だけ眼を輝かす。

「富士山、一度見てみたいな」

娘は夢見るような眼を、若者に向けた。

「高い山には、この辺にない花がいっぱい咲いてる。赤や黄や紫の……」

「私も、見てみたい。でも、もう私にはそんな自由な日は来ないわ」

二人の間に、また先ほどからの重苦しい時間が戻っていた。

「二人で、逃げようか」

「そんな……」

言ったものの、若者に、娘を連れて行くあてなどなかった。貧しい村では、長男以外の結婚は許されず、次、三男は、他郷へ出稼ぎに出るか、あるいは満州の開拓団に加わるか――限られた選択肢しかない。何処の家にも大家族を養うだけの田畑《でんぱた》はなかったし、それに代わる雇用先もなかった。

昭和十一年春。東京で若手将校たちがクーデター未遂を起こしたという風聞が、伝わってきていた。日本が次第に軍事色を強め、戦雲を孕みつつある気配は、この信濃の片田舎でも感じられたのである。

暫くの沈黙のあと、若者は諦めた風に立ち上がって、その場を去ろうとした。娘は慌てて立ち上がって、何やら懐から取り出すと、無言で若者に押しつけるように手渡した。手作りの布袋のような物だった。

若者は唐突に娘を引き寄せると、不器用に抱擁して、娘の唇に己が唇を軽くおし重ねた。二人は、初めての抱擁に、お互いの動悸が音を立てて伝わり合うのを感じていた。

数刻後、若者は娘を離すと、後をも見ずに丘を駆け降りていった。

父親に付き添われた娘が、若者の兄の元に嫁入ったのは、数日後のことである。風呂敷包み一つの嫁入りだった。

若者の姿は、その時すでになく、その後も村に戻ることはなかった。

1

昭和三十五年八月十八日付、朝刊の三面片隅に次のような記事が載った。

「黒部仙人谷に白骨遺体

八月十七日、富山県警に、剣岳山系の仙人池ヒュッテを経営する志鷹新生《しんせい》さんから、登山者を介して入った情報によると、八月十五日、仙人谷に岩魚釣りに出かけた志鷹さんが、身元不明の死体を発見した。遺体は中年男性のものと思われるが、すでに白骨化しており、衣服は登山者と違う労働者風のもので、ぼろぼろに破れていたという。富山県警は遺体確認のため、十九日現地に向かう予定」

五日後に続報が載った。

「黒部仙人谷の白骨遺体、現地で荼毘に先に仙人谷で発見された遺体は、該当する登山届も、身元を特定する物証もないところから、現地で荼毘に付された。なお、全国に照会されたが、該当する家出人や行方不明者は今のところ出ていない」

その年の夏山も終わりに近い、八月三十日。仙人池ヒュッテには、昨夜半から降り続く雨に、七人の登山者が停滞していた。

昨年彌陀ケ原から移築して営業を始めたばかりだという山小屋は、新築らしい快適な明るさがあった。新築といっても古材が主で、壁など一部が新しい板で仕切られた、手作りの素朴な造作である。それがかえって登山者たちに安らぎをもたらしているようであった。

入り口から土間続きの板の間は食堂を兼ね、土間との間に仕切られた囲炉裏には薪が焚かれている。

朝食後から囲炉裏を囲んだ登山者たちは、みな今日の出発を諦めた様子で、窓外の風をまじえた横殴りの雨にもの思わしげな目をやり、時おり溜め息をつく者もいた。

深見周三は、昨夜から二階の同室で枕を並べた若者たちを見やりながら、自分だけが近ごろの登山ブームに合致しない異質の人種ではないのか——という思いにとらわれていた。

若者たちは十代後半から、いっても二十四、五歳であった。それに比べて中年男の自分は、もう山に似合わない年齢に達してしまったのではないか。服装も彼らの登山用具店で揃えたらしい真新しい防風着やニッカーズボンと違って、着古した普段着である。軽登山靴だけは今回の山行のために新調したが、ピッケルやザックは職場の山好きの若者からの借り物だった。

深見は老け込むにはまだ早い三十五歳になったばかりだが、ここ十年ほどは山から遠ざかっていた。今回も登山自体が目的ではなかったから、最短のコースでここまでやってきた。室堂までバスで入り、雷鳥沢から別山乗越を越えて剣沢小屋に一泊した。

昨日は剣沢雪渓を下降して、二俣から、昨年仙人池ヒュッテの経営者、志鷹氏によって開かれたばかりの仙人新道を辿った。

久方振りの登山に疲れはてて、仙人池ヒュッテに着いたのは、午後の三時を回った時間だった。仙人池の静かな湖面には、岸の灌木の燃えるような緑と、雪渓を突き上げる裏剣の岩峰群が、絵のように映しだされていた。

昨日辿った山の情景を思い浮かべながら、深見は十年前の遭難しかかった、いや、ほとんど遭難した時のことを思い出していた。

傍らでは囲炉裏に薪をくべながら、昨日八つ峰から登頂し、北方稜線を下ってきたという三人組が、しきりと登攀の時の様子を話し合っている。その冒険の興奮がまだ醒めやらないらしい。剣の一般コースを往復したという二人組が、羨ましげに話に聞き入っている。もう一人、単独で立山を越えてきたという若者は、柱にもたれたまま、寡黙に外の雨をながめていた。

奥の台所で片付けものをしていたらしい小屋主が、窓の外に眼をやりながら、土間を伝って現れた。

「おう、風が変わったようだな。明日は晴れるじゃろう」

そう言いながら、手に下げてきた黒く煤けたヤカンを、囲炉裏の自在鉤にかけると、どっこいしょと丸太の椅子に腰をおろした。小屋主の名前は、志鷹新生《しんせい》。髭に覆われた浅黒い顔の眼鏡の奥の眼は優しげだったが、無駄のないひき締まった体躯と、キビキビとした物腰は山男特有のものだった。

「この天気じゃ、今日は客は来んじゃろう。夏も終わりじゃで、暫く開店休業が続くかも知れんのう」

「剣沢小屋には大勢泊まっていましたが、こちらは静かそのものですね。小屋もまだ新しいようですが」

深見が言った。

「去年から営業を始めたばかりで、雑誌やガイド書で案内して貰ったんじゃが……。なにせここへ来る一般ルートは剣沢経由の一本しかない。剣を越えて来るにはよほどのベテランじゃないと危険じゃし、おまけに帰るにはまた同じ道を辿らにゃならん。あんた方のようにわざわざ来て下さる方は貴重じゃよ」

志鷹はそう言って笑った。それから彼はひとしきり、小屋を立ち上げるまでの苦労話を朴訥な語り口で語った。登山者たちには、山の主ともいえる男の話を聞きたがる習性があるようで、みな熱心に聞き入っている。

――志鷹家は代々彌陀ケ原の追分小屋を経営してきたが、五年前の昭和三十年、室堂までのバスが開通してから、バスが通過してしまう彌陀ケ原では経営が成り立たなくなった。開発が古い歴史を壊していく――どこにでもある話であった。

新妻を娶って間もない志鷹は、これからの生活の方策を考えねばならなかった。生まれながらの山男の彼には、生きる道は端《はな》から山にしかない。

彼は山小屋の移転先を探して、幾つかの候補地を尋ね歩いたが、この仙人池からの剣の眺望に魅了され、後はまっしぐらに山小屋建設の許認可をとり、旧小屋の解体、運搬にと突き進んだ。妻の静代は、金の遣り繰りを含めて苦労の連続だったという。

運搬は大変な作業だった。室堂から雷鳥沢までは雪上車で運べたが、別山乗越へは多人数の人夫の歩荷《ボッカ》で担ぎ上げねばならなかった。

乗越からは長大な剣沢の雪渓を、橇を使って運び下ろした。所々にあるクレバスに墜ちないよう、細心の注意の要る作業が続いた。

二俣に集結した材木は再び人手で急峻な北股谷を担ぎ上げなければならない。デポされた材木の束が、一夜の雨の増水で跡形もなく流されてしまうというアクシデントもあった。

こうしてようやく完成したのは一昨年の昭和三十三年の秋、雪のくる寸前のことであった。しかし小屋開けは翌年の、残雪の少なくなる七月に入ってから。雪のくる十月半ばにはもう小屋を締めなければならないから、わずか三か月の営業期間である。

「今年もまだ赤字続きで、静代のやつ頭が痛かろう」

志鷹はそう言って新妻の苦労を豪快に笑いとばして見せたが、深見は自分と同年輩か或いは少し若いかと思われる彼の白いものの混じる頭髪に、その苦労のほどを垣間見た。

志鷹の話題は好きな岩魚釣りや熊猟の話などに移っていたが、つと柱の古時計を見やると、

「おお、もうこんな時間か――、昼飯の支度せにゃならんな。皆さんはこの雨じゃどうもならんで、話でもしてゆっくり寛いで下さいや」

と、台所へ向かいかけた足をふと止めて、言った。

「ここの秋はいいぞ。剣のてっぺんから新雪の白、紅葉、深緑と、三段染めじゃよ」

眼鏡の奥の彼の眼は、その三段染めの光景を映しているかのように輝いて見えた。

2

午後も雨は降り続いた。

七人は為す事もなくまたぞろ囲炉裏の周囲に集まり、雑談などして無聊を慰めていたが、三人組のリーダーらしき若者が、ふと深見に向き直って、

「僕たちのつまらない話ばかり聞かせて、お聞き苦しかったでしょう。できたら何か面白い話を聞かせて頂けませんか」

と言う。深見はそういえば自分は聞き役ばかりで、何も話していなかったことに思い当たり、もう一人

黙してばかりだった単独で来た若者の方を見やった。が、二十一、二かと思われるその若者は、端正な顔をポッと赤らめて顔の前で手を振ったあと、右手で深見に向けどうぞという仕草を見せただけだった。

「そうですね……。私はここ十年ほども山から遠ざかっていて、これといった面白い話も持ち合わせませんが……」

深見が話し始めたとき、ちょうど片付けを終えたらしい志鷹が顔を見せた。

「あ、ちょうどよかった。これはご主人に是非聞いて頂きたい話なのですが……。私の今回の山行の目的とでもいいましょうか——」

志鷹は例の丸太の椅子に、それが彼の癖らしい「どっこいしょ」と声をかけて座ると、

「どうぞ……、年配の方の話はいろいろ為になりますからな。若い人たちも聞いておいた方がいい」

と促すように言った。

「いえ、お恥ずかしい。じつは遭難してしまった失敗談なのです。今からちょうど十年前、昭和二十五年の夏でしたが——、まだ若かった私は、この剣岳に登りに来たのです」

深見は、当時のことを一つ一つ思い起こすようにして、話し始めた。

——深見の青春期は、戦前戦後の混乱と食料難の時代だった。敗戦の前年に学業を了えて、一年繰り上がった徴兵検査を受け、近くの製紙工場に就職してからもいつ召集令状が来て戦地に追いやられるかと戦々恐々としていたが、そのまま終戦を迎え、徴兵だけは逃れることができた。

その暗かった青春を少しでも取り戻そうと始めたのが、登山だった。学生時代ひそかに愛読した冠松次郎や田部重治の本、それに中支で戦死した山好きだった伯父の影響で、南や北アルプスに憧れていた。最初は当然低い山から始めた。尾根歩きに飽き足らなくなると、愛鷹山や丹沢の沢登りに熱中した。人に迷惑をかけたくなかったから、いつも一人だった。ようやく体力と登攀技術にある程度の自信をつけ、五、六度南や北アルプスの高峰を経験したあと目指したのが剣岳だった。昭和二十五年の八月に入ったばかり、会社へは一週間の休暇願いを出した。

あれは朝鮮戦争が始まった年だった。その隣国の戦争は皮肉にも日本に特需による好景気をもたらし、食うや食わずの戦後から、世の中はようやく明るさの兆しが見え始めていた。

富士山麓の富士宮駅を最終の夜行で出発して、糸魚川経由、登山口の芦峅寺まで一日を要した。二日目は彌陀ケ原の追分小屋まで、三日目にしてようやく剣沢小屋に辿り着いた。

剣沢小屋には、戦争による抑圧から開放されて、青春を謳歌しようと押しかけた若者たちが十数人はいたろうか。彼らは八ツ峰へ、源治郎尾根へとはやる気持ちを抑えきれない様子で、小屋内には興奮気味な会話がとびかっていた。

翌未明、電灯を頼りに前剣まで登った時、雲海の上に黒々と伸びる後立山の稜線から朝日が上った。急峻な雪渓を見下ろしながら連続する岩場を慎重に辿り、念願の剣の頂に立ったのはまだ九時をまわったばかりの時間であった。

頂上には深見と相前後して到着した女性混じりのパーティーがいた。

「どちらへ下山しますか？　私たちは長治郎谷を下るのですが」

と、中の女性の一人に問われた深見は一瞬ドギマギしたが、

「仙人山を経て黒部の水平歩道の方に行こうかと思ってます」と答えていた。

深見は下山に長治郎谷を下降するコースや、黒部谷へのコースを考えてきていた。黒部谷へのそれはバリエーションルートで、不安はあったが、山岳雑誌に載った記録も調べたし、予備の食料や一晩ぐらいのビヴァークに備えた防寒具も用意してきている。

が、女性に聞かれなかったら、彼らと同じ長治郎谷にコースをとっていたかも知れない。彼は人との会話が苦手で、特に女性に話しかけられるとアガってしまって、とんちんかんな受け答えをするのが常だった。彼はそのパーティーと別れて北方稜線に向かってから、自分のいつものあがり癖を後悔していた。

険悪な岩場が続いた。クライマーたちが通ったであろう岩のすり跡を目を凝らして探りながら、一歩一歩慎重に下っていった。ずっと下方にあった雲が、いつの間にか上昇してきて視界を遮っていた。

霧のあいまに巨大な岩塔や岩壁が見え隠れした。それらの景色をじっくりと眺める余裕もないままに、何時間が経過しただろう。ふと足下の傾斜が緩やかになったのに気づいた。時計を見ると、昼をとうに過ぎている。

彼は岩に腰かけて、カラカラに渇いた喉に水筒の水を流し込み、握り飯をむさぼった。すこし余裕が出て、地図とコンパスで方向を確かめた。かすかな踏跡が霧の中に続いていた。

数時間後、彼は這松のなかで立ち往生していた。まだ四時を過ぎたばかりなのに夕闇のように暗く、今

にも雨が降りそうな気配だった。

巨きな岩の下に畳一畳ほどの平地を見つけて、露営《ビバーク》することにした。この辺りまでは彼はまだ遭難したとは思っていなかった。食料も防寒着も持っていたし、ツエルトを被って夜を明かした経験もあった。眠れぬままに長い夜を過ごした彼は、明け方、疲れから眠り込んでしまったらしい。ふと気がつくと、ツエルトを雨が叩いて、自分も半身濡れ鼠になっていた。明け方の寒気に身震いした。

いつの間にか雨が降り出したらしい。雨具を着てみたが、半分濡れた体は、じっとしていられないほど寒く、歩くことにした。

仙人山のピークさえ分かれば、記録にあったコースは見つかるだろうと思った。仙人谷沿いに下降し、滝に出くわしたら、左岸の尾根をまいて下れば、水平歩道に行き着く筈だ。

尾根らしい灌木の中を、何時間も彷徨《さまよ》った。ふと、踏跡らしい切り開きが谷に向かっているのが目に入った。人の通った跡か獣道かはさだかでなかったが、ともかくも辿ることにした。

が、その踏跡はすぐになくなった。再び尾根を目指して沢の源頭を渡り、雪渓に出た。軽アイゼンをザックから取り出して装着し、滑落にそなえてピッケルを構えながら足を踏み出した。雪面は雨で締まって歩き易かったが、疲労が彼の足取りを危うくしていた。

深見は、その雪の急斜面からどうして滑落したのか覚えていない。スリップしたのか、或いはアイゼンの歯をズボンの裾にでも引っ掛けたのか。

転倒した深見の身体は、雪面を横になり逆さになりして次第にスピードを増して行き、雪面につき出た岩に激突したのか、その時の衝撃と、大きくバウンドしたのをおぼろげに覚えている。気がついたのは恐らく何時間もあとだったろう。雪渓の末端の砂礫地に投げ出されて、雨に打たれていた。反射的に起き上がろうとしたが、全身に痛みが走って起き上がれなかった。

深見は今、自分が何処とも分からぬ山奥の沢で「遭難」という状態におかれているのを知った。

幾分雨脚は弱まったようだが、代わりに風が立ち木や岩に鳴って不気味だった。霧が山肌を覆い、宵闇が迫っていた。

3

深見は時おり襲う幻覚と浅い眠りの中で、寒気と苦痛に苛まれながら、長い夜を過ごした。自分は今、登山者の通るルートから大きくはずれた奥山にいる。ここがどの辺りに位置しているのか、見当もつかない。しかも全身打撲状態では、明日になって天候が回復したとしても、果たして歩けるようになるのか。胸中を不安と恐怖が渦巻いた。

夢を見ていた。勤務先の工場で時おり顔を合わす、まだ名前も知らない女子事務員の、幼さの残る白い顔だった。廊下などで行き会うたび、彼はそれとなく熱い視線を投げた。彼女は潤んだ大きな目で彼を見返した。

が、一介の工員にすぎないというコンプレックスを抱えた彼は、話しかけることも出来ず、ただ会釈を交わすだけだった。彼女に交際を申し込み、色好い返事でも得ていたなら、彼は危険な山になど出かけて来なかったかも知れない。

ツエルトの外が明るくなったのを意識してからも、彼は断続的な眠りに引き込まれた。何時ザックから引っ張りだして被ったのか、ツエルトが彼の身を護っていた。

「おい！」

野太い声と同時にツエルトがめくられ、彼は昼の光の中にさらされた。

「どうした！　墜ちたのか？」

誰かが彼の顔を覗きこんでいた。髭面の男だった。男の後ろの山肌には霧が流れていたが、天気は回復しつつあるようだった。

「歩けるか？」

男が聞いた。深見は起き上がろうとして、腕を突っ張ったが、「うっ！」と呻いて、再び仰向けに倒れた。男は、触れる度に呻き声をあげる深見の身体を、揉むようにあちこち点検していたが、

「大丈夫だ。骨折はないようだ。肋骨の一、二本折れとるかも知れんが、いずれにしてもこんな所にいては、凍え死んでしもうに」

と言いながら、彼の身体からアイゼンやキスリングをはずし始めた。

「足が腫れとる。捻挫のようだな。少し痛いかも知れんが、暫くの我慢だ」

男はそう言うが早いか、彼の身体を後ろ向きに担ぎ上げた。深見は、どうやら自分を助けるつもりらしい男の、素姓も、何処へ連れて行くのかも分からぬまま、屈強なその肩で呻き声を上げ揺られているしか

術《すべ》はなかった。

何時間が経過しただろう。男は慣れた足どりで岩を伝い、尾根を越え、雪渓を渡った。

深見の身体が下ろされたのは、暗い洞穴《ほらあな》の中だった。何か柔らかいものの上に寝かされた。プンと硫黄のような匂いがした。安堵感に包まれたあと、彼は再び昏睡に陥っていった。

目覚めた時、暗い洞穴の中に火が焚かれていた。炎に照らされる男の横顔が見えた。彼は、自分がどうしてここにいるのかを思い出した。

「助けて頂いたのですね。有り難うございます」

かすれ声で言う深見に、

「おう、気が付いたか。食うものならあるぞ。食って、眠ればじきに元気になる」

と言って男は焚き火で何か焼いていたが、しばらくして木の器を彼の枕元に差し出した。ぷん、と異様な匂いがした。彼は自分に掛けられていた衣服らしいものを除けて、苦痛をこらえて半身を起こした。器には白身の魚と肉らしきものに、生の山菜が添えられていた。男が小枝で作ったらしい箸を無造作に彼に渡し、

「岩魚とカモシカの肉だ。火を通してある。食え」

と、ぶっきらぼうに言った。

深見は湯のみ茶碗の白湯に喉をならしたあと、魚の肉をほぐし口にはこんだ。塩味の少ない淡泊な味だったが、しばらく何も口にしていなかった彼にはご馳走だった。魚を食べ尽くしてから、肉を恐る恐る口に

入れた。

「塩は貴重だから余り使えんが、新鮮だから旨かろう。肉も行者ニンニクの葉に包んで喉に流しこめば、食える」

カモシカの肉を含んで渋面をつくった深見を見て、男が言った。

「何しにこんな山奥に来た？」

男が不審げな顔をして聞いた。

「はい、剣岳に登りに来ました。黒部の水平歩道に下ろうと思ったのですが……」

「何をとりに来たんだ」

「……」

深見が意味を解しかねていると、男は続けて聞いた。

「ツルギって、あの尖った高い山か」

「そうです。山登りに来たのです。それよりここは何処なんですか。貴方はどうしてこんな所に……」

「ここか。ここは黒部谷の近くだ。おれは……名のるわけにはいかん」

「……」

暫く沈黙が続いたあと、男が言った。

「明日、荷物をとりに行ってきてやる。おれの釣竿も置いて来ちまったからな。二、三日休んで動けるようになったら、阿曽原まで送ってやる。ただし――」男は一息ついたあと、

「おれに会ったことは、里へ帰ってからも言わんでもらいたい。さあ、もう寝るとするか」

そう言って、燃え残った焚き火に灰をかけ始めた。

静寂に包まれた長い時間が、闇の中に流れた。

翌朝、深見が目覚めるともう外は明るくなっていた。暗い洞穴の中に男の姿はなかった。

彼はようやく暗さに慣れた目で洞穴の中を探った。入り口部は人の背ほどで、中は案外に大きな穴らしかった。硫黄の匂いがしていた。山中の洞穴にしては、何故か生温い空気が流れているような気がした。洞穴の隅を流れる水から湯気が少し上がっている。

焚き火を挟んで男の寝たらしい跡があった。クッション代わりに細木を敷き詰めた上に、毛布が置いてある。深見にも毛布と防寒着らしいジャンパーがかけられていた。彼自身も細木のクッションの上に敷かれた敷き物の上に寝かされていたらしい。

その敷き物は黒々とした動物の毛皮のようであった。毛の先の爪に気づいて彼は慄然とした。深々とした剛毛はまさに月の輪熊のそれであった。

何本かの丸太を並べた上に、流木や枝を刻んだらしい薪が積まれていた。地面の湿気に濡れない為の工夫らしい。ゴム長靴や地下足袋等も見え、つまりここで生活するものの装備が備えられているらしく、それらに半分油紙がかけられていた。

(何者だろう。どうしてこんな所に住んでるんだろう)

深見がそんな思いにふけっていると、足音が近づいた。深見のザックとピッケル、釣竿を持った男が入

り口に現れた。彼はザックを薪の上に下ろし、

「起きたか。腹が空いたろう。今、岩魚でも焼いてやる」

と、再び表に出たかと思うと、すぐに魚を二、三尾と肉塊らしきものを手摑みに戻ってきた。

「万年雪の下に蓄えてある。何でもあるぞ」

と言いながら、懐から油紙に包んだマッチを取り出して火をおこしにかかった。

「荷物をどうも有り難うございました。もうあんな遠くまで行ってらっしゃったんですか。大変だったでしょう」

「なに、ひとっ跳びだ」と彼は意に介さぬように言い、「あのツルッパシみたいなものだが、ありゃ何に使う？」

と興味しんしんという目つきで聞く。

「あれはピッケルです。雪の上で転んだ時、制動《とめ》る道具です」

深見は答えながら、ピッケルを持っていたにもかかわらず転落してしまった自分を恥じていた。

ピッケルは中国戦線で戦死した伯父の形見であった。出征するとき言った叔父の言葉が甦った。

「これは山で身を守るための道具だ。戦争が終わって山へ行けるようになったら使ってくれ。ただし飾り物じゃないからお前が使わなくなったら、誰でもいい、これを必要とするヤツにやれ」

伯父は戦死を覚悟で出征したに違いなかった。

「ところでおまえ、郷里《くに》はどこだ。どこから来た？」

と男は、あたかも弟に対するような物言いで言った。髭に覆われて黒く焼けた男の相貌は、深見よりひと回り以上年長に見えた。

「はい、静岡県の富士宮市。富士山の麓にある町です」

「ほう、富士山か。富士山は近くから見たことはないが……、遠くからなら昔よく見た」

と、男は遠くを見るような眼をした。

「そうだ。この近くの山の上から、いつか小さな富士山を見たことがある」

深見は、彼の眼が一瞬輝いたような気がした。

炎で周囲の岩盤が照らしだされた。スコップが立てかけてあり、ゴムホースが壁を伝っているのが見える。

「そのホースは何に使っているんですか？」

「お、これか。こりゃ水で湯を埋めてるだ。奥に熱い温泉が湧いてる。腫れがひいたらお前《ま》んも入ったらいい。はやく治るってもんだ」

「どうりで岩穴の中が暖かいと思いました。どこから引いてるんですか」

「この上の雪渓だ。雪の下を水が流れとる。冬はこのスコップで雪をぶち込んで埋めるんさ」

「えっ。冬もここに住んでるんですか？」

深見には信じがたいことであった。冬季この地域の山岳が豪雪に見舞われることは、新聞やラジオで知るまでもなく、およそ常識でも想像できることであった。

男は焼いた魚と肉を深見に渡しながら、食えという仕草をした。

「四、五か月は冬ごもりよ。吹き溜まりは十メートルを越す雪だ。とても出歩けたもんじゃない」

「いつからここに？」

男は暫く言い渋る風であったが、

「十四年になるかな……。一人になってからでももう十年か――」

と言ったきり、両の目を閉じて黙り込んだ。十四年前といったら、昭和十一年、その間には日中、太平洋戦争も挟まっているではないか。それにその内の十年を彼はたった一人でいたという。いったいどういうことなのか。

しばらく、二人の間に沈黙が続いた。深見は何を口にしたらいいのか分からなかった。

ようやく口を開いたのは、男であった。苦渋に満ちた声音であった。

「十年、人と口をきいたことがなかった。お前があそこに倒れてなかったら、言葉も忘れるとこだったかも知れん」

男はぼそぼそと話し始めた。時に記憶を辿るように目をつむり、長い年月話す相手のなかった空隙を埋めるかのように、訥々と話すのだった。

「ここから三時間も下ればトロッコ道に出るが、その上流に仙人ダムが出来たのを知っとるかな。発電所は下流の欅平にある第三発電所だが――。そのダム建設の為の資材を運ぶトロッコ道と水路、その隧道を掘る工事に俺が工夫として来たのが昭和十一年の夏だ。欅平までは軌道が出来ていたが、その奥は絶壁の続く難所だった。

俺は一番奥の工区、阿曽原谷と仙人谷を抜く隧道で働いた。欅平から六キロも奥だ。まず絶壁に架けた梯子や木道を伝って器材を運ばにゃならん。自分の身が通るだけでも危ない、谷底から百メートルもある断崖を荷物を背負っては、それこそ命がけだ。その断崖で、何人もが荷物もろとも墜ちて命を落とした。

掘削が始まってすぐに、ここがとてつもない高熱の温泉地帯だと分かった。いきなり六十度を超す熱湯が吹き出した。発破をかけるには四十度が限度だというに……」

深見は想像を超える男の話に驚きを隠せなかった。まるで違う世界の出来事としか思えなかった。

「そんな熱いところを……。工事は続けられたのですか」

「序の口だった。温度は掘るにつれて上り、遂に百度を超え、ダイナマイトが点火する前に爆発して何人も死んだ」

「……」

「工夫に後ろから水をかけながら、二十分交替で掘った。全身に火傷が絶えなかった。火傷ならまだいい。俺の知ってるだけでも百人以上は死んだ。雪崩や落盤や……」

「雪崩……冬も工事をしたというのですか」

「通年だ。しかも昼夜交替でだ。中でも昭和十三年の暮の志合谷《しあい》の雪崩がいちばん酷かった。俺も捜しに行かされたが、鉄筋五階建ての上四階が、寝ていた作業員八十四人もろとも跡形もなく吹っ飛んだ」

深見は息を呑んで、男の顔を見つめた。男の話が余りに深見の常識から逸脱していたからだ。男はそんな深見を無視するかのように話し続けた。

「ホウ（泡雪崩）といってな、なんでも新雪に含まれた多量の空気が圧縮されて、何かにぶつかった途端、大爆発を起こすのだそうだ。仏《ホトケ》と建物の残骸はどこで見つかったと思う？」

「……」

「三月の雪解けが始まってからだ。建物と人間は、対岸の、千メートルも離れた向こうの奥鐘山の岩壁まで吹き飛ばされていた。岩壁の下で、八十四人全員の仏を収容した。骸《むくろ》は腐爛が始まっていて、バラバラになった足や手や胴体を集めてトロッコに載せた。俺は作業のあいだ何度も吐いた。飯も喉を通らなかった。骸は宇奈月まで来た遺族に確認してもらい、荼毘に付したが、中に三、四人引取りを拒んだ遺族がいた。無理もない。誰のものとも見分けのつかない人の残骸だ。だが、その遺族はあとで困ったらしい。働き手を失った上に、保険金や弔慰金を後回しにされたからだ。それからは事故が起きても、遺族から文句が出なくなった……」

「そんな酷い工事に、どうしてみな参加したんでしょうか」

「戦争が始まりそうなご時世に、賃金が他所《よそ》より二、三倍も貰えたからだ。赤紙（招集令状）が来て山を下りて行く仲間も何人もいた」

「でも、そんな大勢の人が死ねば警察の取り調べが入ると思うのですが……」

「もちろん事故の度に富山県庁や県警が来て、何度も中止命令が出た。だがダムは軍需産業にどうしても欠かせないらしく、陸軍から将官が督励に来たり、しまいには天皇の見舞金まで出たから、続けざるを得なかったのだろう」

「工事はいつ終わったのですか」

「昭和十五年だ」

「貴方はなぜ山を下りなかったのですか」

「……」

男は、暫く当時を思い出すかのように瞑目したあと、続けた。

「俺にも遂に赤紙がきた。あれは正月気分も抜けない一月六日だった。

俺はガックリきた。高熱隧道も抜けたし、ここでの生活《くらし》が面白くなっていたからだ。出来れば工事が終わってからも宇奈月に住み着きたいと思ったくらいだ。俺はもともと山の猟や釣りが好きだった。休みの日や、事故が起きて工事停止になった時など、これ幸いと山に入って釣りや漁をした。仲間は宇奈月や黒部の町へ女郎買いに行ったが、俺は女は嫌いだから、釣り道具や猟銃を仕入れてすぐに山に戻った。山を歩き回る間に、温泉の湧く洞穴を二つ見付けてあった。一つは阿曽原に近い原始林の中、もう一つは四時間ほど登った谷間にある、この穴だ。

冬の二、三か月はほとんど出歩けなかったが、それでも天気の良い日は下の穴の近くで漁をした。山を歩き回る奴などだれ一人いなかったから、穴が知られることはなかった。俺は穴に獲物を隠して置き、休みにはそこで過ごした。温泉もあるし、生活用具一式も揃えたそこは俺だけの天国だった。だから赤紙にはガックリきた。いくら無頼な俺でも国の命令にそむく訳にはいかない。親方は、明日一日休養して明後日、山を下りろと言った。

俺は午前中、夜勤で疲れて熟睡する仲間の鼾を聞きながら、荷物の整理などしていたが、昼近くこっそり宿舎を抜け出して下の穴へ出かけた。大事な猟銃や釣道具を山へ捨てていくわけにはいかないと思ったからだ。そして穴の中で、どでかい音を聞いた」

「また、雪崩が？」

「そうだ。すぐにホウの音だと分かった。急いで様子をみようと尾根の岩場に上って見下ろすと、宿舎がもうもうと黒い煙に包まれて、時おり赤い炎を吹き上げていた。ホウになぎ飛ばされたブナやクロベの大木が、木造の四階建て宿舎を突き破り、折から昼の煮炊きをしていた竈の火が爆風で燃え上がったのだろう。近づいた頃には、白煙を吹き上げる黒々とした柱に、盛んにホースの水がかけられ、火事はほぼ消えかけていた。

作業員や親方たちの叫び声が聞こえた。『誰か助かったか』『いや、全員だめだ』という声が飛び交っていた。俺は反射的に元の方向に向かって引きかえしていた。考えがあったわけではない。

穴に帰ってから、いろいろと思いを巡らせてみたが、どうしたらいいか分からなかった。そして一日、二日と経つ間に、もう今さら出て行くことは出来ないと悟った。このままでいれば、俺は死んだ人間として戸籍から抹消され、兵隊として戦地に行くことは免れるだろうが、早くに親父を亡くして苦労したお袋にも、もう生涯会うことは出来ないだろうと思った。お袋か兄貴が宇奈月へ来て、誰のものとも判別のつかない骸を俺と認めれば、彼らには保険金と弔慰金が入る。さんざ親不孝をしてきた俺が姿を現さない方がいいかも知れない。

そんなことを思いながらその冬を越し、次の冬が来る前にダムはあらかた完成したのか、大勢が引き上げて行って、峡谷《たに》にはまた恐ろしいほどの冬のドカ雪が来る日も来る日も降り続いた……」

4

「それからずっと、この山に、十年もの間いたというのですか――」

深見は茫然とした面持ちで言った。

男は、先ほどから手にした猟銃に油脂など塗って手入れしていたが、ここまで話したことで何かそれまでつかえていたものを吐きだしたように、ほうっ、とため息をついて、

「そうだ。三年ほどして一度こっそり町へ出たことがあるが、銃弾《たま》や必需品を仕入れてすぐまた山へ戻った。それからはどんなに苦しくても山を下りようとは思わなかった。真冬は十日も吹雪が続くこともある。そんな時は下の穴で二か月も三か月も、雪崩や吹雪の音を聞きながら穴籠りするしかない。雪解けが始まるとあぁ、また一年を生き延びたな、と思う」

暫く沈黙が続いたあと、深見が言った。

「食べ物はあるのですか」

「大丈夫だ。秋までに獲ったものを雪の下に保存している。岩魚やカモシカ、兎、――なんでも食うが、猿だけは撃つ気にならん。青物は行者ニンニク、コケモモ、アカモノ、……何でも食える」

「米や塩は？」

「塩は獲物の血を吸っても摂れるが……。先だって鉱山事務所で少し失敬してきた」

「鉱山が近くにあるのですか」

「尾根ふたつ向こうの小黒部谷にある。お前が倒れていたところだ。——さあ、ぼちぼち獲物を捜しに行かにゃ。温泉でも入って養生したらどうだ。ローソク貸そうか」

「いえ、ザックに懐中電灯がある筈ですから」

男は先ほどから手入れしていた猟銃を片手に出て行った。

深見は暫く男の語った話を反芻しながらぼうっとしていたが、痛みが減ってだいぶ楽になった身体を意識しながら起き上がった。

ふと自分に掛けられたジャンパーを除《の》けた時、その裏地に糸の縫い取りがあるのに気づいた。眼を凝らすと、「イワタ」と読めた。岩田、巌太……深見はそんな文字を連想しながら、男の名前は「岩田」かも知れない、と思った。

温泉は、洞穴の奥の窪みに深見が座って腰ほども溜まっていた。男が引き込んだホースから常時水が流れ込んでいたが、それでも熱いくらいだった。久し振りの、しかも天然の温泉の心地よさに、心身がほぐれていくようだった。

明日か、明後日には山を下れるかも知れない。帰ったらあの女子事務員に思い切って話しかけてみよう、と深見は思った。男に助けられなかったら終わりになっていたかも知れない命だ。彼は、全身に希望のようなものが沸沸と湧いてくるのを覚えた。

翌日、久し振りの青空が広がった。男と深見は、洞穴の前の岩に腰かけて、黒部谷を埋める雲海の向こうの連山に眼をやっていた。残雪の光る白馬岳から北に続く山並みだった。

「……太平洋戦争も知らずにいたのですね」

深見が、先ほどからの断続的な会話の続きで言った。

「日支事変は知っていたが、アメリカと戦争して負けたとは、おまんに聞くまで知らなかった。日本は今、占領下で大変だろう」

「それが、かえって戦前より自由で……。それに最近は食料事情も少し良くなりました」

男はまだ信じられないという風な顔でいた。

「明日、山を下りたいと思います。貴方も一緒に下りませんか」

深見が言うと、

「だめだ。明日、阿曽原まで送ってやる。最近誰か知らんが山小屋を建てた。そこで様子を聞いて、貨車へ乗せて貰えばいい」

と言い、ぼんやりと足下に咲く花に眼を落とした。白いチングルマやハクサンイチゲの群落に混じって、紫のリンドウや黄色いキンポウゲが咲き競っていた。

男は誰に言うともなく、呟くような小声で言った。

「毎年同じ場所に、――同じ花が咲く。この花を見ると生きていて良かったと思う。俺の故郷《さと》の山にも同じような花が咲いていた。大きな川を挟んで、高い山が連なった所《とこ》だ。俺の村より西の高い山に登ると、東の山の向こうに富士山が見えた……」

深見は、憂いを帯びた男の双眸が、どこか遠くを見るように優しげに潤んでいるのを見た。

5

「あそこが阿曽原だ。小屋が見えるだろう。ここから一人で行け」

谷間を見下ろす岩まで来て、男がぶっきらぼうに言った。

「本当にありがとうございました。なんのお礼も僕には出来ませんが……。このピッケルはぼくにはもう要らないものです。どうか使って下さい」

深見は手にしたピッケルを男の目の前に差し出した。男はしばし躊躇する風を見せたが、ピッケルを受け取ると一瞬嬉しそうな笑顔を見せて、

「じゃ、気をつけて行け」

と言うが早いか、たちまち元来たブナ林の中に消えていった。それが男を見た最後であった。

阿曽原谷右岸の、ブナに囲まれた台地上にある丸木造りの建物から出てきた男は、四十代前半に見えた。時ならぬ来客にびっくりした様子で、どこから来たと尋ねた。深見が剣を越えて来たと言うと、「まあ入れ」と小屋に招じ入れた。

男は原田伴右エ門と名乗った。小屋は昨年出来たばかりだという。隧道の横鉱付近から温泉が湧くから、遊山客や釣り客を期待して建てたが、まだ来客は数えるほどだという。深見が、岩場で転倒してまだ歩行がままならないと言うと、明日仙人ダムまで送って貨車の便乗を頼んでやるから、今夜は泊まれと言う。深見も、あの男の足なら三時間のところを、その倍の時間をかけて歩いて来たので疲れていた。

「ここは十年前までは数百人の工夫が入って賑わったが、今はご覧の通り、静かな所だ。当時は女郎小屋まであったそうだ。わしゃその頃、欅平の現場で働いてたので助かったが、志合谷から奥じゃあ事故続きで二百人を越す死人が出たそうだ。まあ、とてつもない難工事だったぞよ」

深見はこの伴右エ門という男も、孤独な山暮らしゆえに、一時的に饒舌になっているのだろうと思った。先ほど別れたばかりの男とほぼ同じような話が、彼の口から語られた。

「その人夫の中に『イワタ』という名前の人はいませんでしたか」

深見はあの男のことは固く口を閉ざさねばならないと思いながらも、聞くかずにはいられなかった。

「さあ、知らん。何千人という数だったからの。朝鮮人も何人かいたぞよ。わしゃ地元の人間じゃから、休みには宇奈月の自宅へ帰れたからの。同じ工区でも知らん人間が多かった。いくら給料が良くても、危険な工区へは行きたくなかった」

「じつはぼくの知人で、昔この工事に出稼ぎに来ていた人が、そういう名前の仲間の消息を知りたがっていたものですから。なんでも阿曽原にいたそうです」

深見は苦しい言い訳をした。

「それなら、宇奈月の上島石松さんが当時阿曽原で工夫頭をしていたから、聞いたら分かるかも知れん。町長の家の二軒隣だで、すぐ分かる」

翌日、深見は原田伴右エ門の案内で、仙人谷まで歩いた。まだ本調子でない体調では崖道は辛く、ほぼ半日を要した。黒部川本流に満々と碧い水を湛えたダムは、新緑の山肌を映し、コンクリートの擁壁や宿舎は山奥とは思えない光景を現出していた。

原田伴右エ門のお蔭で、深見は欅平へ荷を運ぶ貨車に便乗することが出来た。発車すると間もなく、閉ざされた貨車の隙間から生暖かい空気が車内に入り込んできた。あ、これが男の言っていた高熱の温泉が吹き出した隧道だな、と思いながら、深見はこの隧道を抜くのに奪われた大勢の犠牲者たちに思いを馳せた。熱気が去ると、貨車の外から明るい光が差し込んだ。隙間から覗くと、深緑の山肌が見え、すぐにまた隧道に入ったらしく、次に外に見えたのは対岸に聳立する大岩壁だった。ああ、ここはあの男が語った、宿舎が泡雪崩で吹き飛ばされた志合谷かも知れない、と思う間もなく、再び貨車は隧道に吸い込まれて行く。

隧道の終点から欅平の駅へは、荷物用のエレベーターで下ろして貰った。深見は昨日までいた黒部の奥山を思い、文明の有り難さを、今更ながら享受している自分に気づいた。岩を噛む黒部川の奔流を見下ろす欅平からは、上流右岸に、あの志合谷宿舎が吹き飛ばされたという奥鐘山の岩壁が見えた。

宇奈月への鉄路は、両岸が切り立った渓谷の底を縫って延々と続いていた。最近遊山客の乗車が許されたらしく、深見の購入した切符にはなんと「便乗ノ安全ニツイテハ一切保証致シマセン」と印刷されていた。

暗い峡谷は次第に開けて、山裾の集落に着いた。宇奈月であった。午後の太陽が照りつけていた。突如襲った熱気に、深見は今が夏の盛りであったことを思い出した。

上島石松の家は、町長の邸宅の二軒隣ですぐに分かった。初老の上島はもう仕事の第一線からは退いたらしく、さいわい在宅だった。深見は阿曽原小屋の主に言ったのと同じ理由を言って、阿曽原の現場にイワタという男がいたかどうかを尋ねた。

上島石松は、彼の歩んだ人生を象徴するようなゴツゴツした手で、これも深い顔の皺をなでながら、

「岩田という男は一人いたなあ。松次という名前だったと思うが……。阿曽原の飯場がやられた時、死んでしもうた。たしか前の日に赤紙がきて、わしが一日休んでから山を下りろと言った記憶がある。しょっちゅう山をかけずり回って猟をしとったが、時々兎や岩魚をとってきて皆に馳走しとった。おとなしい良い若者じゃったが……」

と、当時を懐かしむ様子で話した。

「遺体は確認されたのですか？」

「この阿曽原へ下ろして、遺族が来て、二十四人じゃったか、みな引き取られた。もっとも雪崩の爆風でバラバラになった、誰の足とも手とも判別のつかぬものが多かったが……。引き取らにゃ保険も弔慰金も出んでの」

「岩田さんの遺体は誰が引取りに来たのです？」

「兄者だと思うが……。そうじゃ、身体の大きな、少しびっこをひく男じゃった。お骨にして早々に帰ってった」

「住所は分かりませんか」

「ええと……、たしか生まれは伊那だと言うとった」

「伊那……信州の伊那ですね。正確な住所は分かりませんか」

「さあ、どうしても知りたければ町長に聞いてみるべか」

「ええ、ぜひお願いします」

その足で上島と深見は二軒隣の町長の家を訪問した。町長は当然のように不在だった。

「役場の方へ電話しましょうか？」

初老の町長夫人は愛想よく言って、すぐにダイヤルを回してくれた。流石に町長の家だけあって、当時珍しい電話が備えてあった。

上がり端にかけて待ちながら、深見が言った。

「大変な工事だったようですね」

「そうだ。わしは幸い生き残ったが、終わってみればなんと三百人を越す犠牲者だ。おかげでその後、この宇奈月も温泉町として発展したがのう」

その時、電話を切った夫人が言った。

「あの、町では分からないので県庁の方に問い合わせるそうです。お茶淹れますので、ゆっくり待って下さいまし」

三十分ほど待って、夫人が聞き出してメモしたくれた紙には、

「長野県下伊那郡大下条村××出身、岩田松次、死亡時二十二歳」とあった。深見は、町長夫人と上島石松に厚く礼を言って、宇奈月を後にした。

6

深見周三が長野県南部の大下条村に向かったのは、十月の半ばであった。

山から帰った当座は、自分を助けた男を宇奈月の上島石松らの協力でほぼ特定できたが、男との約束で沈黙を守るべきだと考えた。

しかし日が経つにつれ、彼のたった一人の母親にまで知らせなくていいのか、という思いが募った。それに深見は、あの男のお蔭で拾った生命だと、妙な度胸が出て、例の片思いの女子事務員に交際を申し込んだばかりだった。

「嬉しいわ。私、何も言ってくれないので、嫌われてるのかと思ってました」という返事に雀躍りし、初めて彼女の名前を渡辺康子と知った深見であったが、その幸せな気分に自分一人だけ浸っていていいのか、という思いに次第に囚われていった。

母親にだけは――という思いが深見を大下条村へ向かわせたのだ。飯田線の右の車窓には中央アルプスの山並みが迫っていた。左の窓からは天竜川の流れの帯が時々白く光るのが見える。その向こうに連なる

山は南アルプスの高峰群であった。

まさしく、山であの男、岩田松次が語った、大きな川を挟んで対峙する高い山々の光景が窓外に展開していた。飯田の町を過ぎて、また山に囲まれた草深い風景が続いた。

天竜川の左岸にへばり付いたような小さな駅、温田《ぬくた》駅に降り立った深見は、駅員に道を聞き、天竜川の岸に出て驚いた。大下条村は川の向こうだというが、川を渡る唯一の道はなんと古びた釣り橋であった。釣り橋といっても車巾ほどの広さで、頑丈そうなワイヤーが張られてはいたが、頼りなげな横板と、人の歩行のための立て板が渡されているだけである。

折から向こうから来たオート三輪が渡り終わるのを待って、深見は恐る恐る足を踏み出した。釣り橋を渡るのは慣れていた筈なのだが、こんな大きなのは初めてだった。下流にダムが出来てから緩やかになったと聞いたが、昨夜雨があったらしく、足下の板の隙間からを見る濁流は目が回るようであった。

ようやく渡り終わったと思ったら、そこは中州で神社が祭られてい、その向こうにも更に短い釣り橋が架けられていた。

川を離れると、埃っぽい坂道が山へ向かっていた。山の鼻を回るともう大井川も見えなくなり、山に向かう斜面の階段状の田畑の間に鄙びた集落が展開していた。

深見はふと、桑畑の道脇に小さな案内板を見つけて驚いた。「深見池」と書かれ、矢印が右を差している。自分の名前と同じ池があるのだろうか？　深見は苦笑しながらも、好奇心にかられて矢印に沿って行くと、人家の裏手に、山影を映して静まりかえる綺麗な溜め池があった。向こう岸で魚捕りでもしているらしく、子供たちの喚声があがった。

あの岩田松次は、この穏やかな山里で少年時代をどう過ごしたのだろうか。故郷を捨てて出奔しなければならない、どんな事情があったというのだろう——深見はしばし池畔に佇んで、もの思いにふけった。

池を離れてすこし行くと役場があり、休日の宿直を兼ねるらしい若い職員に道を尋ねた。この辺りが村の中心らしく郵便局や写真館もあり、少し先を飯田から来る遠州街道が横切っていた。

岩田松次の生家は一番奥の山懐にあった。ひっそりと佇む藁葺きの民家に辿り着いたのは、昼時に近い時間だった。

表札を確かめると、岩田よね、の後に岩田皓一、伊保子とあった。

戸間口から出てきたのは、三十を少し超えたかと思われる主婦であった。女にしてはやや長身の、ほっそりとした身体を包む絣のモンペ姿は田舎風だったが、姉さんかぶりにした手拭いから覗く白い顔と、澄んだ瞳は、周囲の風景から浮き出たような清楚な雰囲気を醸している。

「主人は留守ですが……。昼には帰ると思います」

女は突然の訪問者に、訝しげな風を見せて言った。深見は自分の名前と、静岡県の富士山の麓にある富士宮市からやってきたことを告げた。

「おばあさんはいらっしゃいますか。ぜひお話ししたいことがあるのです」

「私は嫁の伊保子と申します」と女は小さい声で言い、「おばあちゃんはいますけど……、でも、もう何を話しても分からないのですが……」

そう言いよどむ女の後ろに、老婆と男女二人の子供が暗い土間に立ちすくんでいた。どこか焦点の合わない老婆の眼に、深見は違和感を覚えたが、ともかくも話しかけてみた。

「おばあさん——、富山県の黒部で働いていた貴女の息子さん、松次さんていますよね」

「……」

老婆はほうけたような眼で深見を見ていたが、つと体を返して奥に引っ込んでしまった。二人の子供もつられて後に続いた。

「義母《はは》は惚けてしまって、何も理解出来ません。松次さんがどうかしたのでしょうか」

「そうですか……。じつは松次さんに山で会ったのです」

瞬間、伊保子という女は、驚いたように目を見張った。深見は構わず話し続けた。登山して遭難したことから、彼に助けられて生還したことを筋だてて話した。伊保子は信じられないという風に言葉を呑み込んだまま、大きな眼を見開き、彼の顔を凝視し続けている。

「という訳で、誰にも話すなとくれぐれも言われたのですが、お母さんにだけは知らせなければと……」

とその時、戸間口からよろよろと出てきた老婆が、叫んだ。

「松次が帰《けえ》って来たぞ！」

見ると、向こうから、鍬を肩に担いだ大柄の男が歩いて来るのが見えた。厳《いか》つい貌《かお》と頑健そうな体躯ながら、いくらかびっこをひいて歩くのが目に付いた。

「夫の皓一です。おばあちゃんはもう兄弟の違いも分からなくなってしまったんです」

伊保子はそう言い、少し先で夫を出迎えると、小声で深見の訪問の用件を伝えている様子だった。聞き終わって、気難しい顔で向き直った男に、深見は頭を下げた。この皓一という大柄な男が、宇奈月で弟の松次の遺体を引き取ったのだろう、と深見は思った。

男は「皓一です」と名乗り、深見に二、三質問したあと沈黙した。しばらくして、男は厳つい身体から押し出すような野太い声で言った。

「わしは十年前、宇奈月に行って確かに松次の遺体を引き取った。松次は死んだ。間違いない。だいたいあの深い山で、一人で生きてなんかいける訳がない。何かの間違いでしょう。それに弔いも出したし、墓に線香も絶やしたこともない。もうこれ以上話を聞いても無駄です。どうぞ、引き取って貰いましょう」

皓一は有無を言わさぬという口調でそう言い捨てると、家に入ってしまった。後に残された伊保子は、申し訳なさそうに深見を見て、

「言い出したら聞かん人ですけに、本当に申し訳ありません……」

と、丁寧に頭を下げて、夫の後を追った。

(母親が何も分からないなら仕方がない。かえって迷惑だったかも知れない)深見は後悔の念を抱きながら、再び村道を元の方角に向けて歩いた。

彼らが松次の生存を信じたとして、あの深い山中のどことも分からない谷で、彼を探し出すことは不可能に近いだろう。たとえ遭難しても、登山など遊興と同じに見られているこの時代に、捜索隊を出すなど論外に違いない。深見自身、もう一度あの洞穴のある場所に行けといわれても、自信はない。

背後から呼ぶ声がした。振り向くと伊保子が駆けて来るところだった。十一、二歳ばかりの少年があとを追って来る。深見の前まで来ると、伊保子は呼吸を整えながら言った。

「あの、富士宮市からお見えになったと言われましたね。実は富士宮市の人穴という所に主人と松次さんの弟、私にとっては義弟の重吉さんが入植してるのですが、序での折にこれを届けて貰えませんでしょうか。干し椎茸ですから長持ちします。もう一つは貴方に――」

と、二つの紙包みを深見の方に差し出した。伊那谷からわが郷里に松次の弟が来ているということに、深見は少なからぬ因縁を感じた。

少年が、伊保子の後ろに隠れるようにしている。

「中学生?」深見が聞くと、

「二年生です。長男の庸一郎です」

母親の伊保子が息子に代わって言った。母を心配して従いて来たのであろう、おとなしそうな少年の眼が、母親の伊保子にどこか似ていた。

「お預かりします。岩田重吉さんというのですね。人穴は私の町の外れにあります。きっとお届けします」

「せっかく来て頂いたのに、私にはどうする事も出来ません。どうかお許し下さい。松次さん、生きているのなら、山を下りて来てくれればいいのですが……」

伊保子の眼は、深見の背後の紅葉した山肌を彷徨っていた。

「松次さんはいつも、この山のもっと高い所を歩き回っていました。松次さんは本当に山が好きでした」

岩田重吉が入植したという人穴地区は、富士山の西麓、山梨との県境に近い朝霧高原の一角にある古い集落だった。深見周三の住む富士宮市の市街地から北に十五キロほど離れている。

溶岩洞窟の人穴は古来から富士修験の聖地として知られ、最近その周辺の曠野《あらの》に開拓者たちが入って開墾が進んでいるのは、新聞でも報じられていた。

十一月に入って最初の日曜日、深見は交際を始めたばかりの渡辺康子を伴って、富士五湖行きの木炭バスを猪《い》の頭《かしら》の停留所で降りた。富士山の方向に向かって歩き始めると、豊富な湧水と清冽な流れがあり、康子が感嘆の声を上げた。

「綺麗な所ね。猪の頭なんて、恐そうな名前だけど……。猪がいるのかしら」

「山が近いから猪も出るんだろうけど、昔は井戸の井だったらしい。知恵者がね、年貢を安くしてもらうため辺鄙なイメージの名前を代官所に届けたらしいよ」

深見は少し得意げに知識の一端を披瀝した。康子と連れ立って歩くだけで、彼は幸福感に包まれていた。康子と家庭を持てば、もうあの危険な山になど足を向けることなどないだろう。山道具も始末してしまおうと思っていた。

前方に、降ったばかりの新雪を光らせる富士の稜線が眩しかった。

深見と康子は、ススキの原に延びる火山灰の道を、話を弾ませながらピクニック気分で歩いた。深見の背のザックには、伊保子に託された干し椎茸の包みと、二人の昼の弁当が入っている。

一時間も歩いて汗ばんだ頃、荒寥とした原野の中に疎らに点在する開拓村が開けた。一軒の農家で尋ねると、岩田重吉の在所はさらに奥の林のはずれだという。

切り開かれた畑地の中に粗末なバラックが一軒あり、その奥の落葉樹の林の中で、岩田重吉はただ一人伐採の作業をしていた。葉を落とした樹々の隙間から白い富士の頂が見えている。

岩田重吉は二十五、六才、兄の皓一に比べやゝ小柄だが、山で会った松次と同様、労働で鍛えた筋肉質の体をしていた。

彼は住居の方に深見たちを案内し、小屋の前の木の椅子に座るよう勧めた。暗い屋内より戸外の方が陽が当たって暖かそうだった。

深見が山で松次に助けられ、伊那の彼の生家を訪ねたいきさつを話すにつれ、彼の顔は驚きの表情から、次第に、久方振りに聞いた身内への懐旧の面持ちに変わっていくようだった。

そして深見から受け取った義姉の伊保子からの紙包みを開いた重吉は、みるみるその純朴そうな眼を潤ませた。

「山で会ったのは、松次さんに間違いありません」

話し終わった深見が言った。

「そうですか。兄貴が生きているというのは、本当かも知れません」

溜め息混じりにそう言ったあと、重吉はポツリポツリと話し始めた。

「――俺たちの村は、伊那谷の中でも過疎で貧乏な村でした。うちも親父が工事現場で事故死してから、少ししかない田畑を耕すおふくろだけでは生計のメドがつかず、皓一兄も松次兄も尋常小学校を了えるとすぐ山仕事や工事現場に出て、家計を助けていました。松次兄は山へ入るのが好きで、暇さえあれば山で獣を追ったり、渓流で魚を釣ったりしていました。

その兄が家出したのは、皓一兄と伊保子義姉さんが結婚した頃でした。当時まともに結婚出来るのは、貧乏村では長男くらい。次、三男は運よく婿の口でもなければ、一生独身で過ごすか、他郷に出るかしかなかったのです。

親父が生前に取り交わしてあった皓一兄と伊保子義姉さんの婚約は、実は、義姉さん家《ち》の屋根の吹き替えを手伝っていた兄が棟から墜ちて足の骨を折り、かたわになったのに責任を感じた義姉さんのお父さんの意向からだったようです。

皓一兄と義姉さんの結婚が、松次兄の出奔に関係があるとは、当時まだガキだった俺には想像もできませんでした。おぼろげながら理解出来たのは、村に噂が流れてからでした。小学校の同級生だった松次兄と伊保子義姉さんが、以前から好き合っていたという噂だったのです。

皓一兄はそのことだけでなく、『松次の奴は以後うちの敷居を跨がせない』と怒っていました。松次兄が出奔してから、飯田の方の飲み屋からや、博打のツケが毎日のように舞い込んだからです。

半年ほどして、富山県の宇奈月から松次兄の手紙がきました。ダム工事の現場で働いているから、これから毎月借金を返すと書かれていて、実際幾らかの現金も包まれていたようでした。

そしてそれから三年近く、手紙は毎月は来なかったけど、三、四か月まとめて現金だけが送られてきました。昭和十四年の暮れ、最後の手紙が来て、年が明けた途端舞い込んだのが松次兄の訃報でした。皓一兄が富山の宇奈月へ行って、遺骨を引き取ってきました。皓一兄は『松次のやつ、これで戦争に行かずに済んだというものだ。どっちにしても死ぬしかなかっただろう』と言いましたが、母と義姉さんは悲しみました。そういう皓一兄は体格はごつかったけど、例の屋根から落ちた後遺症で、兵役を免れていました。

それ以後年々痴呆が進む母の面倒を見ながら、義姉さんは、兄の目を盗んで、墓参を欠かしませんでした。

兄も俺も、松次兄に感謝しなければ罰《バチ》が当たる。三年も続いた送金で借金は充分おぎなえた筈だのに、その上思いがけない松次兄の保険金や弔慰金が入って、兄は畑や山を買うし、俺は満州に入植する資金を貰って、大陸に渡ったのです。

ようやく開墾も進んだと思われる昭和二十年、あの敗戦で命からがら引き上げてきましたが、ふたたび兄の厄介になる訳にもいかず、翌二十一年、ちょうど村で推進していた富士開拓団の一人に加えてもらって、ここに入植しました。

それから四年経ちますが、焼き畑で切り開いた痩せた畑ではろくな収穫はないし、イモや豆が主食のような生活《くらし》です。おまけに水がなく、天水にたよるしかありません。なんとか独り立ちして、来春には、義姉さんが世話してくれた嫁さんを迎えるまでになりました。将来は酪農をやろうと考えていますが、まだまだ先のことです。……松次兄が生きていてくれるなら嬉しいが、今の俺にはどうしたらいいのか、分かりません」

訥々と語る重吉の話に深見と康子は言葉もなく、茫然と顔を見合わせるばかりだった。伊保子は夫の皓一の前では何も語ることは出来ず、代わりに重吉に話させようと干し椎茸を深見に託したのに違いない、と深見は思った。

しばらくの沈黙のあと、深見が言った。

「松次さんは、くれぐれも誰にも話すなと念を押したのに、ぼくが余計な事をしたために、かえって皆さんを悲しませてしまったようです。松次さんの無事を祈ることしか、我々に出来ることはもう無さそうですね」

深見の眼は、林の上方に雪煙を上げる富士の稜線にそそがれていた。余すところなく全身を晒け出す富士山に比べ、松次の住む山は幾重にも重なった山や谷の奥の奥にある。

今ごろ松次は、降り積もる雪の奥山でどう厳しい冬を乗り切ろうとしているのだろうか——。深見の脳裏に、山や谷に深々《しんしん》と降りつもる雪の情景が浮かんでいた。

7

「先日の新聞を見て、貴方はここにやって来たのですね」

仙人池ヒュッテの囲炉裏端、深見の長い話が終わって、しんと沈黙が続いた後、小屋主の志鷹が言った。

「はい、あれから十年も経ちました。気にはなっていたのですが、為すすべもなく、忘れかけていたところへあの記事です。岩田松次さんに間違いないと思いました。せめて亡くなっていた場所に行って、線香でもと思ってやって来たのです」

「遺体はわしが見つけて報せたのです。検死のあと、その場で荼毘に付しました。遺骨は持ち帰ってどこかの寺の無縁墓に入れるという話じゃったが、県警に聞けば分かるでしょう」

志鷹はそう言ったあと、ふと思い付いたように言った。

「そう言えば、ちょうど十年ほど前、そう、貴方が遭難した昭和二十五年頃だったと思うが、富山の地方紙に『黒部奥山に律義な山賊？』という記事が載ったことがある。わしも小黒部鉱山で働く仲間がおったから詳しく聞いたことがあるが、彼らの噂話を耳にはさんだ記者が記事にしたのだろう。

小黒部鉱山はモリブデンを採掘していたが、毎年雪が来る前に山終いになる。翌年雪解けにまた入るから、米や味噌、塩などの食料を残して山を下る。それが次の年、山入りすると必ず少し減っていて、代わりにカモシカや兎の肉が雪の中に埋められていたというのだ。

そんなことが五、六年も続いて、彼らも毎年肉のご馳走にありつくのが楽しみだったらしい。その鉱山も二十六年には閉山されちまったが……。もしかするとその時の山賊というのは、その岩田松次という人だったかも知れんのう。いずれにしても、戦前戦後の酷かった時代の話で、今の若い人たちには想像もつかんじゃろう」

そう言って志鷹はため息をつき、話に聞き入っていた若者たちを見回した。若者たちは自分たちと一回りしか違わない志鷹や深見の話に、あらためて時代の変遷を感じたかのように、顔を見合わせた。

「その、遺体の見つかった場所を教えて戴きたいのです」

深見が、志鷹に言った。

「分かりました。明日案内しましょう。おや、もう晴れてきた」

志鷹の言葉に、みな一斉に窓の外を見た。霧が動いて、まるでカーテンが開いたように八ツ峰の岩峰が現れていた。

若者たちが喚声を上げて窓に駆け寄った。そしてそれぞれにカメラを携えたりして外へ飛び出して行く。なぜか単独でやってきた若者だけが、一人残った。

「あの――」若者は志鷹に向き直って言った。「ぼくも一緒にそこへ連れてってほしいのですが……」

そして若者はその澄んだ眼を深見に向けた。

「お話を懐かしく聞かせていただきました。ぼくは岩田庸一郎といいます。ご記憶でしょうか」

「あ、……」と、深見は若者の顔をあらためて見直した。

深見は、一瞬混乱した頭で、じきにそれが伊那谷で会った岩田伊保子に似ているのに思い当たった。

「そうです。十年前来ていただいた時、母と一緒に会っています。母が新聞の記事を見つけて、『松次さんに違いない。でも、松次さんと分かってもどうすることも出来ないけれど、せめて仙人池ヒュッテへ行って松次さんのいた山だけでも見たい』と言うのを押しとどめて、山好きのぼくが代わりに来たというわけです。母には……無理ですからね」

深見は、伊那谷の農道で伊保子と話す間、恥ずかしげに母の後ろに隠れるようにして黙りこくっていた、あの少年の面影を残す若者を目の前に見た。

庸一郎は、惚けていた祖母はあれからじきに他界し、彼の父親も昨年胃癌で死んだ、と淡々と話した。彼の住む大下条村は周辺の村と合併して、今は阿南町として発展している。自分は今、その町役場に勤めて、少しでも町の発展に寄与したいと考えている、と熱い胸の内も語った。

富士山麓の開拓村に住む重吉も、酪農がなんとか軌道に乗りつつあり、今は二児の父親になっているという。

生活《くらし》に追われて、あれから一度も重吉には会っていない。深見は自らも一男一女に恵まれ、平凡ながら幸せな生活を送っていることに、歳月の流れの早さを思った。

伊保子は松次のいた山を見たいと望んだという。寡婦になったことが、あの控え目な伊保子をして大胆な言葉を吐かせたのだろうか。それにしても、戦後の困窮から次第に生活《くらし》が楽になるにつれて、享楽のみを追う若者たちが増える風潮のなか、庸一郎は母親の気持ちを汲んで代わりに山に来る、心優しい青年に成長していた。

「あれから十年も経ちますか。あの天竜川の釣り橋は怖かったなあ」

深見が大下条村を訪ねた時の模様を思い出しながら、苦笑して言った。

「ああ、あの橋はもう立派な鉄橋になっていますよ。今度また遊びにいらっしゃって下さい」庸一郎も苦笑しながら、さも打ち解けた様子で言った。「阿南町は、多くの伝説や伝統あるお祭りでけっこう有名なんですよ」

傍らで二人の話に耳を傾けていた志鷹が、溜め息をつくように言った。

「世の中には奇遇というものがあるもんですなあ。こうなれば二人を現地に案内するのが、遺体を見つけたわしの義務というものだ」

「よろしくお願いします」

深見と庸一郎は同時に頭を下げた。

「今夜は晴れそうだ。ここの星空は凄いぞ。ここは高い山に囲まれていっさい里の灯は見えないから、手が届くように星が近い。天下一品じゃよ」

志鷹は胸を反らすように言って立ち上がった。深見は志鷹の、山に生きる男特有の純な眼があの岩田松次に似ていると思った。


翌日、昨夜星屑で埋め尽くされた空は碧く広がり、朝日が八ツ峰の尖峰群を赤く染めた。

二組の若者たちは、夜明けと共に剣沢に向けて出発していった。深見と庸一郎は志鷹の先導で、剣沢と反対側の仙人谷に向かった。

いくつも小沢を渡り、残雪の雪渓を横切った。緑の山肌に昨日の雨で増水した沢が滝を落としていた。道らしきものはなかったが、ところどころ岩に塗られた赤ペンキや灌木に結ばれた赤布がルートを示していた。志鷹が阿曽原からのルート開削のため付けたのだという。

彼は、建設中の黒四ダムが完成し、下《しも》の廊下が整備されて登山者に開放されれば客が増えるのだが――

と、昨夜も語った。赤ペンキはその時を期してのルート作りであろう。山が好きなだけでは山小屋経営は成り立たないのだ。

黒部の谷を埋める雲の上に、後立山の連峰が斑な雪を光らせていた。二時間も歩いたと思われる頃、沢の音が大きくなった。

「さあ、着いたぞ」

先を行く志鷹が振り向いて言った。沢の右岸にある岩屑の堆積した台地であった。

「ここで遺体を焼いて、骨以外の灰はこの積石《ケルン》の下に埋めた」

見ると、平たい岩屑を積み重ねた背丈ほどのケルンが立っていた。

「あ、これは！」

深見はケルンの真ん中に、十字架のように突き立てられた異物を見て、息を呑んだ。古びたピッケルだった。錆びて黒ずんでいたが、まぎれもなく松次と別れたとき深見が渡したものであった。戦死した伯父から深見に、深見から岩田松次に渡ったピッケルである。

「実はそのピッケルは――」志鷹が話し出した。「女房のヤツが、線香を登山者に託して届けて寄越したんだ。仏の死んだ場所に線香を上げてやるのは、わししか居ないと思ったのだろう。わしは先日、初七日のつもりでここに来て線香を手向けた。その時、このシャフトが折れたピッケルを近くの沢で見つけて、目印にとケルンに挿して置いただが……」

「私が彼にあげたものに間違いありません」

ピックの中ほどに、ぼろぼろの布袋らしきものが結わえてあった。庸一郎がそれを手の平に載せてじっと見ていたが、なぜか何も言わなかった。

庸一郎が線香に火を点けた。庸一郎、深見、志鷹の順にケルンの前にかがんで線香を手向け、手を合わせた。微風に、煙がたなびいて揺れた。

「私が助けられた洞穴は、いったい何処だったんでしょうか」

深見が志鷹の方を見て言った。

「さあ、……　この左岸にも温泉が湧く小さな洞穴があるが、とても住めるような大きさではない。黒部は八千八谷《たん》といって前人未踏の谷がまだ数多くあるだろうから、そんな穴の一つや二つあってもおかしくはないがのう」志鷹は嘆息するように言ってから、「下の洞穴というのは、或いは工事の時の、廃坑になった横穴の一つかも知れんのう」

そう言ってから志鷹は、もう一度ケルンに頭を下げて、

「さて、わしは小屋へ戻らにゃならん。阿曽原へはこの方角へわしの付けた目印を辿って行けば着ける。気を付けて行け」

言うが早いか、二人が礼を言い腰を折るのを尻目に、志鷹はみるみる元来た方角へ去っていった。

庸一郎の希望で、二人はかつて松次の働いた阿曽原や志合谷をじっくり見たいと、水平歩道を通って欅平へ向かう予定だった。

遠ざかる志鷹に、庸一郎が両手を口に添えて大声で言った。

「さようなら。三段染めの時に、きっとまた来ます」

志鷹の姿が見えなくなってから、庸一郎はケルンに向き直るとその前に跪《ひざまず》き、手で砂を掘り始めた。

「母が、お骨《こつ》には拘らないけど、せめて荼毘の跡の砂を松次さんの墓に撒いてやりたいと……」

深見に向かってはにかむように言いながら、庸一郎は手に握った砂を布袋に入れ始めた。試合に負けて、グランドの砂を袋に詰める甲子園球児の姿に、どこか似ていた。

砂を詰めた袋をザックに納めた庸一郎が、懐から何やら取り出した。

「あの、これは母から託されたものですが……中に諏訪神社のお守りが入っています」

と、先ほど手にしたピッケルの布袋と見比べている。伊保子が手縫いしたのに違いない、巾着状の布袋だった。庸一郎の持っているのは綺麗な赤色をしているが、ピッケルのは当然のように色褪せてぼろぼろだった。

好き合っていたという松治と伊保子が、互いの形見にと持っていたお守りででもあろうか？　布袋は伊保子が手縫いしたものに違いない、と深見は思った。

「ぼくは松次伯父さんの顔も知りません。でも母と同級生ということで、ずっとなぜか近しい存在に思ってきました。母が今、満で四十二ですから、伯父さんも生きていれば同じ年齢です。ここに来て益々伯父さんが好きになったような気がします」

庸一郎はそう言って、お守りの入った布袋をもう一つのそれの上に固く結び付けた。

男女席を同じうせず、という風潮だったあの時代に、松治と伊保子は密かに手を取り合って諏訪神社に詣でた時があったのかも知れない――深見は庸一郎の眼を見ながら、母親の伊保子の白い顔を思い出していた。

「ここはあの松次さんに相応しい墓かも知れない……」

深見は、ケルンに挿されたピッケルの脇にもう一つ石を積み重ねながら、呟いた。ただ岩を積み重ねただけのケルンであった。普通は目印や登頂の記念に登山者だけが積む――石の塔である。しかしケルンを積むという行為をするのは人間だけであって、猿も真似しないという。

その無機物でしかないケルンを前に、深見は感慨にふけっていた。

岩田松次は雪崩にやられたのか、あるいは雪庇を踏み外して転落したものか、もはや知る手立てさえないが、ともかくもこの地に逝った。

いや、彼はこの山で、長い年月を奇跡的に生き抜いて来たのだ。

黒部の谷を見下ろすケルンの周囲に、あの松次のいた洞穴の周りに咲いていたと同じ、白や黄や紫の花々が咲き乱れていた。秋の到来を思わせる、綿毛状になったチングルマもあった。

深見が山を去る前々日、松次は洞穴の前に座って、咲き競う高山の花々を前に、

「毎年同じ場所に、同じ花が咲く。――故郷の山にも同じような花が咲いていた……」

と、遠くを見るような眼をして呟いた。

微風に揺れる花々にぼんやりとした目をやりながら、あの時、松次は、故郷の伊保子を思い出していたのに相違ない、と深見は思った。

残照

1

「富士山がきれえだ！」

突然、感嘆するように言った老母のみつの声に、真吾は驚いた。丘上の介護センターからの帰路、坂道を下っているときだった。

運転に気をとられていた真吾は、助手席のみつの肩越しに、頂を朱に染めた夕映えの富士山を認めると、坂道の脇に車を寄せてセンターブレーキを引いた。

もう背後の丘に日は沈んで、見下ろす市街地は薄墨に翳っていた。街をはさんで対峙する富士山は見上げるように高い。その頂上部を分厚く覆った雪が、夕日を浴びて黄金色に輝いていた。空も雲も茜に染まっている。

「ほんとだ。こんな綺麗な富士山はめったに見れないぜ」

真吾はそう言いながら、もう九十を一つ越した老母の皺だらけの顔に目をやった。ご機嫌が直ったようだな、と思いながら見るみつの顔が、いつになく穏やかに和んで見えた。

今朝、介護センターに送る車中で言ったみつの言葉が、まだ真吾の耳に残っていた。助手席で、みつはむっつりと不機嫌そうに黙りこくっていたが、突然怒ったような声でこう言ったのだ。

「お前《まん》はわしを打っちゃりに（捨てに）行くのか」

真吾はみつの言葉にあっけにとられ、呆れ顔でみつの顔を横目で見た。

「この間は、面白かったって言ってたじゃないか」

(よりによってなんていうことを言うんだ。今どき姥捨山じゃあるまいし)と内心憤慨しつつも、宥《なだ》めるしか手はない。今日は妻の淑子の亡父の法事で、沼津へ行かなければならない。その間みつを一人で家に置くわけにはいかないのだ。

四男で跡取りでもない真吾が、実家である大川の家を継いで、父母と同居したのは二十一年前であった。その二年前に、父母と折り合いの悪かった長兄夫婦は家を出ていた。

真吾との同居に安堵したのも束の間、父は半年後に脳溢血で他界し、翌年、新居を建てて間もない長兄が肝臓がんで、翌々年、神奈川に住む真吾のすぐの兄が胃ガンで死ぬという、不幸が続いた。

連れ合いと二人の息子に先立たれたみつを近くで見ていた数年が、真吾にとっても最も辛い時期であった。

同居当初、舅である真吾の父にはすぐに馴染んだ妻の淑子だったが、半年後にその舅に死なれると、姑のみつと二人で家を守るという慣れない日々が待っていた。

みつのどちらかというと激しい口調の物言いに戸惑い、傷つくことも度々だった淑子も、五、六年もすると次第に慣れていった。彼女は学生時代の部活で覚えた器械体操の経験を生かして、数ヵ所の公民館で健康体操を教え始めた。趣味と実益を兼ねたそれが彼女の生き甲斐となり、なにより同年代の女性たちとの交流がいい息抜きになっているようだった。

むしろ真吾の方がみつと淑子の間や、兄妹との間で神経を遣うことが多く、実家になど入らなければよかった、と思ったことは一度や二度ではない。

真吾は昨年暮れ、平成十年十二月の自身の六十の誕生月をもって、三十五年勤めた自動車会社を定年退職した。あと数年は嘱託での延長が可能だったのだが、みつの病状が放っておけないほどに進んでいた。

年が明けると同時に、否応なくみつと向き合う、真吾に慣れない日々が待っていた。

みつは数年前からみられた惚けの症状が、急速に進んできていた。加えて下《しも》の括約筋が緩んできたのか、粗相をするようになっていた。真吾が安心したのは淑子が嫌がらずにそれを始末してくれたことである。神経質な真吾に比べて、淑子はどちらかというとおっとりと、鷹揚なところがある。

ある晩、真吾は、みつが入った後の風呂のお湯を替えているのを、みつに見つかってしまった。淑子は体操教室に行っていて、みつと二人だけだった。

「わしが入った風呂は汚ないのか！」

数年前からみつは風呂の中に時おり失禁するようになっていた。真吾は先に入るからいいとしても、淑子や子供たちにそのまま入らせるわけにいかず、ひそかに入れ替えるのが真吾の役目になっていた。

尋常ではない怒り方に、真吾は内心（しまった！）と思いつつ、しどろもどろの言い訳を繰り返した。

「俺が悪かった。だけどな、おばあちゃん。これからも俺と淑子で一生懸命みるから、堪忍してくれ、な」

みつは、いつもの呆《ほう》けたような目と違い、深刻そうにじっと一点を見つめていたが、すぐに「わアーっ！」と声をあげてその場に泣き伏した。

やがてみつは涙で濡れた顔を起こすと、

「わしゃ、そんなになっちまったのかい」

と悲痛な声で言った。一時的に正気に戻ったみつのそんな顔に驚き、真吾は自らもこみ上げてくる涙を止めようもなく、しきりとみつの背中を手でさすってやるしか、方法を知らなかった。

みつは歩行が不自由になってからも、畑の雑草が気になるらしく、「わしがやらなきゃ誰がやる」と文句を言いながら膝を泥だらけにして抜いてあるいた。戦前戦後の食糧難の時代、みつは七人の子供を育てるのに父の給料だけではとても足りず、田や畑を耕し、土方仕事のパートにまで精を出してきた。一時《いっとき》も休まずに働いてきた習性が、いまだ彼女の体から抜けきれないらしい。

真吾が除草剤をかけたり、耕運機でかき回してやっても、すぐに忘れてしまうみつは、その除草剤のかかった草を抜き、起こした土の上を泥だらけで這い回った。

困った真吾は、車で連れ出すことにした。花の好きなみつは車窓からの花見が気に入ったらしく、それからは毎日ドライブをせがむようになった。一回りして帰ってきても、三十分もすると忘れてしまって、

「今日はドライブに行かないのかい」と言う。

あるときドライブから帰ると、

「浩次、寄ってけよ。真吾が中に居るら」

と言う。次兄の浩次と区別がつかなくなったらしい。呆れて真吾が、

「この俺が、どうして家の中に居るんだ」

と言うと、

「お前は浩次じゃないのかい？」

と言って、自分でも可笑しくなったのか、笑い出す。釣られて真吾も大笑いだ。そんな時のみつはユーモアたっぷりで、ご機嫌がいいのだった。

2

「ほんと、今日の富士山は綺麗だな」

と富士の夕景から、なにやら愉しそうに目を細めているみつに目を移し、真吾は繰り返して言った。真吾は内心今朝の姨捨山の一件を気にしていたから、急に霧が晴れたような気分になっていた。

「淑子は家にいるのかい」

みつがぼそりと呟くように聞く。

「ああ、いるよ。今日は沼津へ法事に行ってご馳走をもらってきたから、はやく帰って夕飯にするか」

「そうかい。やっぱり自家《うち》が一番いいなあ」

とみつは言い、うっとりと目をほそめる。

「そんなに自家がいいかい？」

と聞く真吾に、みつは前方に目を据えたまま、

「淑子が、良くしてくれるからなあ」

と、歌うように言った。真吾は初めてといってもいいみつの嫁に対する感謝の言葉に、胸がジンと熱く

なるのを覚え、

(いろいろあったけど、なんとかここまでやってきた甲斐があった)

と、わずかに残った富士の頂の夕映えと、その上空の雲が茜に染まる様を、最近にない満たされた思いで眺めた。


「おばあちゃん、お帰り」

家へ入ると、思いがけなく長男の聡志が出迎えた。二年前結婚したばかりの香織も一緒である。

「おお、帰ってたのか。急にどうしたんだ」

「正月、帰れなかったからね」と、聡志は真吾に言い、

「おばあちゃん、調子、どう」

とみつを見る。みつはびっくりしたように両目を見開き、聡志の顔を凝視している。

「お前《まん》は聡志かい?」

「そうだよ。聡志でなくて、俺が誰だっていうんだ」

からかうように言って聡志が笑うと、釣られてみつも笑い出す。

「おばあちゃん、何処へ行ってきたの?」

「わしかい。わしゃ何処へ行ってきた?」

「俺の方が聞いてんだよ」

「じゃ、おまんは、何処《どっ》から来たんだい」

「東京だよ」

「東京に住んでるのかい？」

「そうだよ」

「じゃ、おまんの後ろにいる人は誰だい？」

「香織だよ。俺の奥さんを忘れたっていうのか。失敬な！」

「おまんは嫁さんもらったのかい」

「そうさ。おばあちゃんも結婚式に出てくれたろ？」

後ろで香織がニコニコと笑っている。この会話は放っておくと、また最初に戻って延々と続くことになる。

台所から「お帰り」と淑子の声がし、

「美世子に電話したら、来るっていうから、来たら夕飯にしましょう」

と忙しそうにしながらも、久しぶりの子供たちの集合に、彼女の声は弾んでいた。長女の美世子は市内に嫁いでいるから、十五分もすれば来る。嫁ぎ先はガソリンスタンドを経営し、姑も同居しているから、美世子は頻繁に実家に帰るというわけにはいかない。久しぶりに、二人の孫娘の顔を拝めるな、と真吾の頬は思わずゆるんだ。

美世子が来ると俄然にぎやかになった。美世子というより、二人の孫娘、とりわけ四歳になったばかりの綾乃のひょうきん振りが、ここ四、五年の間にすっかり寂しくなってしまったこの家に、久しぶりの活気をもたらした。一つ下の友世は早産で生まれたあと、重度の障害に陥り、まだ口も利けないし、立つこともできず、ぐったりと美世子に抱かれたままだ。それでも声をかけると、長いまつげの白い顔でほほ笑む。

「おまん、幾つになった？」

と、食事しながらみつが綾乃に声をかける。

「おばあちゃん、私、おまんじゃなくて、綾乃って、ちゃんと名前あるんだけど……。それに四つって、前にも教えたでしょ」

と茶目っ気《け》たっぷりに言って、周りの笑いを誘う。

「じゃあ、おばあちゃんは幾つ？」

と今度は綾乃。

「わしゃ幾つになっただか……。明治四十二年に生まれただよ。関東地震の時にゃおっかなかったよ。苦労しただに……」

またおばあちゃんのいつもの話が始まった、と横から聡志が割って入る。

「おばあちゃん。関東大震災のとき、横浜の伯母さん家《ち》へ子守に行っていて、帰れなくなり、伯父さんに迎えに来てもらって、歩いて箱根を越えて帰った話だろ？　知ってるよ。地面の地割れに人が挟まれて死んでたり、余震のとき戸板にのって避難したり」

「おまん、よく知ってるな。そのとき生きてたのかい」

「生きてたわけないじゃん！」

落語のような話に、みな爆笑した。みつの、孫との、中でも聡志との会話は本気だか冗談だか見当がつかない。孫は可愛いから気が許せるのか、と真吾は思う。

みつの話はほかに、七人の子供のうち、確か一人は野良仕事の最中畑で産んだ、とか、もう二人産んだが栄養不良で死んでしまった、とか、要するに戦前戦後の苦労話である。真吾にとっては一々肯ける話なのだが、口を開けば同じ話の繰り返しだから、孫たちにすっかり覚えられてしまって、からかいの種にされるというわけだ。

「わしゃ、もう寝るぞ」

孫やひ孫の相手で疲れたのか、みつがテーブルに捉まって立とうとするのを、美世子が援けてトイレとベットに連れて行った。

「おやじ、少し痩せたんじゃないか？　介護疲れかい？」

と聡志が、真吾に言う。

「うん、一、二キロ落ちたかもな。なにしろ心配させるのが二人もいるからな」

と真吾は苦笑しながら言う。もう一人とは、次男の喜代造のことである。

「喜代造は相変わらずかい？　今日も居ないようだけど……」

弟の喜代造のことが、やはり兄として心配になるらしい。

「また家出だ。一週間も帰ってこない。おふくろは、淑子と交代で看ればなんとかいけるんだけど、あいつだけは箸にも棒にもかからん」

「お父さんが、出て行け、勘当だ、なんて言ったからですよ。もちろん悪いのは喜代造だけど」

横から淑子が口をはさむ。

「おまえが甘やかすからだ。また帰ってくるときは借金の山を背負《しょっ》って来るにきまってる」

「お父さんは短気だからね。もう少しやさしく言えばいいのに、すぐ怒鳴るんだから……、逆効果なのよ」

後ろから美世子が母親の味方をする。

喜代造は二十六にもなるのに定職も持たず、バイト先を転々と変えては、遊び暮らしている。消費者金融や友達に借りまくってはパチンコやらの遊興にふけり、家出した後には決まって借金取りが押し寄せるという状態が続いていた。

「借金取りが来ても、もう払わない方がいいよ。親は世間体を考えて払うものと、彼は学習してしまってるからね」

ジャーナリスト専門学校出らしい、穿った意見を聡志が言った。真吾もそう思うのだが、取り立ての電話や集金人が殺到すると、ついつい淑子の心痛や、近くに嫁いでいる美世子に迷惑がかかってはと気遣い、今回だけだぞ、と念を押して援けてしまう。

「金だけならいいけどな。最近は金を貸せといって淑子に付きまとい、貸さないとその辺のものを蹴とばしてあるく。見てみろ、家中穴だらけだ。ガラスなんか何枚割ったか……」

真吾が言い、太いため息をついた。

「ところで、おじちゃんやおばちゃんたちは最近来てるの？」

美世子が重苦しい話題を逸らすように言った。美世子の言うおじちゃんやおばちゃんは、真吾の兄妹の内でも、比較的近くに住む次兄の浩次と姉の文恵、それに妹の章代のことである。

「それも、お父さんが電話してね。もう来てくれなくてもいい、自分たちで看るからって言ってから、三人とも来なくなったのよ」

と、淑子が言う。この三人は、何かというと連絡を取り合って、いっしょの行動をとりたがる。その電話も、みつを介護センターへ預けるのを批判されたと淑子から聞いて、真吾が掛けたのだ。淑子が介護に専念しないで仕事を続けることも、彼らの批判の的であった。

「もう！　お父さんはいっこく（頑固）なんだから」

と美世子が呆れ顔で言った。一人娘の美世子には何を言われても、真吾は怒れない。

「さあ、チビたちが飽きたようだから、帰るよ。聡志、いる間だけでもおばあちゃんを看てあげてよ」

と姉らしいことを言って、美世子は帰り支度をはじめた。

3

春らしい暖かい陽気が続いた後、彼岸の連休に入ると、急に低気圧が発達し、暖国の静岡の山々にまで大量の雪を降らせた。

連休が明けた日の早朝、真吾は、みつを二日間介護センターへ預けるよう淑子に頼んで、山登りに出かけた。目的地は長野県の北八ヶ岳。山登りは真吾の唯一の趣味である。

未明の朝霧高原は一面の雪景色だった。春雪を纏って聳える富士山の背後の空が朱に染まっていた。甲府盆地に下ると雪はなかったが、清里辺りから再び雪道になった。松原湖の脇を通って稲子湯への道は踏み跡《トレール》のない深雪で、真吾自慢の四輪駆動車でも足をとられて、冷や汗の連続だった。

登山口の稲子湯に車を預け、新雪を踏んで山に向かう。葉を落とした唐松林の中の道は、陽光に照らされた雪が眩しく、雪解け水が沢音を響かせていた。

二、三人の下山者に行き合った。二時間ほど急坂を上り詰めると「しらびそ小屋」があり、小屋の前のミドリ池は雪に覆われて白い雪原になっていた。雪原の向こう、シラビソの森の上に、明日登る予定の東天狗岳の頂が雪煙を吹き上げていた。

北八ヶ岳は黒木や苔に覆われた、どちらかというとなだらかな山々の総称である。その中にあって東天狗岳は標高二千六百四十メートル、北八ヶ岳の中ではアルペン的な尖った頂を持つ、真吾の好きな山の一つであった。

小屋には寄らず、先を急いだ。そこから先は踏み跡がなかった。時おり膝上まで雪の吹き溜まりに落ち込む。シラビソの梢を騒がす風が雪を飛ばして、真吾の襟に入った。昨夜、本沢温泉に予約の電話をしたおり、一人と聞いて心配してくれたのだろう、「無理しない方がいいですよ。山は大変な雪ですから」と言われたのを思い出し、真吾は少し不安になった。

小さな流れに木橋がかかっていた。欄干に腰掛けて、昼食にした。流れの水を掬って、熱い味噌汁を沸かす。一人しか通れない橋を占領して、だれかきたら困るな、と思ったが、心配することもなく誰もやってはこなかった。

真吾は、昨年喪った無二の山友、深井修三のことを思った。彼は真吾より五歳年上だったが、先輩ぶることもなく、小柄だが頑健な体躯でいつも真吾をリードして山を登った。その彼がすい臓がんの発見が遅れ、あっという間にこの世を去った。

死の前日、耳もとで「おーい、修さん」と呼びかける真吾に、それまで意識がなく朦朧としていたという深井は、必死に目を開けようとするかに、左手を顔の前で泳がせて、

「真吾か、……俺はもう駄目だ」

とか細い声で言った。

「駄目だよ、そんな気弱になっちゃあ。もう一度穂高に行くって約束したじゃん」

「そうか……それじゃ頑張るよ」

それが彼との最後の会話だった。それから真吾は一人で山を登っている。彼が生きていたら、今日も真吾の前を歩いていたに相違ない。

深雪にもがきながら尾根を越え､下っていくと､松原湖から来る林道に出た。ここも人の踏み跡はなかったが、獣の足跡が多く、少し行くと前方に黒い影があった。熊かな、とドキッとしたが、この時季、熊は冬眠中だと思い直して、近づくと羚羊《かもしか》だった。

カメラを取り出して、恐る恐る近づく。が彼は、クマザサの葉を食べるのに夢中で、真吾など眼中にないかに振り向きもしない。

「しっ、しっ。こっち向け！」

焦れた真吾が声をかけると、彼は面倒くさそうに振り返り、二度のシャッターチャンスを与えてくれたあと、また己が食事に熱中した。

温泉小屋に到着すると、小屋主と二人の若者が除雪に汗を流しているところだった。

「そこで羚羊に遭いました」

真吾が興奮冷めやらぬ面持ちで言うと、

「ええ、たくさん居ますよ」と事もなげに答えた若者が、ストーブのある部屋に案内してくれ、その夜、真吾の面倒を見てくれた。

「この部屋が一番温かいんですよ」

ストーブに火を点けながらそう言った、純朴そうな若者に真吾は好感を持った。一昨日の連休の初日は、団体を含めて三十人もの宿泊客があったが、昨夜は一人も来なかった。今夜の予約も真吾一人だけだという。この温泉場は日本で最も高所にあることで有名で、入浴だけの客も多い。

「なにしろあの風雪でしたからね。大半の方が登頂出来なかったようですよ。貴方も無理しない方がいいですね」と彼は言い、「小屋番やってますとね、早く雨が降って、雪が溶けるのが待ち遠しいですよ」と、おそらく本音であろう愚痴を言って、ため息をついた。

真吾は、山靴をはいて、戸外の風呂に出かけた。二十メートルほど先の古い掘っ立て小屋の中に、木の浴槽があった。赤錆色のかけ流しの湯は熱く、沢から引いたホースの水で埋めて入った。ヌルヌルした浴槽の縁に体をあずけ、窓越しに雪景色を眺めた。屋根からツララが下がって、風が木々を騒がせている。窓際に架けられたタオルがピンと凍っている。戸の隙間から雪片が吹き込んできた。目を瞑って明日の行程を考えた。今日も、予想外の深い雪だった。登頂出来なかったら、引き返せばいい。無性に山に来たかったのは、この風景の中に身をおきたかっただけなのだ。

その夜、真吾はたった一人の部屋で、山小屋風のカイコ棚の下段のベッドのもぐりこんだが、なかなか眠れず、家族のことやらに思いをはせていた。老いていくみつのことや、幾つになっても自立しようとしない喜代造のことやらを思った。

親に心配をかけたことでは、若かった頃の自分も同じだったかもしれない。真吾は自分の若かった頃を回想した。山で転落遭難しかかったり、スキーで骨折したり、と、親の気苦労は計り知れなかったにちがいない。

それに十九歳になって間もない、あの日……。真吾の回想は、忘れようにも忘れられない夏の日の出来事に移っていった。まだ高校を出て社会人になったばかりの夏だった。

あれは初めて北アルプスの槍ヶ岳から前穂高へ縦走した帰りだった。真吾と高校で山岳部仲間だった吉村は、横広のキスリングザックを背に富士宮駅に降り立った。七時を回っていたが、昼間の熱気が残る暑い夜だった。

険しい岩稜を踏破した高揚感がいまだ冷めない二人は、このまま別れる気になれず、祝杯をあげようと、駅近くの食堂に入った。

折からの夏祭りで、街は賑わっていた。未成年の二人にまだビールは苦かったが、背伸びしたがる年代でもあった。加えて周囲の華やかな雰囲気が彼らを勢いづかせて、たちまち二、三本の罎が空になっていた。

食堂を出て、十分も歩けば自宅に行き着く吉村と別れて、真吾は背のザックを横にしながら群衆の中をバス停に向かった。

「あら、大川君じゃない！」

声をかけられて、見ると、高校で同級生だった筒井淑子であった。美人ではないが、親しみやすい笑顔を絶やさない娘だった。確か彼女は器械体操部で活躍していた。父親の仕事の関係で卒業後、沼津に引っ越したと聞いていたが、といぶかると、

「親戚にお招《よ》ばれで来たの。どこの山へ行ってきたの？」

それから二人は思いがけない邂逅に、周囲の雑踏も忘れて、卒業後のことや山の話に熱中した。在学中はそれほど親しく口をきいたことはなかったが、なぜかこの場で出会ったことが嬉しかった。

そのとき突然背中のザックが引かれ、よろけながら振り向くと、中学で同級生だった荻野だった。てかてかに光らせた長髪にアロハシャツ姿で、彼の後ろにもう一人同じ風体の男がいた。荻野はザックから手を離したが、真吾の前にヌッと立ちはだかった。

「おう、チビの大川じゃねえか。でっかいザックなんか背負《しょ》って、偉そうにしてるじゃんか。おまえ、顔

なんか赤くして、未成年のくせに酒飲んでるな」

　今は人並みに背は伸びたが、中学時代小柄だった真吾はいじめの対象にされてきた。荻野は見上げるように背が高く、体もがっしりしている。中卒後は建設関係の仕事についていると聞いていたが、暴力団仲間との交際も噂されていた。

　真吾は悪い相手に出会ってしまったと思いながらも、もうお互い社会人なんだから干渉されたくないという思いで、思わず言い返していた。

「やあ、荻野か。そういうおまえだって顔が赤いじゃないか。お互い様だよ」

「でかい口ききゃあがって。おっ、いい女連れてるじゃんか。チビに女《スケ》こましはまだ早いってんだ。ねえちゃんこんな奴より俺と付き合わねえか」

　と言いながら、淑子の肩を引き寄せて、顔を近づけようとする。

「よせ！」

　とっさに真吾は、淑子を庇って荻野の胸を押していた。が、腕力では荻野の相手ではない。荻野の太い腕で突き放されて、歩道の縁石にしたたかに左ひじをぶつけていた。

　真吾は肩のザックを下ろすと、なおも淑子にじゃれ付こうとする荻野を静止しようと背後からむしゃぶりついた。しかし荻野の強烈な肘鉄をくって再び転倒した真吾は、鼻血を出し、口からも血を滴らせていた。蒼白な顔で目を血走らせて起き上がろうとする真吾に、さらに蹴りを入れながら、荻野は毒づいた。

「生意気に、やる気か。この、どぶ鼠《ねずみ》が！」

小心で、普段はおとなしい真吾であったが、淑子や、周りの群衆の前で侮辱されたその一言が、彼を逆上させた。それは中学時代、「チビの大川」と共に、常に彼に浴びせられた苛めの言葉であった。チビはともかくどぶ鼠は許せない。完全に冷静さを失った彼は、ザックの側ポケットから登山ナイフを取り出すと、刃を起こし、しっかりと右手に握りしめていた。

「大川君、やめて！」という淑子の悲鳴も、彼の耳には達せず、ただ「許さない！」とうめくような声を発して、大きな相手の懐に飛び込んでいった。

その後のことは、すべて淑子の機転に援けられたといえる。病院や家族への通報から、警察の取調べの立会いまで淑子が付き添ってくれた。

さいわいナイフの刃が短かったので致命傷にはならなかったが、未成年でしかも飲酒しての傷害であり、真吾はその後数ヶ月、更生施設に拘束を余儀なくされた。そのことは、その後、生涯負い目となって、彼を苦しめることになった。

一方荻野は二ヶ月ほどの入院ですんだ。真吾が入所する前、謝罪と見舞いに訪れた病床で、荻野は、俺も悪かった、淑子さんにもくれぐれも謝っておいてくれ、と言った。

その事件が縁で、その後、淑子と交際を続けるようになり、七年後結婚した。今でも淑子には、「あなたは短気なところがあるから、くれぐれも気をつけてね」と時々言われる。

(あれから四十年も経ってしまったのか。もう昔でいえば、老境に入ったところだ)

温泉宿の一人の部屋で、真吾は眠れぬままになおも若い日の回想に浸っていたが、昼間の疲れが出たのか、いつの間にか眠りに落ちていった。

翌日快晴の中、真吾は深雪に足をとられながら稜線に出、森林限界を抜けた岩稜で諏訪側からの烈風にあおられたが、四時間を要してようやく東天狗岳の頂上に達した。

頂上の岩陰は、それまでの強風が嘘のように静かだった。

昨夜宿泊した温泉小屋の屋根が見下ろせた。雪煙を吹き上げる南八ツの峻峰群の向こうに南ア、中ア、右に北アルプスの白い連嶺が連なり、振り返れば斑な浅間山の展望が開けていた。

久しぶりの雪山の景色に、真吾は時間の経つのも忘れて、一度は踏んだことのあるそれらの山々を眺めた。真吾にとって最高の至福の時間であった。

4

「今年は梅が咲かなかったのかい？」

大石寺《たいせきじ》の桜の下を歩きながら、みつが言った。真吾と淑子に両の手を引かれて、三つ子のような格好である。

「何言ってんだよ。岩本山の梅を見に連れてってたじゃないか」

久しぶりの登山から帰って気分をよくしていた真吾は、笑って言った。

「そうかい」と、みつも満開の桜を見上げながら、嬉しそうに言う。

今年は梅はおろか、桜見物に御殿山から身延山にまで足を伸ばしている。身延山の枝垂れ桜はことのほか見事だった。

こうして花見にでも連れ出さなければ、みつは一日中畑に行きたがり、家の中に居れば台所と風呂場をひっきりなしに往復しようとする。今でも家事は自分の仕事だと思い込んでいるらしい。それはいいが、一度など鍋を空焚きして危うく火事を起こすところだった。

「まるで電動仕掛けの玩具《おもちゃ》のようだからな、このばあちゃんは」

真吾が苦笑しながらみつを見下ろす。真吾の多少の戯言にはみつは怒らない。やはり実の息子だからなのだろう。

「お蔭で私たちもたくさん花を見られて、良かったじゃない」

と淑子も笑いながら言った。メジロが花にたわむれ、鶯が鳴き声を競っている。花の間から春雪をまとった富士山がまばゆかった。

淑子がみつの顔を覗き込むようにして、

「ねえ、おばあちゃんの顔、黄色っぽいような気がしない？」と言ったのは、ゴールデンウィークを控えた四月の終わりであった。

「なに、もともと日焼けして真っ黒なんだよ、このばあさんは」

と真吾は悪態をつきながらも、次の日も、その次の日も見る度に黄色みが増していくみつの顔が尋常でないのに気付いた。

連休の明けるのを待って、近くの病院に連れて行くと、黄疸症状だといい、すぐに市立病院に回され、検査入院した。

検査後、真吾は近くの兄妹と共に、医師から説明を受けた。胆のうと肝臓の間の管を癌に侵されているという。高齢で手術は無理なので、薬の処方をするからいったん退院し、症状が進んだ段階で再入院したらどうかという。

覚悟はしていたものの、余命はもっても三ヶ月と断定されたことに、真吾は衝撃を受けた。

いつも静かだった真吾の家には、病状を知った子供たちや、真吾の兄弟、親戚が、次々と見舞いに訪れるようになった。

「わしの見舞いに来たって？　わしゃ何処《どっこ》も悪くないよ」

と言いながらも、みつは嬉しそうだった。日が経つにつれ、みつはしばしば痛みに襲われて胸を押さえたが、苦痛が去るとすっかり忘れてしまうらしく、病気の自覚がないのが、真吾や淑子にとってせめてもの救いだった。

浩次と文恵、それに妹の章代は、家が近いということもあり、頻繁に来るようになった。真吾が三人に向かって、

「俺たちはもういいから、これから納得できるまでおばあちゃんと過ごしたらいいよ」

と言ったことが彼らを刺激したらしく、それから三人で度々みつを日帰り温泉などに連れ出すように

なった。真吾にしてみれば、みつとの別れが三ヶ月後に迫ってしまった以上、彼らにも、みつとの思い出を作らせてやりたかった。

みつに変化が生じたのは、その後であった。真吾が紙おむつを換えてやっている時だった。淑子は出かけていて、めったに居たことのない喜代造だけが家にいた。みつは、「ありがとうよ」と目を細めながら、歌うようにこう言ったのだ。

「やっぱり子供はいい。淑子なんか何にもやっちゃあくれんからな」

瞬間、真吾は耳をうたぐった。

「今まで淑子がいちばん、面倒見てくれたじゃないか」

「いんや、見てもらったことなんか一度も無《に》ゃあ！」

「なんてこと言うんだ！」

激しい衝撃の後に、怒りが込み上げて、真吾は我を忘れてみつの手の甲を平手で打った。

「今のこと、かあさんに言うんじゃないぞ」

真吾がそばに居た喜代造を睨みつけると、彼は真吾の剣幕に驚いたようにコックリと頷いた。

後日、見舞いに来た従妹が、淑子の居ないのをみすまして、

「真吾ちゃん、大変だったね。一人で看てたんだって？　淑子さん仕事ばかり行ってて、何にも看なかったっていうじゃない」

と言ったことで、真吾はあらましを理解した。従妹は文恵や章代と仲がいい。

みつは惚けた頭ながら、子供たちが度々来るようになったのを敏感に察知して、豹変したのか。或いは嫁の悪口を言うことが、彼らを喜ばせたとでもいうのか。真吾は、次第に己《おの》が神経が疲労してきているのを自覚した。

告知後、一番親身にみつの面倒を見たのは、文恵であった。彼女は忙しい昼間の仕事を終え、泊まりがけで来ては、みつと風呂に入り、一つ部屋に寝た。

「助かるわ。やっぱり親子ね。私とじゃ一緒に風呂になんか入ってくれないものね」

と、淑子は単純に喜んだが、真吾は内心複雑だった。

みつの苦痛が次第に頻繁になり、入院させる段になって、

「これからは私たち兄妹で付き添うから、淑子さんは外れてくれていいわ」

と言ったのは、文恵である。真吾は、それだけは俺が承知しない、と気色ばみ、結局五人で交代で看ることになった。嫁の淑子をあくまで爪弾きしようとする、文恵の態度が許せなかった。みつといちばん長い時間を共有した淑子に、最後までみつと向き合ってほしいし、それが当然だと思った。

家を出た義姉が、「血は汚いわ」とよく言っていた言葉の意味が分かる気がした。長兄が酒に溺れたあげく肝臓がんで死んだのは、義姉と、両親や兄妹との板ばさみで悩んだからだろう、と同じ立場になってから真吾はよく思う。所詮実家を取るものは損な立場なのだ。

梅雨が明け、医師の言った三ヶ月が過ぎても、まだみつは元気だった。痛み止めの薬が効いて気分のい

い時は、病棟の廊下を伝い歩きながら、「真吾、彼方《あっち》の階段から逃げらざア」などと家に帰りたがった。

「さすが明治生まれだけあって、このおばあさんは元気だね」

みつの徘徊を看護師から聞いたらしい主治医が、感心したように言って、

「痛み止めの薬を出すから一度退院して、症状が進んだら再入院してもいいですよ」

と言ってくれたことで、みつは一時退院することになった。

「おおっ、わが家だ！」

玄関を入ると、みつは感歎の声をあげ、目を輝かせた。

（こんなに喜ぶならいっそ家で死なせてやってもいい）みつの喜ぶ顔を見て、真吾がそう思案したのも束の間、みつは部屋に入るなり、障子の桟につかまって野良着に着替え始めた。

「おばあちゃん、歩けないのにどこ行くつもりだ」

「畑にきまってるら。わしがやらなきゃ誰がやる」

「やれやれ、また電動ばあちゃんと追いかけっこが始まるのか」とぼやきながら、真吾はみつを背に負ぶい、畑に連れていった。骨太だったみつも、今は軽々と真吾の背に乗っている。

畑にはナスやトマトの他、数列の玉蜀黍が育っているだけである。大半は、真吾が雑草除けに耕運機で起こした跡に、また雑草が生えてきている。そんな畑でも、みつは目を耀かせて喜んだ。

真吾は、末期のガンであることをおそらく自覚し、壮絶な痛みに耐えた親友の深井修三より、惚けてしまったゆえに、合い間は忘れていられるみつの方が救いがあると思った。

5

梅雨が明け、暑い日が続いた。次第に鎮痛剤も効かなくなったみつは、苦痛に悶えて、畳の上を這いまわるようになった。

再入院させて、昼夜交代で付き添うことになった。みつはしきりとベットの縁を摑んで降りようとする。夜間は、落ちないように紐をかけるのだが、やはり気になって、結局真吾は寝れない。みつの手を握って、痛みだけは去ってくれるよう祈りながら、人はこんなに苦しまなければ死ねないのか、と暗澹とした気持ちになった。

盆が近づくと、みつは粥も受け付けなくなった。わずかにジュースや水物を口から流し込んでやる。その水物もあまり飲まなくなったとき、

「点滴をやっているから、無理にやらなくてもいいですよ」

と、いつも親切に世話をやいてくれる平井さんという中年の看護師が言った。真吾は淑子にその旨を言い、文恵らにも伝えるように言った。

平井さんは経験豊富でいつも適切なアドバイスをしてくれる。自身も苦労人らしく、みつの世話をしてくれる合い間に、今も夫の両親に仕えていることとか、若い時分、惚けてしまって徘徊する舅の母を捜しあるいた、等の話をしてくれた。

「一度なんかね、お風呂場の窓から裸で逃げてしまってね。大変だったのよ」

さも可笑しそうに笑いながら言う平井さんを、真吾は自分より年上の人のように、頼もしく感じた。

二、三日後、美世子が綾乃と友世を連れてやって来た。美世子が二人の子供にアイスクリームを食べさせながら、みつの顔を覗き込み、

「おばあちゃん、もうジュースも飲まなくなっちゃったんだって？　折角おばあちゃんの好きなソフトクリーム買ってきてあげたのに」

とソフトクリームを目の前に近づけると、弱々しげな目で美世子を見返していたみつが、コックリと頷いたのだ。そして美世子が匙にすくって口に持っていく度、みつは口をもぐもぐさせて美味《うま》そうに飲み込んだ。若いだけに発想が違うな、と真吾はわが娘を賛嘆の眼で眺めた。

翌々日、病院に行くと、淑子がみつの背をさすりながら涙ぐんでいる。

「どうしたんだ」

真吾がいぶかると、

「餓死って……、私の目の前で……」

「ガシ？」

「『餓死させられたら可哀そう』とか、『餓死は苦しいから食べようね』とか」

「誰が？」

「三人ともよ」

聞きただすと、ソフトクリームを食べたという話を聞いた浩次や文恵、章代が昨日から今日にかけて、

そう言いながらみつにソフトクリームを食べさせようとしたというのだ。

「あてつけ言いやがって！」

翌夕、交代のときに、真吾は文恵にかみついた。みつはもう目を開く元気もなく眠ったままだった。息が細くなっているような気もする。

「淑子さんに対して、言ったんじゃないわよ」

「三人が別々に来て、申し合わせたように淑子の前で『餓死』なんて言葉が出るわけないだろう。小姑根性出しやがって！」

それから姉と弟の口げんかは、死を間近に眠る母の前で延々と続いた。文恵は、過去のあれこれを並べ立てて、真吾夫婦を非難した。

「そもそもおばあちゃんが惚けて自分の病気も分からなくなってしまったのも、あんたたちのやり方が悪かったからよ」

「なに言ってんだ。俺たちのせいにするなよ。そんなこと不可抗力だろ」

「家族団欒がなかったからよ。いつ行ってもおばあちゃんは廊下で寂しそうに外を眺めていたわよ」

「おばあちゃんはあそこが好きだったんだよ」

「介護センターなんかに預けて……。いつ行っても淋しそうだった」

「月に七日くらいいいだろう。俺たちだっていろいろ用事もあるし、時には息抜きしなきゃ身が持たないよ」

「おばあちゃんの部屋だけ畳を替えてやらなかったじゃない」

「仕方がなかったんだ」

みつは用便が間に合わなくて、部屋や廊下を度々汚してしまう――、そう続けようとして、真吾はあとの言葉を呑み込んだ。いくら身内でも言えないこともある……。真吾の脳裏を幾たびかあった修羅場の場面が過《よ》ぎった。

「台所や風呂場だって鍵を掛けてしまって、おばあちゃんを入れなかったじゃない」

「火事になってもいいって言うのか」

「おばあちゃんのお金や預金通帳を預かってないかって疑われたこともあるわよ」

「誰に？」

「淑子さんから、電話でよ」

「おばあちゃんが失くなったって大騒ぎしたときだろう。大体探してやらなきゃ、終わらないからな。下駄箱に隠してあったり、茶畑に一万円札が散乱してたこともあったんだぞ」

「そのお茶畑に亀の子みたいにひっくり返って倒れていたこともあったっていうじゃない」

「あの時は淑子が仕事から帰ってきて見つけたんだ」

「淑子さんが仕事なんか行かないで、見てればよかったのよ。実家の嫁が姑を看るのは当たり前のことなんだからね」

「一日に二、三時間の息抜きがあったから身体が持ったんだ。淑子がいたから、俺だってやってこれた」

「あんたは淑子さんに甘いからね。大体若い時いちばん親に心配をかけたのはあんただからね」

「だから、やるだけのことは、やってきたつもりだ！」

この辺になると、短気な真吾の言葉は、怒りが先になって、意味をなさなくなる。もちろん若い時分親に一番心配をかけたことは自覚している。だから少しでも親孝行したいと、努力してきたつもりだ。

口げんかはなおも続いた。

要するに文恵の言い分は、真吾と淑子がみつに対して充分な扱いをしてこなかった、というのだ。

子供の頃から真吾は、何をしてもこのしっかり者の姉には敵わなかった。それは今も同じだ。文恵は夫を不慮の事故で亡くしたあと、女手ひとつで家族を支えてきた。姑を看取った折、「文恵さん、ありがとう」と感謝の言葉を遺したという話も聞いている。

みつは違う、と真吾は思う。真吾は幼い日、曾祖母がみつの留守に、いつも母のみつの悪口を言うのに心を痛めた苦い思い出がある。そのみつもまたしかり、同じ思いを真吾に味あわせてきた。

人一倍苦労してきた文恵にだけは分かってほしい。そう思うのだが、真吾の口から出るのは思いとは違う、意味をなさない怒りの言葉だけだった。

「あんたたちには人の情というものがないのよ！」

捨てぜりふを残して文恵が帰ったあと、呆然としている真吾に声をかけたのは、平井さんだった。

「なにか揉めていたようね。駄目よ、病人の前で喧嘩なんかしちゃ」

「『餓死』って言われたんですよ」

真吾は、ソフトクリームの経緯《いきさつ》を言った。

「そう。そんなことがあったの。そういうことって、よくあるのよ。死期が迫ってから急に、そう、一時的に元気になることって。そのあと、もう眠ってばかりでしょ？　あなたたち、一生懸命すぎるのよ。だから疲れてしまって、喧嘩にもなるのよ。最後はゆったりした気持ちで送ってあげることね」

（そうか、あれはみつの最後の踏ん張りだったのか……）

平井さんが出て行ったあと、真吾はみつの顔を眺めながら思った。死ぬってことは、最後まで生き切ることなんだよ、そうみつが教えてくれているような気がした。

思いっきり喧嘩したことで何かすっきりして、次第に気持ちが和んできていた。

真吾と文恵が激しく争ったことなどつゆ知らぬげに、みつは昏々と眠っている。もうじき、間違いなく九十一年の生涯を閉じるだろう。そのうちの六十一年を真吾はこの母と共に生きてきた。いや、彼女なくして生きることなど出来なかっただろう。

真吾の兄妹たちは、みつを母親として、侵しがたい、女神のような存在に見ていたようだが、真吾が身近で接してきた母は決してそうではなかった。

働き者で、家族思いで、時には頑固で、人一倍心配性のところもあった。子供に甘いかと思うと、逆に厳しかったり。井戸端会議で嫁の悪口を言いふらしたかと思うと、次には妙に気を遣ったりする……いわゆる何処にでも居るような、平凡で、人間くさい女だった。

老いた母の面倒を見たのは最近の数年に過ぎない。惚けてしまってからずいぶん困らされたが、反面最近のみつは過去になく光っていたように見えたし、可愛らしかった、とさえ思う。
真吾は、早春の夕べ、介護センターからの帰りに、みつと二人で見た夕映えを思い出した。富士山の頂を赤く染めていた輝きは次第に色を失ってわずかな残照だけが残った。みつは今、人生の終焉に向かって、その最後の残照の中を彷徨《さまよ》っているのかもしれない、などとぼんやりと考えていた。

（了）

岩壁に舞う

第一章　峠越え

1

三木《みつき》奈津子は、徳本峠《とくごう》に続く沢沿いの道を歩いていた。ブナの黄葉の樹間から、青空が見えているが、この谷間にはまだ陽は差し込んでこない。早朝の空気は冷たかったが、歩行を止めないことで、身体はほてってきていた。

奈津子は先ほど沢筋の路傍に建てられていた「三木秀綱夫人遭難の碑」の文句を思い出しながら歩いていた。考え事をしている間は、山に一人でいる心細さを忘れていられる。道は古道らしく整備され、迷う心配はなさそうだった。

木碑には確か、こう記されていた。

　いにしえやかかる山路に行きかねて
　寝にけむ人は殺されにけり
　　　　　　　　　　　　　　　　沼空

大正十五年、国文学者で歌人の釈沼空（折口信夫）が上高地に遊んだ折、案内人からこの地で杣人たちに殺された女人の話を聞き、哀れんで詠んだという歌だった。それは戦国の世、飛騨松倉城主の奥方が落城して落ち延びる途次の出来事だったという。

奈津子は碑の場所に留まることが出来なかった。こんな寂しいところであのお方は亡くなられたのかという想いに身震いし、それでもフラッシュをたいて一枚写真を撮ると、逃げるように先を急いだのだった。

道は桟道を行き、木橋を左岸に、また右岸に渡り、山腹を高巻いて行く。右手にきれいな渓流が続いていた。

突然甲高い叫び声がした。声の方を見ると、河原に猿の一群がいるのが見えた。

奈津子は、初めて見る野生の猿の群に、一瞬足を止め、引き返そうかと思案したが、河原まで十メートルほどあるのを見て、急いで通り過ぎてしまえばと思いなおして歩を進めた。

その時、左手の崖から「ガラッ、ガラッ！」と、音を立てて大小の石が落ちてきた。驚いて見上げると、数匹の猿が岩棚を右に左に伝いながら、興奮した様子で牙をむいている。今にも襲われそうな気配に、奈津子は恐怖を覚えた。

突然後方から男の声がした。

「猿を見るな！」続いて、「まっすぐ前を見て、通り過ぎるんだ」

奈津子は誰とも知れぬ男の指示どおり、前方を見つめたまま必死で数十メートルを歩いた。

「もういいよ」身を固めたままで歩く背中に男が言った。猿の叫喚は聞こえなくなっていた。

奈津子は振り向いて男を見た。二十代の半ばかと思われる、長身の男だった。奈津子は新島々の駅からタクシーを使ったが、島々の集落を抜けた林道で追い越した登山者が、長身の男だったことを思い出した。礼をいうのも忘れて、息を整える奈津子に、男はニコッと笑って言った。

「我々が猿の群の真ん中を歩いてしまったんだ。ヤツらが怒るのももっともだし、ああいうときは猿の目を見ちゃあ駄目だよ」

ぶっきらぼうな物言いの、無骨な感じだが、太い眉の下の目はどこか優しく、素朴な風貌をしている。

奈津子はあらためて礼を言い、

「怖かったわ。どうしようかと思いました」

「この先に岩魚止小屋があるから、そこで憩みましょうか」

男はそう言って、今度は先に立って歩き出した。

男は、一歩一歩拾うようにゆっくりと歩く。奈津子は大きなザックの男の後に従いながら、男が決して自分のペースではなく、あたかも保護者ででもあるかのように、奈津子に合わせて歩いてくれているのを感じた。

木橋を渡った先に日の当たる草地があり、果たして使用されているのかと疑うような古い小屋があった。

「小屋番は居ないようですね」

男が小屋の前のベンチにザックを下ろしながら言った。

奈津子が名刺を渡し、改めて礼を言った。

「ぼくは風岡俊介です。名刺は持ち合わせませんが」と男は名乗り、

「少し早いけど昼飯にしませんか」と言うが早いか、さっさとザックから出した握り飯を食べだした。

奈津子も同調した。奈津子の今夜の宿泊先が徳本峠小屋と知ると、風岡俊介は、

「ぼくも峠付近でキャンプしようかな。ゆっくり行って四時間ほどですよ。ご一緒しますよ」と言い、「歴史と古道・編集部　三木奈津子」と印刷された名刺を眺めながら、

「『歴史と古道』という雑誌の編集さん――ですか。今日は仕事で?」

「はい。一応駆け出しのライターです。今回は古い歴史のある徳本峠と上高地、嘉門次小屋などを取材する予定なんです」

「へえ、仕事で山登りとは羨ましいな。ぼくはこの峠は二度目ですけど、明日は霞沢岳へ登る予定なんです。穂高と上高地を見下ろす絶好のロケーションですよ。特に穂高と明神の眺めは絶景です」

奈津子は、風岡俊介の言う霞沢岳という山の知識はなかったが、山の話をするときの彼の目が輝いていると思った。

小憩後、二人はさらに沢沿いの道を辿り、次第に傾斜を増していく急坂に奈津子はあえいだが、なんとか風岡俊介のゆったりとした歩みについていくことができた。最後の水場を過ぎると冷たい空気を含んだ霧が吹き降ろしてきて、峠が近いのを感じた。

2

風岡俊介は、峠のキャンプ地に張ったツエルトの中で、昭和四十一年（一九六四）版の山日記を広げ、

十月十一日の欄に今日歩いたコースとタイムを記入していた。

ヘッドライトに照らされた誌面を暫らく睨んでいたが、俊介はいつも記す簡単な記述が書けずにいた。なぜか気持ちが昂ぶって、落ち着かなかった。

猿の群に出くわしたばっかりに、偶然同行することになった三木奈津子のことが、未だ俊介の脳裏を占領していた。

『歴史と古道』という月刊誌のライターという職業といい、俊介より若い二十二、三歳かと思われる、面長のどちらかというと気品の感じられる容貌は、今まで俊介の周辺には居なかったタイプの女であった。

俊介は、峠までの道中交わされた会話から、彼女が徳本峠の歴史に興味を持ち、実際に峠越えをすることによって生きた記事を書きたいと、彼の目をじっと見つめながら話したときの真剣な目を思い出した。美人だな、と俊介は思ったが、澄んだ大きな目は、どこか愁いを含んでいるようにも見えた。

「峠からの穂高岳の写真を記事に載せたいのです」

と言った彼女に、俊介は思わず、

「峠からの眺望も勿論いいけど、ぼくが明日登る予定の霞沢岳からの方がいい写真が撮れますよ。周辺の山も、上高地も一望です」

とうっかり言ってしまったことが彼女を刺激したらしく、

「そこへ案内していただけませんでしょうか」

と頼まれ、同行を約束する羽目になった。あすのルートは決して易しいコースとはいえない。地図に案内のある一般コースではない。俊介一人では何の心配もないが、どうリードして案内しようか、という思いが彼を眠れなくしていた。山の仲間との男女交えての山行は何度も経験していたが、女性と二人での山歩きは今回が初めてであった。

頭を振って、山仲間の何人かの顔を無理に思い起こしてみる。それは彼の勤務する大手の電気機器会社の「山の会」のメンバーだったり、「岳陽山岳会」の誰彼だったりした。

会社のは山の愛好会的な会だったが、「岳陽」は本格的な岩登りや冬山を志す仲間の集まりだった。特に最近は、俊介の先鋭的な考えに同調する者が増えてきている。

すでに谷川岳、剣、穂高などの岩場に、初登攀を含む成果を上げてきている。彼はそれらの登攀でザイルを組んだ何人かの仲間の顔を思い浮かべた。

最近本場のアルプスへの遠征を二、三の仲間と話し合っている。彼の脳裏にモンブランやマッターホルン、アイガーなどが次々に思い描かれた。アルプスの次はヒマラヤだ。プモ・リ、アマ・ダブラム、そして天に向かって屹立するＫⅡ《ケーツー》……。俊介は次々と目指すべき山の映像を思い描いていった。

3

徳本峠小屋は四方からつっかい棒をして、かろうじて立っているような、木造二階建ての古い小屋だった。

三木奈津子は薄暗い室内のカイコ棚の上段で、やはり眠れない夜を過ごしていた。山小屋に泊まるのは初めてである。先ほどまで相宿の三人のパーティーが声高に喋っていたが、ようやく眠ったらしく下段からいびきが聞こえ始めている。

猿に脅されたことから始まった、風岡俊介との今日半日の行程が思い出された。彼は名の知れた登山家ではないだろうか――、彼の昼間の言動を思い起こして、奈津子は思った。

自信にあふれた的確な案内ぶりといい、驕る素振りもない淡々とした話しぶりといい、奈津子にはただの山好きなだけの男には思えなかった。

明日その彼が案内してくれるという霞沢岳に、果たして従いていくことができるだろうか。

旅行誌や山の雑誌でよく目にする峠からのポピュラーな穂高の眺望は、今日は雲霧に隠れて得られなかった。どこにでも掲載されている風景では、読者は満足しない。

上高地が一望だと言った風岡俊介の言葉が、彼女をその気にさせた。明日天気がよかったら、ライバル他社にはない写真を撮ることができる。編集長の喜ぶ顔が目に浮かんだ。

上高地にバス道が開通する以前、誰もが越えなければならなかった古道を、写真と文章で綴るのが奈津子の仕事だった。往時、芥川龍之介は峠を越えて槍ヶ岳を目指したという。高村光太郎を慕ってかの智恵子嬢も峠を越えている。

登山家では、ウェストンに続く近代登山の開拓者たち。奈津子は彼らの紀行文や小説、詩などにも一応目を通してきた。ウェストンを案内した嘉門次翁の小屋にも一泊して取材する予定だった。

奈津子にはもう一つ、この峠道に特別な思いがあった。昼間見た、釈迢空の碑文に歌われていた戦国時代の悲劇である。それは奈津子の生まれ故郷、岐阜県高山市の歴史の中に埋もれた出来事であった。

戦乱が続き、飛騨をほぼ傘下に治めたかにみえた三木自綱《みつきよりつな》だったが、天正十三年、佐々成正と結んで豊臣秀吉に敵対したため、秀吉傘下の金森頼近の大軍に攻められ、あっけなく敗れ去った。自綱の嗣子である次男秀綱は堅固な山城と思われた松倉城に立てこもって応戦したが、家臣の裏切りにあって城に火を放たれ、ついに落城してしまう。

秀綱は奥方と侍女を伴っただけで、夜陰にまぎれて領地を逃れ、かねて懇意にしていた信州波田《はた》城主の元を目指したのだが……。

一緒に逃げることに身の危険を感じた秀綱は、単身阿房峠から奈川村を通る道を、奥方と侍女は中尾峠を越え、上口（上高地）からさらに徳本峠を越えて島々で落ち合うことにした。目指す波田城は島々からわずかの距離にある。

が、徳本峠を越えた山中で侍女は遂に倒れ、さらに島々まであと数里という夕闇迫る沢筋で奥方は杣《そま》たちに出会い、こんな山中にきらびやかな衣装を着た麗人がいるはずがない、狐か狸の化身に違いないと怪しまれ、裸にされて木に吊るされてしまう。

翌朝狐狸が正体を現したかと様子を見に来た杣たちは、狂い死にしている女人に仰天する。奥方は一説に身籠っていたともいわれる。

恐れおののいて逃げ帰った彼らは病にとりつかれ、早死にするものが多かった。以後もその家人たちや、村人に奇禍が続いたという。

一方阿房峠を越えた秀綱は、神祠《ほこら》峠付近（角ヶ平）で落人狩りの土民たちの手に掛かり、やはり非業の死を遂げた。

迷信深かった当時の人たちが、狐狸と見誤ったのも無理なかったろうし、勝者に味方して落人を狩るのは、当時の彼らには自衛の策だったかもしれない。が、決して後味のよいものではなかったに違いない。島々神社の一角に、角ヶ平の秀綱神社から勧請した秀綱の霊と、奥方の霊を合祀した小祠（秀綱神社）が建っている。祟りを恐れたのか、或いは相分かれて最後を遂げた二人への哀悼の気持ちからか……。奥方の遺した衣装と短刀は村の歴史資料館に今も保管されているという。

奈津子は、三木秀綱が籠城したという松倉山の麓、今は観光地として賑わっている町並みの一角にある造り酒屋に生まれ、十八歳まで育った。

東京へ出たのは、母娘二人きりの、母の死によって故郷にいる意味がなくなったからである。父はその二年前に他界していた。

造り酒屋の当主であった父は、新婚まもなくの昭和十八年暮れ、突然の召集令状でフィリピン戦線に出征し、終戦で引き上げてきたときは、左足を膝上から失った松葉杖姿だった。

翌年、奈津子が生まれ、希望を持った父は休業状態だった「三木酒造《みつき》」を立て直すべく、不自由な体をおして酒造りに精を出した。が、ようやく軌道に乗った頃体調を崩し、いくつかの病院を訪ねた結果、腰部に手榴弾の破片が発見された。

戦場では足の切断に気を取られ、見落とされていたのである。しかも弾は骨間に食い入っていて、摘出手術は出来ないという。歩行困難になった父は、失意から酒びたりの日々を送り、日増しに衰弱していった。奈津子が中学から高校にかけての頃であった。

そして父は最後は肝臓がんで死に、苦労のし続けだった母も心労がたたったのであろう、二年後に肺炎で後を追った。その母にも球状赤血症という持病があり、常日頃から体が弱かった。

奈津子が球状赤血症という病に遺伝性があるということを知ったのは、母の死後である。小児期たびたび貧血を起こす事のあった奈津子は、長じるにつれて次第に丈夫になってはいったのだが、母を看取った医師の言った、奈津子にも母と同じ病の兆候があるという言葉にショックを受けた。

その後、病に襲われることもなく、むしろ同級生たちよりも元気に好きなテニスやハイキングを楽しんでいた奈津子だったが、心の底にはいつも何か得体の知れない澱のようなものが沈殿しているのを、意識していた。

倒産寸前の三木酒造を救ったのは父の弟、奈津子の叔父であった。酒販店を営んで成功していた叔父は、先祖伝来の三木酒蔵をつぶすに忍びなく、兄のあとを継ぎ、奈津子を引き取って高校を卒業させ、東京の女子大にも入学させてくれた。

奈津子は大学を卒業後、そのまま東京で就職し、高山へは一度墓参りに帰郷しただけだった。叔父夫婦にはよくしてもらったが、父母のいない高山には進んで帰りたいとは思わなかった。東京で一人で生きていこうと思った。

一方で、やはりいつも思いだすのは故郷の山河だった。小学校の遠足で登って以来、山頂に城跡のある松倉山へは何回か行った。奈津子のお気に入りの場所だった。苔むした石垣の上の台地に立つと高山の町が見下ろせ、その向こうに、白く雪をかむった北アルプスの乗鞍岳や穂高の山々が連なっているのが見えた。

奈津子が松倉城と三木一族の歴史にこだわるのには理由があった。中学に入った頃だったろうか。その頃もう腰の痛みに耐えていた父が、珍しく奈津子に話しかけてきた。

「奈津子――。この三木の家はね、戦国時代に滅亡した三木一族の血を引いていると言う人がいるが、確かな証拠があるわけではない。ただ苗字が同じなだけに、或いはそうなのかもしれない。三木自綱もその息子の秀綱も、歴史上も、この高山でも、決して評判はよくない。国を統一するまでには、おそらく残虐な殺し合いがあったにちがいない。この三木酒造がうまくいっていないことまで先祖の故《せい》だと言う人がいる。

だけどな、奈津子。歴史というものは勝者が創ったものだ。食うか食われるかだった戦国時代の、真実がどうだったかなんて解りようもない。私は死ぬか生きるかの戦場に身を置いたから、人の争いの無益なことがよく解る。外交で上手くいかなかったら、戦争で解決せざるを得ないというのが、どうも国と国の関係というものらしい。

奈津子は幸い歴史が好きなようだし、文章も上手いから将来そんな方面に進んだらどうだろう。私がこんななだけにお母さんにも奈津子にも苦労をかけるが、決して悲観することなく、誇りを持って生きていってほしい」

父が真剣なまなざしで奈津子に話したことは、後にも先にもこの時が最初で最後だったような気がする。
そして今日、奈津子は徳本峠への途で、秀綱夫人の最後の場所をこの目で見た。

4

翌未明、懐中電池の灯りを頼りに奈津子がテント場に行くと、風岡俊介はテントから両足を出してコーヒーを飲みながら待っていた。テントといっても薄いシート一枚を紐で近くの枝に吊っただけのものだった。

こんな所で眠れるのかしら、と思いながら奈津子は俊介の煎れてくれたコーヒーをすすった。おそらくインスタントであろうが、体が温まり美味しかった。

「此処へ戻ってくるから不要な荷物は置いていってください」

俊介がそう言って、頭のヘッドランプを点けて、テント内の明かりを消した。

闇の中に尾根道が続いていた。ヘッドランプの明かりが道を照らし、木々の幹を浮き上がらせた。奈津子は手にした電池で俊介の足元を照らしながら従いていった。

星をちりばめ、神秘的な薄墨色だった空が次第に明るんできた。、樹間から右手に切り立った岩山が見えてきた。

「前穂高と明神岳です」俊介が言った。

頂上部に陽がさしたかと思うと、岩峰は次第に赤々と燃えて輝き始めた。見下ろす谷は深い霧に埋まっている。

奈津子は、その荘厳ともいえる山と谷の景観に圧倒された。そして今、身をおいている原生林の、寂《せき》とした静けさに圧しつぶされてしまうのではないか、と恐れた。

「山が一番いい時間《とき》です。写真を撮らないと……」

俊介に促されて、奈津子は自らの仕事も忘れているのに気づいて、カメラを取り出した。

つづら折りの道は黒木の稜線を越え、下り坂になった。道といっても昨日の峠道のように整備されて道標があるのではなかった。俊介は時おり地図を広げ、ルートを確かめているようだった。上り下りを繰り返して目的の山に近づいていく様子だった。

奈津子は安心して彼の後を付いていけばよかった。木々が黄葉していた。ナナカマドは真紅だった。見知らぬ花が咲いていた。時おり俊介がそれらを指差して名前を教えてくれた。可憐なゴゼンタチバナや鮮やかな紫のヤマトリカブトだった。

道は次第に険しくなった。いくつも倒木を乗り越え、早、霜柱の立っているガレ場を木の根にすがって登った。奈津子にとってそれは道と呼べるものではなかった。危険な岩場では、俊介がザックからロープを取り出して確保してくれた。時には手を取って引き上げてくれた。緊張で冷や汗が伝うのがわかった。心臓が音を立てている。

「頂上ですよ。霞沢岳の一峰、K1《ワン》ピークです」

俊介の声にふと気がつくと、いつの間にか急斜面から抜け出して、小広い台地に立っていた。峠から三時間半ほどが経過していた。

「本峰はこの先ですが、展望はここの方がいいんです。今日はここまでにしたいと思います」

俊介が向こうの高みを指して言った。むろん奈津子に異存などあるはずがない。彼女は呼吸を整えながら、眼前の、遮るもののない空間の広がりを捉えるのに必死だった。

眼下に梓川の流れが延びて、その周囲を峻険な山々が取り囲んでいた。穂高連峰は巨大な全貌を現して、谷の向こうに立ちふさがっている。

俊介が、常念、笠ヶ岳、乗鞍岳、と一つ一つの峰を指して教えてくれた。奈津子は今、かつて高山の松倉山から眺めた山々を反対側から眺めているのだった。

「中山峠はどの辺りでしょうか?」

奈津子が聞くと、俊介は向こうの尾根を指して教えながら、「古い峠ですね」と質問の意図に気づかずに言った。山の下に上高地の高原が横たわり、梓川の流れが光っていた。森の中に帝国ホテルの赤い屋根が見えた。

奈津子は、その峠を越え、梓川の冷たい流れを渡渉し、さらにもうひとつの峠を越えて逃げる途中殺された女人のことを思った。そして内心郷里を捨てて東京に逃げたことでは、自分も同じようなものだと思っていた。

ところが次に言った俊介の言葉は、彼女を驚かせた。

「貴女は、記事を書くためにこういう所へ独りで来るのって、立派ですね。僕のはただの山道楽で、仕事なんて二の次ですからね」

　褒められたことなどない奈津子は、面食らったような顔で彼を見た。自分はそんな褒められるような生き方はしていない。むしろ過去から逃げて、ひっそりと都会の片隅に、よろいを被って隠れるように生きている。そう思いながら、

「風岡さんこそ、活き活きとして――、なんて言ったらいいか、山へ登ることが生きる目的のように、私には見えます」と、感じたままをストレートに言った。

「今、図らずも言われてしまいましたが、その通りです。今の僕には山しかない。仕事も山へ行くための方便と言うべきかも知れない。そして山へ行くために休暇ばかりとって、今にも馘首《くび》になりそうな雲行きです」

　俊介はそう言って苦笑いした。しかし決して自らの生き方を反省している風には見えず、むしろ確信犯に近い、それこそが人生だと、昂然と胸を張っているかに奈津子には思えた。

「その点、貴女は自立している。少なくとも都会で一人で生活するということは、世の中への責任を果たして生きているといえる。僕にも、心配事がないわけではない。田舎の両親が長兄と不仲で、時々愚痴を言う。僕はそのことに目を瞑ってきたが、山の往き還り、野良で働く老夫婦など見ると、ふと両親を思い出して、罪悪感のようなものを覚えるんです」

　そう言ったときの俊介の顔が、一瞬曇ったように奈津子は感じた。そして俊介の違う一面を見たような気がした。

しかし、それも一瞬の間だった。彼はもう山を見ていた。まるで人を見るような目で山を見ている、と奈津子は思った。

「あそこで、仲間の一人が死んだんです」

彼の目は前穂高の辺りを見ていた。

「今年の三月、前穂高北尾根の四峰正面を登りに行く途中、奥又白谷で雪崩に巻き込まれて……。四月、五月と捜索を続けたが見つからず、六月になって、やっと……」

「見つかったのですね」

奈津子が、潤んでいるように見える俊介の目を見て言った。奈津子には俊介の言う尾根や谷が何処を指すのかも分からなかったが、いずれにしてもあの峻険な山の中でその事故は起こり、悲しい捜索は続いたのだろう。この男は今、鎮魂の思いで友の死を悼んでいるのに違いない。

奈津子はしばらく沈黙を守るのが、彼への礼儀だと思って黙っていた。

「前穂高――。『氷壁』の舞台になった山です。知ってますか?」しばらくして俊介が言った。

「ええ、井上靖の小説は読んでいませんけど、……映画は見ました」

奈津子はヒロインを演じた山本富士子のファンだったから、その映画は見ていた。俊介は前穂高の方を指差しながら、

「あの岩壁の下にね、奥又白池という小さな池があるんですよ。そこに天幕を張って、いつもは我々の憩いの場なんだけど、小山が死んでからはそのきれいな池さえ、僕の目には色あせて見えました。山で、

……山では絶対に死んじゃいかんのです」

俊介の怒ったような顔を見て、奈津子は息を呑んだ。小山というのは遭難した友の名前なのだろう。彼は追悼のために、穂高の見える好展望地のこの霞沢岳にやってきたのかもしれない、と奈津子は思った。

徳本峠に帰着したのは昼少し過ぎだった。

「僕は今日中に帰宅しなきゃいかんから島々に下ります」

俊介は奈津子に上高地へのルートの細々とした注意を与えたあと、昨日登ってきた道を駆け下りていった。

（……風のように去《い》ってしまったわ）

奈津子は、俊介と別れて上高地への下山路を歩きながら呟いた。足の筋肉は悲鳴を上げていたが、ひとつの山を登ったという満足感がそれも忘れさせていた。

今夜は嘉門次小屋に泊まり、明日は上高地を取材するつもりだ。島々集落で秀綱夫人の遺した衣装も見てみたい。

小広い河原沿いの道に出た。前方に明神岳の岩峰が天を突いて聳えていた。奈津子は何時も頭の隅で感じている不安のようなものが払拭されて、身内になにか力のようなものが湧いてきているのを感じていた。

5

「上高地を上から見下ろした写真、インパクトがあって評判いいよ」

編集長の佐治が奈津子に言った。奈津子は編集長のデスクの前で、本来取材すべき古道を外れて山へ登ったことを咎められやしないかと身を硬くしていたのに、逆に褒められたことに安堵した。礼を言う奈津子に、佐治はなおも言った。

「写真も良かったが、記事もよかった。君は一般の古道の取材より、山の古道ものが合っているようだ。その、山であったとかという何とかという男、まだ繋がってるかね？」

「はい、風岡俊介さん。一応冊子は送っておきましたし、代わりに彼の山岳会の会報を送ってもらうことになっています」

「なかなか手回しがいいじゃないか。君、山から帰ってから顔色がいいようじゃないか。その男と恋でもしたか」

「編集長、からかわないでください」

奈津子は顔を赤らめて、佐治をにらんだ。

「いや、冗談、冗談。しかし奈っちゃんも入社して一年。いい意味で、もっとすれてきてもいいと思ってね。いや、ご苦労さん」

奈津子は苦笑して頭を下げ、自分の席に戻った。

風岡俊介から『剣が峰』という会報が送られてきたのは一週間後だった。過去一年分、四冊であった。三ヶ月に一度発行しているらしい。ハイキングから冬山、岩壁登攀と、多岐にわたる紀行文や記録が満載されていた。

風岡俊介の記録ももちろん載っていた。昨年九月の前穂高中又白谷、北尾根四峰正面、前穂東壁、北壁Aフェース。十二月の甲斐駒赤石沢奥壁左ルンゼ積雪期初登。暮れから一月にかけての前穂東壁Dフェース中央ルート等が主なものであった。

三月から六月にかけては、彼が山で話した仲間の遭難救助と、それに続く遺体捜索に穂高に入っていたようである。そしてそれらの間にも、縦走や、会員の親睦を兼ねたハイキングにまで参加していた。

これではまるで一年じゅう山に入り浸っているではないか、奈津子は半ばあきれてそれらに目を通した。登攀記録は奈津子には理解できない単語が多かったが、俊介の文章力は的確で、要を得ていると思った。

これらの文集の中に、『歴史と古道』の参考になりそうなものは見つけられなかったが、彼らが登山の途中、知らぬ間に歴史ある古道や峠を通行しているのを知った。

奈津子がひそかに企画の中に考えている峠の名前が随所に見受けられた。「伊豆の踊り子」の天城峠、佐々成正が越えたという針の木峠、東海道の裏街道でもあった雁坂峠、等々、彼らは登山の途中苦もなくそれらの峠を通行して山へ登っていた。

奈津子が、計画のひとつにあった山梨県の甲府に向かったのは四月の初めであった。静岡県から山越えで甲府市へ通じる、中道《なかみち》往還と呼ばれる古い街道を取材するためだった。江戸時代から昭和の初めまで、駿河湾で獲れた鮮魚を、夕刻から朝にかけて、馬や人力で山越えして甲府に運んだという歴史から、「魚の道」とも呼ばれている。

奈津子が興味を持ったのは、甲斐の武田氏を滅ぼした織田信長が、帰路をその往還を通って凱旋したという史実であった。富士山を近くから見たいというのが理由であったという。

甲府駅に降り立った奈津子は、タクシーを使い、甲府を発った信長の最初の宿泊地跡に行った。敬泉寺《きょうせん》という寺の裏手の畑地に「天正十年四月十日、信長公宿泊の地」という木札が立っていた。徳川家康が急遽館を建て、接待したのだという。

背後に山が迫っていた。山の上が左右口峠《うばくち》のようであった。奈津子はその道は、たまに地元の郷土史家が踏み入るだけで荒廃していると聞いて、新しく出来た林道を走ってもらうことにした。

ジグザグに上っていくと峠に出た。運転手氏によると、少し右手に昔の道はあるはずだという。道脇に残雪が見えた。通行する車も、人の姿もなかった。旧い道は忘れ去られていくのだ、と奈津子は思った。そういう古いものを掘り起こして紹介し、読者に歴史に興味を持ってほしい、と奈津子は願っている。

奈津子自身、往時この道を信長や家康、武田信玄などの軍勢が往来した様子を想像するだけで、身の震えるような興奮をおぼえる。彼らは、何時も山を越えて戦に出かけたのだ。

下って行くと上九一色《かみくいしき》という鄙びた集落に出た。旧道は関所跡の道を女坂峠に向かっているというが、やはり荒れて定かでなく、反対側の精進湖からは登れると聞いて、奈津子は、隧道を抜けた湖まで車を走らせてもらった。

せめて古人《いにしえびと》の歩いたままの道を歩きたかったのである。湖畔からの道はジグザグの急坂で、時に小広く、馬が通れるよう整備した跡が見られた。

一時間半ほどで、峠の頂に着いた。古い石仏や馬頭観音が立ち並んでいて、わずかに往時の賑わいを想像させた。見下ろす精進湖の先に青木が原が広がり、残雪の富士山がすっくと立ち上がっていた。信長はここで、どんな思いで富士の全貌と対面したのだろう。武田氏を滅ぼして、ほぼ天下を手中に収めつつある中、自信満々だったのだろうか。わずか五十日後に本能寺で殺されるなど、夢にも思わなかったに違いない。

精進湖からはバスで富士宮に向かった。信長が二泊目の宿を取ったという本栖村を過ぎると右手に本栖湖が見下ろせた。

山梨と静岡の県境を過ぎると、広大な朝霧高原が広がっていた。『信長公記』によると、信長はここで狂うように馬を駆ったという。今どきの若者がオートバイを疾走させる様に、信長は馬を奔《はし》らせたのだろうか。

富士宮駅に着いたのは四時過ぎだった。ここで奈津子は風岡俊介と逢う予定になっている。待ち合わせ時間は五時半だった。俊介に逢いたいために今回の取材地を決めたかつてなかった積極性に、奈津子は我ながら驚く。

6

昨秋の上高地の旅から半年が経っていた。あのときの礼や、その後のことをいろいろ話したかった。俊介は隣市に下宿し、電気機器会社に勤めている。今日は奈津子のために定時で終《しま》い、すぐの電車に乗れば富士宮駅に五時半に着くと言っていた。

奈津子は駅近くのビジネスホテルに今夜の宿を決め、荷物を預けて、再び駅に行った。定刻に改札口から出てきた俊介は、奈津子を認めるとニコッと照れたような笑顔を見せた。まだ少し寒さを感じる季節なのに、ワイシャツ一枚の彼のラフな格好はともかく、彼の足元は素足に下駄履きだった。奈津子は挨拶も忘れて思わず、「寒くないんですか？」と言った。

「いや、いい陽気になりましたからね。それより浅間《せんげん》さんへ行きましょうか」

と彼は下駄の音を響かせながら町の方へ歩き出す。奈津子は慌てて小走りに俊介のあとを追った。山で奈津子を先導したときの気配りはなかった。肩を並べて歩くのを照れているのかも、と思い奈津子は可笑しかった。

風岡俊介が先ほど「浅間さん」と呼んだ神社は、富士山を祀る全国の浅間神社の総本社というだけあって、荘厳な雰囲気に包まれていた。赤と緑に塗られた神殿と、浅間造りという屋根が印象的だった。

裏山の岩間から湧出する水が池を作り、川となって流れ出していた。

「きれいな水ですね」奈津子が池に泳ぐ虹鱒の群を見て言った。川向こうの坂の上に富士山が驚くほど高く、山頂の雪を赤く染めていた。

甲府を発った信長が、第三夜を明かしたという境内を散歩しながら、奈津子は今日探索した中道往還について話した。近くの図書館前にある信長の腰掛石も見た。信長がその平たい石に掛けて富士山を眺めたのだという。

「僕も信長は大好きです。なんといっても、日本一の武将ですからね。でも、歴史には疎いから……。貴女はよくこういう歴史を調べましたね」俊介が言った。

「いえ、仕事ですから。私はどちらかというと、華やかな歴史の舞台より、ひそかに埋もれた歴史の遺跡に魅かれます。明日は信長公の首塚のあるという西山本門寺を訪ねたいと思っています」

「あ、本門寺は僕の生家の近くですよ。明日は仕事だから、残念ながら案内できませんが……」

「いえ、そんな厚かましいことは考えていません。今日だけでもたいへん嬉しく思っています」

奈津子は、図らずも俊介の生まれ育った地を訪ねている自分を意識した。

二人は境内のベンチに掛けて、本殿の浅間造りの屋根を見上げながら話した。

「来月、出かけるんです」俊介が突然言った。

「え？　どちらへ？」

「ヨーロッパ・アルプスです」

奈津子はあっけにとられて俊介の顔を見た。

「今、会社と休暇の交渉中ですが、苦戦中です」

俊介の話は奈津子の予想をはるかに超えていた。彼の計画によると、仲間は彼のほかに二人、五月下旬に横浜港をソ連船ハバロフスク号で出航してナホトカへ、ナホトカからシベリア鉄道でヨーロッパへ向かう。六月から八月にかけて、アルプスの山々を登る予定だという。

俊介はいくつかの山の名前を言った。モンブラン、マッターホルンは奈津子も知っている山名だったが、次に言ったピッツ・パディレというのははじめて聞く名前だった。

そんな四ヶ月にも及ぶ休暇を許す会社などあるのだろうか？

「なに、だめなら辞めるまでです」

奈津子の疑問を察したかに、俊介が苦笑しながら言った。奈津子は尋常でない俊介の山への情熱をあらためて知る思いだった。

「どうしてそんなに山が好きになったのですか？　私には自ら進んで危険を求めているとしか思えません……が」

奈津子の問いかけは、今の俊介に対して的を射ていないのかもしれなかった。俊介はそれにも真剣に応ずるべくしばらく答えを探している様子だったが、やがてしぼり出すような声で話し始めた。

「高校一年の時にね、……学校のどぶ掃除をしていて親指に菌が入り、骨髄炎になってしまったんですよ。入院して骨の患部を削る手術をしましたが、意外に根が深く、医師に足全体に感染する前に切断するしかないと言われました」

俊介は下駄履きの左足の指先を指さして、見せた。なんと親指の先が一センチほど短かった。

「母親《おふくろ》がね、助けてくれたんです」

俊介は続けた。

「片輪にだけはさせないと、方々手を尽くして、当時は貴重だった高価な薬（抗生物質）を探し出してくれて。それでも半年入院し、まだ歩いてはいけないという医師の言葉に逆らって、歩いて通学し、近くの山を登りまくったら、みるみる回復したんです。」

俊介はそう言ってニコッと笑った。奈津子は、そうまでして助けてくれた母親の愛情に応えるのには、むしろ危険な山は避けるべきなのにと思ったが、黙っていた。

「四十歳までは山を続けるつもりです」俊介が続けて言った。

「それまで結婚もなさらずに？」奈津子が聞くと、

「いや、ヨーロッパから帰ったら、結婚するかも知れない。成り行き任せですよ」と意外な答えを、俊介は返した。

「将来の基盤を作っておいて、目的の山を達成したら、その後は山奥にでも入植して、百姓でもするつもりです」

そう言って笑う俊介の横顔を、奈津子はまじまじと見た。そしてこの男は、本当にその生き様を貫くのかもしれない、と思った。

別れ際に奈津子は出発日が決まったら知らせてくれるように言い、いつか奥又白池へ行くようなことがあったら連れて行ってくれないかと言った。「氷壁」の取材が目的だったが、前穂東壁の下にたたずむという池を一目見たいと思った。

第二章　スイス・一九六七

1

昭和四十二年（一九六七）六月二十七日。スイス・ベルニナ山群、ピッツ・パディィレ北東壁。

暗闇の中に一条のイナヅマが奔った。続いて岩の裂けるような不気味な振動が伝わってきた。

「雪崩たな……」

俊介がつぶやいた。小さなテラスに、仲間の二人とザイルで固定されたまま、二晩《ふた》目の夜が更けてゆく。昨夜も同じ位置でビヴァークして、今日は悪天候で一日中動けなかった。

一昨日、六月二十六日に、このピッツ・パディィレ北東壁に取り付いて、三分の一ほどを登った所である。初登攀者カシンもここでビヴァークしている。

三人は寡黙に押し黙ったまま、それぞれの思いの中にいた。俊介は、先ほどまでこの壁を完登する方策に思いをはせていたのだが、思いは堂々巡りするだけで、何の収穫ももたらさないことは端から分かっていた。

俊介はザイルにつながれた工藤と門倉の気配を無理に消して、回想の中に浸ろうとした。日本を発ってからのソ連圏の国々や、ドイツ、オーストリア、スイスと旅した先々で出会った人々のことを、次々に思い浮かべた。

横浜港を、ソ連船ハバロフスク号で出航したのは、五月二十六日だった。埠頭には山の仲間たちが大勢見送りにきてくれた。その中に、岳陽山岳会の仲間と違う二人の女性がいた。

一人は、俊介が退職したばかりの電気機器会社の元事務員、山田千代であった。これは元山の会で俊介と縁があっての見送りと推測された。彼女は、将来農業を志望するとして会社を辞め、松本市郊外の農家へ研修生として住み着いたという変わり種であった。

もう一人の女性は見送り人たちの注目の的であった。誰一人彼女を知る人はいなかったからである。三木奈津子であった。彼女は見送り人の輪から離れて、独り歓送人たちの賑わいを眺めていた。

俊介はまさかの奈津子の見送りに驚いたが、内心の悦びを押し隠して、なるべく彼女の方を見ないようにしていた。だから彼女が三人のうちの誰を見送りに来たのか、誰にも分からなかった。

そのことが話題に上ったのは、シベリア鉄道の車中である。山の話もあらかた尽きてまた退屈な時間が流れ出したとき、工藤がぽつりと言った。

「俺じゃないことは分かっている。とすると、門倉、お前か、俊さんのどちらかということになる」

「あ、例の見送りに来たメッツェンのことか？　――もちろん俺でもない」

門倉が言って、当然のように二人の視線は俊介に注がれた。俊介はむっつりとおし黙ったまま二人を見返していたが、

「これから白人の美女がわんさかあふれる国へ向かうのに、日本の女の話題は、旅行中なしにしよう」と、決然と言い放って、プイと横を向いた。

工藤と門倉は内心「照れてるな」と思ったが、以後それを話題に乗せなかったのは、俊介が一度言い出したら梃子《てこ》でもきかない気質であることを知っていたからである。俊介が三人の中でリーダー的存在であったことも起因している。

ソ連圏の旅は検閲や監視が何かとうるさく、気を遣った。ポーランド、チェコと過ぎ、六月一日ウイーンに着くとホッとした。「ウイーンの森」にテントを張った。

この一週間におよぶ滞在の間、テント生活が珍しいのか、地元の人たちや、日本人旅行者が入れ替わり遊びに来た。夜遅くまで語り明かしたり、親切な主婦たちが炊事をしてくれたり、最後には仲良くなった中小企業の社長が駅まで送ってくれ、カフェでパンやコーヒーをご馳走してくれた。

六月六日、特急列車で七時間ほど、チロルの中心地インスブルックに着いた。途中の車窓からは雪をかむった山が迫っていて、いよいよ来たなと心が躍った。

キャンプ場にテントを張り、ロッククライミングの練習場へ行き、トレーニングした。ブランドヨッホにも登った。行く先々でアルピニストたちと仲良くなり、パーティーに招待され、車で送迎したりしてくれた。

町に買い物に出て、俊介が持参した下駄で町を歩くと、珍しがって人が寄ってきた。そうして知り合ったハンガリー人やイタリア人、スイス人等が次々にテントを訪れ、遊んでいった。

商社を経営するエリッヒ・ヤエッタラーさん一家にはずいぶん世話になった。何度も招待され、お礼に日本の話をしたり、箸の使い方や、下駄の履き方を指導しただけで、大喜びだった。

発つとき、駅に見送りに来てくれた。発車間際、若い時分戦争で受けたという顔の傷をゆがめて、今にも泣きだしそうだった。俊介たち三人も思わずほろりとし、初めての土地のたった一週間で、これほどの友情と、惜しみない厚情を与えてくれたエリッヒさんに感謝した。ドイツ語、英語、日本語のチャンポンでも何不自由なく人の心は通じ合える、そう思った。

チューリッヒを経て、六月十四日、サンモリッツに着いた。キャンプ場にテントを張ったが、六フラン（五百円）も取られたので、翌日山の林の中に移動した。

ここでもいくつかの山を登り、いよいよベルニナ山群西端のピッツ・パディレ北東壁登攀に向かうべく、マロヤ峠を越えブレガリア渓谷に入った。

六月二十五日、ホンダスカ渓谷を遡り、シオラ・ヒュッテに入る。前方に〝ブレガリア三つの北壁〟と謳われるピッツ・パディレ、ピッツ・チェンガロ、ブンタ・サンタアンナの三峰の北壁が俊介たちを威圧するように屹立していた。

明日取り付こうとしているピッツ・パディレ北東壁は、高距差九百メートルのスラブを持つ垂直に近い岩壁である。アルプス八大北壁のひとつで、難度は最上級の六級と認定されている。

「予想外に雪が多いな」

壁を見上げて、俊介がつぶやいた。垂直な岩壁に雪を留める個所は少なかったが、彼の視線は明日から登るルートを厳しく追っていた。

2

宙吊りのままで一昼夜が過ぎ、さらに明日の夜明けまで続くであろうビヴァークの中で、俊介は、今は目的を達成するために耐える時だ、と考えていた。眠っているのか、時々姿勢を変える気配の、ザイルにつながった二人も、同じ思いでいるに違いない。

これまで、どれだけの訓練や、苦難を乗り越えてきたことか。今、このピッツ・パディレ北東壁の頂に到達することで、ひとつの答えが出るだろう——。

ふと気がつくと、ツエルトの外が明るんでいた。三日目の夜が明けていた。

どんよりした空模様だったが、嵐は去ったようだ。何時までも垂壁にぶら下がって、体力の消耗を待つわけにはいかない。食料も残り少なくなっている。

行動を開始した。二ピッチ直上して中央雪田の上端に出た。さらに数ピッチ、大きなスラブを振り子トラバースで回りこむ。クラックに沿って一ピッチ登ったところで、突然大粒の雹《ひょう》が降ってきた。

雹は量を集めて、土砂崩れのように三人を襲った。登高どころではない。ザイルをファックスして下のテラスまで下降する。

ツエルトをかぶった上から押しつぶすかに雪が雪崩れる。この間、トップにいた俊介は落石に見舞われ、顔に裂傷を負っていた。

嵐は雷鳴をともない、二時間ほど荒れくるった後ようやく収まった。岩壁は真っ白に雪で覆われていた。行動を再開するも、疲労が動きを殺ぎ、トップをいく工藤がザイルをいっぱい伸ばしたところで力尽き墜ちた。危うく門倉の頭の上一メートルで止まる。止まらなければ門倉のヘルメットを掠め、肩にアイゼンが食い込むところだった。

それを機にビヴァークに決する。リンネ内の氷を切って足場を作り、ザイルで体を岩に固定する。先ほどの墜落で、工藤は手足に打撲を負っていた。門倉は手が凍傷気味、俊介も顔の裂傷、と、一人として快調なものはいない。食料も、燃料もついに尽きた。

全員ぬれねずみの上に、猛烈な寒気が襲ってきた。このまま天候が回復しなかったら、とみな追い込まれた心境らしく、闇の中で黙りこくったまま、時間のみが緩慢に過ぎていく。

「死ぬときは……三人一緒だ」

俊介は、自分の口からその呟きが漏れたのに、気づかなかった。しかしそれは、一人でもこの山に残して生還などしないぞという、意思表示であった。他の二人も同じ思いでいるに違いない。その証拠に、誰一人返事する者がいなかった。

俊介の脳裏に二人の女性の面影が浮かんでいた。こんな修羅場の中で、と自分でも呆れる思いだったが、なぜか突然その二人の顔が交互に浮かんでは消えた。

山の仲間から、久しく女に縁のない男とからかわれてきた俊介が、長い遠征とはいえ、二人の女性の見送りを受けたのは、自分でも信じられないことであった。

俊介は将来、田舎に引っ込んで農業をする夢を漠然と考えていた。そして北アルプスの帰り、山田千代が住み込んでいる松本の農家を訪ね、彼女を激励したが、彼女なら一緒にやれるのではなかろうか、などと将来を夢想することもあった。今、その千代の人の良さそうな笑顔が脳裏に浮かんでいた。

彼女なら人生のパートナーとして一緒にやれるかもしれない。しかし、より厳しさを求める今の山登りを続けるかぎり、それは具体化できないことだと思った。まだ彼にはやらねばならない幾つかの課題が残されている。その為には、三十代の後半までが、許される体力の限界だろう、と思う。

その一方で、俺は絶対死なないだけの鍛錬と、努力を重ねてきた、山では死なないという信念を持っているから、家族を持っても大丈夫だという、無責任な気持ちもどこかにあった。

明日もこの嵐が去らなければ、この壁から脱出することは出来ないかもしれない。後退するのはもう不可能だ。生還する唯一の道は頂上を越えることであった。

嵐の咆哮が続いて、絶え間のない雪崩の音が遠く、近く聞こえている。闇の中に三木奈津子の白い顔が浮かんだ。彼女と出会った徳本峠の道や、霞沢岳K1ピークでの会話を思い出した。富士宮の浅間神社を散策しながら、黒目がちの彼女の目でさぐる様に見つめられたことが、何度かあった。魅惑的な眸だったな、俺は惚れてしまったのかもしれない。

男という生き物に時としてある傾向ではあるが、同時に二人の女性に想いを寄せるという不条理に、俊介は気づいていない。

（もう一度彼女たちに逢いたい）――この修羅場とも言うべき嵐の中で、女性の面影を追うのは、今の状況を一刻でも忘れたいための方策でもあった。

風が岩に吼え、雪崩の号音が間近で響いた。

3

奈津子は、斉木麻衣と駅近くの喫茶店で待ち合わせていた。斉木麻衣は大学の同級生で、奈津子のただ一人の親友だった。たった一人で上京した奈津子にとって、比較的郷里が近い名古屋出身ということが親近感を持たせ、卒業後も時おり会っている。

「お待たせ。早かったわね。奈津子から会おうなんて言ってきたの初めてじゃない。なにかあった？」

遅れてきた麻衣は、席に着く早々いつもの畳みかけるような口調で言った。彼女ははきはきとした物言いの、明朗な性格である。どちらかというと内向的な奈津子と正反対なタイプであった。それが、かえって二人の友情を長続きさせているのかもしれなかった。

「実はね——」奈津子は麻衣が飲み物を注文し終わるのを待って言った。

「スイスへ行こうと思うの。麻衣に良いプランを作ってほしいのよ」

「えッ、スイス！　仕事なの？」

麻衣が目を丸くして言った。麻衣は旅行社に勤務して、顧客のツアーの相談コーナーにいる。結婚を前提にした彼もいて、精神的にも落ち着いているし、奈津子より一つ二つ年上に見える。

「ううん、編集長はね、仕事を兼ねてもいいよって言ってくれたけど……。そうもいかないの。仕事を離れて、純粋にアルプスの山を見てみたいのよ」

「へえー、奈津子がね……」麻衣は覗き込むようにして、まじまじと奈津子の顔を見ながら、「例の登山家の後を追うの？　いよいよ奈津子も本気になってきたようね」と言った。

奈津子は風岡俊介のことをそれとなく麻衣に打ち明けていた。出会ったときのことから、彼の郷里を訪ねたこと、横浜港に見送りに行ったことまで話している。

が、自身の胸のうちが整理できていなかった。麻衣には「恋したのよ」と指摘されたが、それとも違う。ただ、俊介のことが気になるのだ。というより彼のやっていること、命を懸けて山へ登る、としか奈津子には思えない彼の行動が、やたら気になるのだ。

「彼にはね、結婚して田舎へ引っ込んで農業をやるという希望があるみたいなの。私は麻衣も知っているとおり結婚する気はないし、彼と結婚して農業するなんて自信はさらさらないわ」

奈津子は、麻衣の言ったことが聞こえなかったかのように、述懐するような話しぶりで続けた。

「スイスへ行って確かめたいのよ。アルプスをこの目で見てみたいし、彼がどんな登山をするのかも……」

「最近の貴女はずいぶん変わったわ。こんなにはっきりものを言う奈津子を初めて見た。恋したのね、きっと。良いことよ」

麻衣は半ば哀れむような目で奈津子を見た。そんな麻衣を無視するように、奈津子は続けた。

「とにかくスイスへ行きたいの。そのために夏休みも返上して仕事を片付けてきたし。もちろんこんな土壇場に来て簡単に切符が手に入らないとは思うわ。出発日も行程もすべてそちらにお任せします。お願い！」

と、奈津子に手を合わされて、麻衣は困ったように眉を寄せたが、

「八月いっぱいのフライトがとれるかどうか、他ならぬ奈津の頼みだから……極力やってみるわ」

4

麻衣の奔走で、十人ほどのツアーの中に無理やり組み込んでもらい、出立したのは八月も残り少なくなった二十六日であった。ツアーの旅程はチューリッヒからルツェルン、ベルンなどの観光地を巡り、次第にアルプスの山岳地帯に入りこんで行くものだった。

チューリッヒ空港に到着した一行は、すぐに中型のバスに乗り込んだ。瀟洒な街並みを外れると、田園風景が広がっていた。小雨が落ちていたが、牧草地が広がる風景は明るかった。農家が点在していた。

「ついにスイスに来たわ……」

奈津子は窓外の風景に目をやりながら呟いた。アルプスの山は、まだ遠いのか、或いは雲霧に隠されているのか、見えなかった。

風岡俊介がこの国のどこにいるのか、奈津子は把握していない。七月始め頃の日付で絵葉書をもらったきりである。サンモリッツの消印が押されていて、見送りのお礼と、これからピッツ・パディレ登攀に向かうとだけ書かれていた。

岳陽山岳会に電話で問い合わせたが、正確な情報は得られなかった。彼ら、俊介と二人の仲間は移動し

ながら山を登っているとのことで、ほぼ予定は達成したから帰国の準備にかかっているのではないかという返事だった。

ただ、彼らの滞在していそうな登山基地を何箇所か聞いてメモしてきていた。それはグリンゼルワルド、ツェルマット、シャモニといった小さな村や町であった。奈津子に葉書をくれたサンモリッツからはとうに移動しているという。

今夏は日本からの登山者が多いから彼らに聞くか、登山案内所で聞けば大体分かるというアドバイスも受けた。

どこかで会えるようにと念じながら、奈津子は旅を続けた。

ルツェルンはゆったりと流れる川に沿ったきれいな街だった。晴れていれば山も見えるということだったが、あいにくの小雨で煙っていた。

ベルンはスイスの首都で、近代的な街並みの一方に旧市街があり、奈津子はその中世の面影を残す大聖堂や窓々が赤い花で飾られた街並みに魅力を感じ、様子は違うが古い町並みを遺す故郷の飛騨高山の町を思い出した。

午後になって天候は回復に向かい、時おり青空がのぞいた。道は次第に山岳地帯に入って行くらしく、川沿いの町や高台の集落が見え、山の高い所まで牧草地が開けていた。

町にも村にも必ずといっていいくらい中心部に教会の塔が見えた。草原に時おり見える小山が何かと気になっていたら、戦車か或いは他の武器が隠されているのではないか、と添乗員がそっと教えてくれた。

スイスは永世中立を宣言した国だと聞いていたが、国民の国防意識が強く、各家庭にも銃が用意されているという。ナチスドイツの侵略が始まったとき、当時の将軍が幹部たちを集めて会議を開き、もし侵攻されるようなことがあったら、アルプスの山間部に立て籠もって周囲の橋や隧道を爆破し、防衛することを決めたという。アルプスそのものをを要塞化しようという発想だ。自主独立は無策では守れないということだろう。

奈津子はナポレオンのアルプス越えの故事は知っていたが、スイスの歴史については多くを知らない。地方によって言語が違う（フランス語、ドイツ語、イタリア語、そして現地語のロマンシュ語の四言語を話す）、と添乗員に聞いて驚いたくらいだ。

第一夜はインターラーケンという山裾の街で、ブリエンツ湖のほとりのホテルだった。夕刻、三階の窓から白い山が霧の中に見え隠れした。明日行く予定のユングフラウだろうか、いよいよアルプスの中枢部に来たなと、奈津子の心は躍った。

翌日好天気の中、登山鉄道で山に向かった。針葉樹の谷間を抜け、客車は急勾配の山肌を這うようにゆっくりと登っていく。対岸の巨大な滝の下に集落が在り、さらにその滝の上にアルプが拓け、牛が放牧されているのが見えた。

風景が変わるたびに乗客は歓声を上げ、カメラのシャッターを押す。ピッケルを持った登山姿の男女の姿もあった。展望が開けてくると、雪の山々を指してしきりと声を上げている。

広々とした草原の中にあるクライネ・シャイデックの駅に着いた。すぐ近くまで氷河の末端が迫り、巨大な雪山と岩山が空を圧していた。ユングフラウ、メンヒ、それに巨大な岩壁をそばだてるアイガーであった。

登山電車はここで乗り換えて、アイガーの岩壁をくりぬいた隧道を通って、雪の尾根にあるユングフラウヨッホ駅に向かう。トンネルの中にあるアイガーヴァント駅では、北壁の中央部をくりぬいた窓から岩壁の一部を見ることが出来た。氷塊と垂壁の凄まじさに、奈津子は恐怖を覚えた。風岡俊介はこのような垂直の岩壁をも登るのだろうか。岩壁の下には平和なアルプが広がり、グリンデルワルドの村が見えた。

ユングフラウヨッホ駅に着いたが、深い霧に覆われ、わずかに雪の稜線と氷河の一部が見えただけで、期待した展望は得られなかった。展望台の手すりに黄色い嘴のカラスがやってきて、餌をねだるのに観光客が歓声を上げる。しかし三千四百五十メートルの高所だけに寒く、奈津子は数分とどまっただけで屋内に逃げ込んだ。

グリンデルワルドはアイガーの山裾を下った盆地状のアルプに広がる村だった。村といっても中心部はにぎやかな街並みで、登山姿の若者が行き交い、店頭には陽を浴びて飲食をする観光客が多かった。

ホテルにチェックイン後、奈津子は登山案内所に出かけた。奈津子がおぼつかない英語で所員から聞きだしたところによると、フジヤマの近くから来たという三人組がキャンプ場にテントを張って滞在していたのは七月半ば過ぎだったらしい。悪天候が続いたため、ユングフラウに登頂したのは七月末ごろで、その後三人はツェルマットへ向かうと言ったという。それからすでに一ヶ月近くが経っている。風岡俊介は今、何処にいるのだろう。

そこへ登山姿の日本の若者が二人入ってきた。地獄で仏とはこのことか、と奈津子は、俊介たち静岡からの三人組の消息を性急に尋ねた。この地で日本語で話せることが嬉しかった。

「ああ、岳陽山岳会の三人ならシャモニーで会いました。ツェルマットに移動すると言ってたからそこへ行けば会えると思いますよ。え、何処に居るかと聞かれても……。彼らは宿を転々として、時にはビヴァークしたなんて言ってたし、とにかく現地へ行って聞いてもらうしかありませんね」

二人の中の一人が言った。

「僕らはアルプのトレッキングで楽しむだけだけど、あの三人は別格ですね。ガイド無《レス》しでモンブランもマッターホルンも登ったらしいですよ。そういえば今年は日本隊のラッシュみたいですね。マッターホルン北壁を登った日本隊もいて、大評判ですよ」

もう一人が興奮気味に話した。

奈津子はその夜、かねて計画していたとおり単独行動することを添乗員に申し出た。明日一人でツェルマットへ向かい、帰国予定のの九月五日には必ず空港に行くことを約した。一人旅は心細かったが、日本での取材旅行も彼女はいつも一人でやってきた。

奈津子は翌日、登山電車を乗り継いでツェルマットへ向かった。地図を片手に、奈津子の覚束ない英語でもなんとか夕刻までに目的地に着くことが出来た。

駅前の広場に出て、ふと振り返ると、駅舎の裏山の上に、緑の前山を踏みつける巨人のように、マッターホルンが聳えていた。冬山のように真っ白い雪をかむった、その存在感に圧倒されて、奈津子はしばらく巨人を眺めて立ちつくした。

(この山が風岡俊介を魅きつけて放さないのね……)

奈津子はそう呟いて、暫らく駅頭に佇んでいた。が、まず今宵の宿を決めねばならない。奈津子は旅行案内所に行き、十五分ほどの距離にある、日本語を話せるフロント嬢がいるというユースホステルを予約した。その足で街に出、登山案内所や彼の立ち寄りそうな登山用具店を数ヶ所訪ねまわり、念のため宿泊先をメモして置き、夕方くたびれて宿に入った。

翌日は、昨日と一変して山峡の街は雨になった。山はすっかり白い霧に蔽われてしまった。奈津子は宿泊したユースホステルの二階の窓から寒々とした街並みを見下ろし、いったいこの街の何処に俊介は居るのかと、途方にくれる思いであった。

このまま彼に会えずに帰国の日が来てしまうのかと、誰に相談する当てもない不安に苛まれた。追い討ちをかけるように、その夜雨は雪に変わり、翌朝目覚めると、街はすっかり白く覆われていた。

ホテルにこもって鬱々と午前中を過ごし、それでも午後になって気休めにでももう一度登山案内所を訪ねようかと、階段を数段下りたときだった。フロントから聞こえてくる会話に、日本語が混じっているような気がした。

フロント嬢と話している男を見て、奈津子は息を呑んだ。風岡俊介であった。俊介の隣にはブロンドの髪の娘がいて、これも何かフロント嬢に説明している様子だった。

俊介が気づいて声を上げた。

「やあ——、スイスへ来てたんですか。登山案内所で貴女が捜してると聞きましてね。こちらへ宿をとったと聞いたもんだから、ジャクリーンに案内してもらって、今着いたところです」

「あ、風岡さん。よかった、まだいらっしゃったのね。もう帰国されてしまったかと……」

奈津子はもう涙声になっていた。俊介は苦笑しながら、

「帰る旅費が足りなくなってしまって。ジャクリーンにアルバイト口を探してくれと頼んだところです」

彼はそう言いながら奈津子とジャクリーンを交互に紹介した。ジャクリーンは早口で何か言ったが、奈津子には分からなかった。

「きれいな女《ひと》だって言ってるんですよ」

俊介が通訳した。奈津子は、大きな眸のブロンド美人とさも親しげに話す俊介を、隅に置けないなと思いながら、

「ジャクリーンさんこそおきれいなのに。こちらに来てからのお友達ですか？」

「ハイキング仲間です。山が好きな人間はすぐ仲良くなれるんですよ」

横でジャクリーンがしきりと何か言っている。苦笑しながら黙っている俊介に代わって、フロント嬢が通訳した。

「この人は山の達人《ヒーロー》で、日本のサムライだと言ってるのです。街では木の下駄《シューズ》を履いて歩く人気者とも言ってます」

俊介は自らの話題を避けたいのか、フロント嬢に向かって、

「僕もこの宿を取ろうかな。昨夜は駅で一晩明かして寒かったから……。空き部屋ありませんか？　どんな部屋でもいいです」

とフロント嬢と交渉を始めるとジャクリーンが横からいろいろアドバイスしている様子だったが、交渉が成立したのか、ジャクリーンはこれで自分の用は済んだとばかり帰っていった。

俊介が取った部屋は辞めた従業員の空き部屋らしかった。

「ベットがひとつあれば充分。シャワーを浴びさせてもらって、落ち着いたら、三木さん、久方ぶりに忘れていた日本の話を聞かせていただけますか」

俊介はそう言って大きなザックを肩に、フロント嬢について部屋に向かった。

5

「狭い部屋ですね」

その夜俊介の部屋を訪ねた奈津子が言った。

「いや、山小屋や岩壁のビヴァークからしたら天国ですよ。安くしてもらったから、しばらくここに落ち着いてアルバイトの口を捜しますよ」

俊介は忘れていた横浜港での見送りの礼を言った後、粗末な椅子を奈津子にすすめ、自らはベッドの上にどっかと胡坐をかいた。

「そんな簡単に仕事が見つかるのですか？」

「ええ、ジャクリーンは顔が広いからすぐ見つかると思います。どうせホテルの皿洗いか、雑用ですけどね」

「仲間の方はどうなさったのですか？」

「二人とも一昨日発ちました。別のルートで帰国するはずです。僕はバイトで少し稼いでいろんな国を見て回りたいので……」

「いろんな国って？」

「差し当たってロンドン、パリ、ローマやカルカッタも行きたいし、エジプトのピラミッドも見てみたいな」

奈津子は俊介の好奇心と､その貪欲さに驚いた。いや驚いたというより呆れたと言った方があたっている。

「それより、日本の情報を教えてくれませんか。半年も離れていると、さすがに日本が恋しくなりますよ」

奈津子は、恋しいという割にはまだ帰国しようとしない俊介に違和感を覚えながらも、出来る限りの最近の日本の出来事を話した。といっても奈津子には自身の回りのことや､仕事の話以外､話すこともなかった。

意外なことに、俊介は芸能界の情報などを聞きたがった。次から次と、奈津子は俊介の別の面を見せられる、と思った。所詮私は俊介のことなど何一つ知りはしないのだ、と思いながら、机の上に整理しかけたらしく、散乱したままの手紙の山を何気なく眺めていた。私の手紙もその中にあるのだろうか。

俊介は奈津子の視線に気づき、手紙をまとめながら、

「あ、手紙いただいたお礼言うの忘れてました。あなたからの手紙、何より勇気づけられました」

と言った。

「いえ、私は山に情熱を傾ける風岡俊介という人に興味を持って、――と言ったら失礼ですよね。ひどく魅力を感じて追っかけをやってる一ジャーナリスト、というだけの存在かもしれません」

「僕なんかただの山狂いなだけですよ。貴女こそ女として洗練されていて、すごく魅力的です」

「それより、富士宮の浅間神社でお話したとき、ヨーロッパ遠征が終わったら結婚を考えるって、おっしゃってました。その考えは今でも？」

「ええ、そう思ってます。奈津子さん、貴女結婚は考えないのですか？」

「私は結婚しようと思ったことがないのです。何故か……結婚願望がないんです」

暫らく沈黙した後、俊介が言った。

「教えていただけますか？　……いや、女性から見た考えをです。じつは、僕はまだ山を登るつもりです。それは確実です。僕から山を取ったら、それこそ抜け殻同然です。その一方で、帰るところ、家庭を持ちたいと思っています。僕の考えは自分勝手でしょうか？」

奈津子はしばらく思案した後言った。

「私には分かりません。なぜなら結婚を考えたことがないからです。俊介さんは今、結婚を考えている方がいらっしゃるのですか？　どうも私にはいるように思えるのです。貴方があまりにも真剣に見えるからです」

「本当のことを言います。スイスへ来てから二人の女性のことを考えていました。山を、特に岩壁を登っている最中は何も考えません。嵐の岩壁に張り付いてビヴァークしている夜など、その二人の女性のことをかわるがわる考えていました。正直、危機の中で不安を忘れる為だったのかもしれません。その女性の一人は——奈津子さん、貴女でした」

「もう一人の方は？」

「元勤務していた電気機器会社の事務員をしていた山田千代。退職して今は信州で農業の研修をしています」

奈津子は俊介たちを見送った横浜港の岸壁に一人佇んでいた丸顔の女性を思い出した。健康的で、素朴な感じの女性だとそのとき思った。

「山田千代さんと結婚されるのでは？」

「いや、まだ分かりません……。指のサイズを問い合わせるハガキを出したら、サイズだけ記した返事が帰ってきました。或いはお土産と思ったのかもしれませんが……」

その夕、天気が回復したのを知って二人は戸外に出た。ホテルの近くの坂道から、二人はマッターホルンを見上げた。もう午後の七時を回っていたが、まだ空は青く、山は純白に蔽われて天に向かって屹立していた。周囲の前山は日が翳って黒く、見下ろす街並みは薄墨の中に沈んで、家々の窓に灯が点っていた。屋根や道路にはまだ薄い雪が残っている。

「もう少し経つと頂上が真っ赤に染まりますよ」

俊介が言った。先ほどから山田千代のことを考えていた奈津子は、我に返ったように街並みから白い山に目を移した。

「右側が北壁、左が東壁です。中央のヘルンリ稜を登るのです」

「あんな急なところを！」

「一番楽なコースです。我々が登ったのは八月八日だったから、今ほど雪はなかったし、大勢の登山者で混んでましたよ。一番難しいといわれる北壁は、今夏日本の今井通子さんらのパーティーが完登しました。グリンデルワルドで会いましたが、うわさどおりの美人でした」

俊介が苦笑いしながら言った。今井通子に会ったことを照れている様だった。

「風岡さんたちもピッツ・パディレ北東壁に成功したって、日本の新聞に出ました。日本人で初めてだそうですね。おめでとうございます」

「ありがとう。三大北壁、――アイガー、マッターホルン、グランド・ジョラスの三つの壁のことですが――は多くの日本パーテイが狙ってましたから、我々はあえて名の知られていない山域を選んだのです」

「立派だと思います。無事でよかったですわ、ほんとに……」

「そう言ってくれると、嬉しいです」

俊介は素直に喜んでいる。正直な人だ、と奈津子は思った。

見上げるマッターホルンは既に岩壁の下の氷河と、山体の半分ほどが翳って、北壁の上部が薄桃色に染まり始めていた。時間が経過していくにつれてそれは色を濃くしていく。

「あの頂上に……」

頂上の穂先だけに赤く残照が残ったとき、俊介がポツリとつぶやいて、数秒沈黙した。

「え？」奈津子が促すと、

「あ、いや、小山の写真を埋めてきたんです。彼、あそこへ立つのが夢だったですからね」

奈津子は霞沢岳のＫ１ピークから穂高を見ながら涙ぐんでいたときの俊介を思い出した。今も同じ心境なのだろう。友情に厚い男なのだ、と思う。

奈津子の脳裏に先ほど俊介が話した、山田千代の指のサイズの件がよみがえっていた。彼女との結婚は間違いないだろう。指のサイズを教えるということは、プロポーズを受け入れるという合図なのだ。たんなるお土産だと思う女性などいない。

俊介はまともにプロポーズするのに臆して、指のサイズだけを問い合わせた。そしてその返事の真意を測りかねている。なんて不器用で、真っ正直な男なのだろう。

奈津子はもう自分がここにいる理由はないと思った。いや、いてはいけないのだ。

「明日、帰ります」

思わずつぶやいていた。俊介が驚いて奈津子の顔を覗き込んだ。

マッターホルン山頂にわずかに残っていた残照が消えると、雲ひとつない空が白夜のように白かった。

6

俊介が奈津子の部屋を訪問したのは、夜半に近かった。奈津子が明日に備えて荷物をまとめ、バスに浸かって冷えた身体を温め、ワインを飲もうと用意していたときだった。おずおずとノックして部屋に入ってきた俊介は、奈津子の寝衣姿を見てさらに身をちぢめて言った。

「こんな時間に、女性一人の部屋を訪れるのが非常識なことは、十分承知しています」

奈津子は応接セットの椅子を彼に勧めて、自らも一方の椅子にかけた。

「ちょうどワインを戴こうかと思ってたところです。ご一緒にいかがですか？」

「あ、少しなら……。貴女が急に帰ると言い出したので、何か怒ったのかと気になって……」

「いいえ、私は最初から八日間のツアーに参加して、明後日が帰国日になっています。余裕をもってチューリッヒに着いていなければ、日本に帰りそびれてしまいますから。気になさったのならごめんなさい。風岡さんにも会えましたし、アルプスの山も充分堪能しました。もうこれ以上他の山を見ても、私にはみんな同じように見えます。今夜見たマッターホルンの夕景が一番印象的でした」

「そうですか。それならいいですけど。」

「それより最後の夜ですから、もっと山の話を聞かせてください。ただの観光より、じっさい山を登った風岡さんの話の方が余程、このスイスを実感できそうですから」

「ぼくも、貴女になら是非聞いてほしい。僕の登山に対する考え方とか……」

そう言って俊介は日本を発ってからのあらましを話し始めた。それは山の話より、旅の間に出会った人たちとの交流のエピソードの方がむしろ多かった。

聞きながら奈津子は、日本をたって三ヶ月余、彼らが素晴らしい旅を続けてきたのを知り、心から羨ましいと思った。女の私にはとても真似できない、いや、私には何ヶ月もの旅を共にする仲間などいない。

俊介は最近の、寄付を募ってする海外の登山や探検に対する批判も口にした。少量のワインが彼の口を滑らかにしたようだった。

「堕落した風潮ですよ。所詮山登りなど個人の趣味ですからね。他人の金で楽しむなんてこと、僕にはできない」

と俊介ははき捨てるような言い方をした。奈津子はその俊介の考え方が分かるような気がした。

しばらく沈黙のあと、俊介が改まった口調で言った。

「ピッツ・パディレで……」

奈津子はいよいよ話の核心に入るのかと思い、姿勢を正した。

「ピッツ・パディレ北東壁では、悪天候で三晩ビヴァークして何とか登頂しました。正直三晩目のビヴァークの夜は、生きて還れるのか不安でした。嵐と、落石と、雪崩……寒気と空腹に耐えながら、僕は、奈津子さん、不埒にも貴女のことを考えていたのです。窮地に陥ったとき、救いを求めるように……。

翌朝幸運にも青空がのぞき、次に登る予定のピッツチェンガロが見えたときは正直救われたと思いました。三人は必死で登攀を続け、ようやく稜線に出ました。稜線といっても何百メートルも下の氷河までですっぱり切れ落ちたナイフリッヂです。そしてふらふらになりながら頂上に達し、緊張が解けると空腹と疲労がどっとやって来ました。しかし下降のことを考えなければなりません。予定した北山稜は状態が悪く降りられそうにありません。イタリア側の南山稜にようやくわずかな踏み跡を見つけて辿ることにしました。急傾斜のルンゼやフエースを四つんばいで下り、最後に二回の懸垂下降で雪壁に下ってようやくホッとしました」

息をつめて聞いていた奈津子は、ここでようやく緊張から解放され、大きく吐息をついた。

「ごめん、勝手な話を聞かせてしまって。こんな話聞きたくないでしょう?」

奈津子は意外にも笑顔を見せて問いかける俊介に、

「いえ、いいお話でした。それからイタリアの何処へ着いたのですか?」

「マジノという村です。夕刻でした。パスポートは持参してなかったので不法入国です」

「大丈夫だったのですか?」

「我々の登頂を知った村人たちが大歓迎してくれました。食事やホテルも無料で二日間休養させてもらい、・・・ピッツの初登攀者カシン氏にもお会いできて大感激でした。挙げ句、以前知り合ったイタリアの山仲間たちが我々の登頂を知って駆けつけてくれ、警察に事情を話すなどして、スイスまで送り届けてくれました。有難かったですね」

「いいお話を聞けて感動しました。山を登る人に国境はないんですね」

奈津子は俊介の話から、アルプスの六級と言われるルートを完登することは、アルプス周辺に住む人々にとって賞賛に値する快挙なのだということがよく分かった。

それにしても俊介たちの登山はいかにも危険なものであった。彼はまだ続けるつもりなのだろうか？

「奈津子さん、僕はあなたが明日お帰りになるというので、いろいろ話しましたが、……本当に言いたかったことを言います。僕はあなたが好きです。つらいビヴァークの中で、貴女のことを強烈に好きだと気づかされました。しかし山を降りて、危険を脱して、村への長い道のりを空腹と疲労でふらふらと歩きながら考えました。帰るところをつくろう、家庭を持とう——と。帰らなければならない家庭があることによって自分の登山はより安全になるのでは、と。帰国したら結婚しようと思いました」

「山田千代さんですね」

「はい、人並みに家庭を持とうと。だから貴女のことを忘れようと」

「分かりました。もともと私には愛される資格などありませんから。もう俊介さんとも明日でお別れです。以後も会うことはないと思います」

「明日チュウリッヒまで送ります」

「いえ、結構です。一人で行けます。一人になりたいのです」

奈津子はそう言い、次に自分でも押さえられない激情にかられて、

「私も俊介さんが好きです。今のこの気持ちを抑えることは出来ません。私に、……私に今夜だけ、最後に一度だけ、俊介さんの思い出をください」

そう言って椅子から立ち上がった奈津子は少しよろけた。俊介が立ち上がって彼女を支えた。俊介の目

の前に、涙を眸の中に留めきれずにあふれさせた奈津子がいた。

奈津子の白い顔にほんのり紅がさしていた。俊介は、若く、健康な身体をもつ若者であった。次の瞬間、奈津子は背中が砕けてしまうわないかと思うほど強い力で、俊介に抱きすくめられた。そしてその痛さを数倍上回る悦びが全身に駆け巡るのを感じていた。

7

闇の中にエンジン音だけが響いていた。

(何時頃だろう？)奈津子は薄暗い機内で時計を見た。チューリッヒ空港を飛び立って六時間が経過しているのは解ったが、時差を計算して何時ごろになるのか、頭がぼうっとしている奈津子には考えがつかなかった。

窮屈な窓際の座席《シート》にちぢこまっていては熟睡できず、ウトウトと浅い眠りを繰り返してきた。早く日本に帰りたい、と思った。白い雪山や瀟洒なアルプはまだ奈津子の脳裏に残っていたが、日本のたおやかな山並みや渓流が恋しかった。洗練されたスイスの街並みもよかったが、高山の古い町や、ごみごみとした東京の下町がなぜか懐かしかった。

十数時間前に、悦びの時間を持った記憶は、今や喪失感に変わっていた。その幸せだった時から逃げるように帰国の途についた。

(何処を飛んでるのだろう)

奈津子は左肩のカーテンをそっと引いて外をのぞいた。エンジン音が少し大きく聞こえ、左翼の翼がぼんやり見えた。地平線がかすかに白くなっている。東へ飛んでいるから夜明けは近いのかもしれない。

（シベリア上空あたりかしら……）

闇の底を見下ろしたとき、何か光が目に入ったような気がした。もう一度闇の中をさぐると、光は弱いがチカチカと光って、いくつかの集合体のように見えた。星も見えないし、地球も真っ暗なのに、そんな中にたった一つ小さな集落が？

奈津子はしばらくその光を見つめていたが、その頼りない光が急に自分自身のように感じられてきた。

（あれは私だわ。地球の中に……私はたった一人）

その奈津子を襲った孤独感は、それまで耐えていた悲しみを増幅して身体を駆け抜けた。激しい嗚咽を噛み殺しても、後から後から涙がこみ上げて来た。

終章　空からの下山

1

スイスから帰国後、奈津子は体調を崩して、一週間ほど休養を余儀なくされた。斉木麻衣が奈津子のアパートに様子を見に来たときも、奈津子はぐったりとベッドにもたれたままだった。

「どうしたの？　奈津子。スイスで風岡さんに逢えて気分をよくしているのかと思ったら、逆ね。疲れが出たのかしら？」

「ごめんね、心配かけて。軽い風邪だと思うわ。来週から仕事に出るつもりだから心配しないで。それより、さ来月はいよいよ結婚式ね」

「それまでに体調を万全にしておいてよ。奈津子の祝辞は欠かせないからね」

その十一月半ばの麻衣の結婚式で、奈津子は友人としての祝辞をなんとか果たし、緊張から開放されてほっとした気分で、勧められるまま慣れない日本酒を飲み、急に悪寒におそわれた。

トイレに駆け込み、吐いた。

このところの体調不良を、例の母からの遺伝の兆候かと疑ってきた奈津子だったが、最近になって他の原因かも知れないと気づき始めていた。

新婚旅行から帰った麻衣が土産持参で訪れて、奈津子を覗き込むようにして言った。

「奈津子、すこし顔色悪いようね。風岡さんとは切れたといったけど、私に何か隠してるんじゃない？」

「なにも隠してなんかいないわ。ただ仕事が上手くいってないの」

「そう。とにかく今までのことは早く忘れることね。奈っ津の仕事に張り切る姿を見ないと、せっかくの私の新婚気分もイマイチになっちゃうわ」

麻衣がおどけるように言った。麻衣は時に奈っ津と言ったり奈津と言ったりして、奈津子の気分を引き立てようとする。奈津子にはありがたい友情に厚い友であった。

「ごめんね。大丈夫よ。今、実はね、体を丈夫にするために山岳会に入ろうかと思ってるの」

「あら、まさか、まだ風岡さんの影響から抜けきれないんじゃないでしょうね」

「ちがうわ。私の目下の仕事は山の古道の取材でしょ？　山へ登ることが私にとって趣味と実益になるって気づいたの。もちろんロッククライミングなんかしないわ」

そう言いながら麻衣の土産の香水の壜を開けて匂いをかいだとたん、奈津子はうっと口を押さえて洗面所へ駆け込んだ。麻衣が追って、しばらく苦しむ奈津子の背中をさすった。

落ち着いた後、麻衣が真剣な顔で言った。

「奈津子、あなた、つわりじゃないの？　……月のモノは？　ないのね……」

奈津子はこっくりと頷き、今までひそかに感じていた不安を、すべてこの友人に打ち明け、ともに対処していこうと思い始めていた。

妊娠は三ヶ月目に入っていると病院で宣告された。麻衣といろいろ話し合ったが、奈津子に選択の余地はなかった。一人で子供を育てるという将来を幾度も思い描いてみたが、到底かなうことには思えなかった。

奈津子は今までの人生で最もつらい決断をし、わが身を医師にゆだねた。

翌年の春、奈津子は「朝霧山の会」という会に入会した。仕事の余暇に東京近辺の山を楽しむといった、比較的女性の多い会であった。自分の都合に合わせて、日帰りや一泊の山行に参加できるという気軽さが気に入った。

気の合いそうな女友達も数人出来、仕事の合間に誘い合わせては秩父や山梨の山へ出かけた。春の山の空気が奈津子を少し元気にしてくれたようだった。山に咲く花が、こんなにもきれいだったのかと、今さらながら驚かされた。

その山行の間に歴史に刻まれた古道を幾たびも通った。いわば奈津子は趣味と実益をかねた趣味を得たといえる。それに奈津子はつらい経験を通り抜けたことで、吹っ切れたように肩の力が抜けて来ている自分を意識した。

しばらく会社に迷惑をかけてきたが、彼女は峠の歴史もので少しは埋め合わせられたと思った。しかし取材を必要とするときは、登山のついででではやはりすまなかった。そういう時は今まで通り単独で行き、事物を見、地元の人の話を聞いた。

奈津子は将来フリーのライターとしてやっていけないものかと、ひそかに考え始めていた。女一人で生きていくには、何でもやらなければ、と思った。

仕事以外でも、奈津子が「朝霧山の会」の会報に書く紀行文やエッセイが好評だった。そういうものを含めて独立してやっていけないものだろうか。

麻衣に話すと、

「奈津子、最近意欲的になったね。元気になった証拠よ」と褒めてくれたが、「あまり焦らずにやることね」とちょっと膨らんできた腹をさすりながら言った。

麻衣の夫は大手の商社マンだから、生活には困らない。彼女は半年ほどして会社を退職し、秋口、無事女の子を出産した。

奈津子が自らの胎児を処分してからほぼ一年後だった。

「ほんと可愛いね、菜泉《なずみ》ちゃんは――」

麻衣が来たとき奈津子はその赤子を抱かせてもらって言った。まだ五ヶ月に満たない菜泉は人見知りもせず、奈津子のあやしに声をあげて笑った。

「意外と子供好きなのね」

「そう、子供は好きよ。みて！　恍惚として、何の憂いも邪気もない、天使のようだわ」

「なに言ってるの。それはおしっこかウンチのときの顔よ。ひとは排泄のときが一番幸せを感じるのかもしれないわ」

麻衣はそういいながら赤子を抱き取ると、産着をまくり、オムツをはずし始めた。

「ほら、案の定ウンチだわ。菜っちゃんよかったね、お腹すっきりして」

と手際よくお尻の始末をする。奈津子はすっかり母親になりきった麻衣の姿に感心しながら、置いてけぼりにされたような気分になっている自分を意識した。結婚も家庭も望んだことなどないのに、なぜか赤子は可愛かった。

奈津子は菜泉が成長していく姿を見るたびに、もし自分も堕胎しないで生んでいればその男の子は幾つになる筈だと現実にはありえなかったことを空想させられた。

麻衣は奈津子の内心の傷心に気づいていたが、口には出さなかった。奈津子も自身にも分からない喪失感のようなものを、心のうちに封じ込めた。

2

昭和四十六年の正月休みを、奈津子は自室でのんびりとテレビなど見て過ごした。

山の仲間からスキーや雪山のハイキングに誘われたのだが、それらを断って少し心身を休めたいと思ったのだった。親友の麻衣も二人目の男の子を生んで子育てに忙しく、最近は会うこともあまりない。

テレビで各地の山での遭難が伝えられていた。雪崩や猛吹雪に閉じ込められてのそれが多かった。

(風岡俊介も山へ入っているのだろうか……)ふと、最近はあまり思い出しもしなかった人を思い浮かべながら、昨夜買って帰った山の月刊誌を開いた。

見開きから雪山の写真がページいっぱいに続いている。こんな山に登れたらいいな、と羨望は感じるが、奈津子はそこまでは今のところ考えていない。

順を追ってページを繰ると、思いがけない記事が載っていた。一ページだからそんな大きな扱いではなかったが、岳陽山岳会がヒマラヤのプモ・リ（七一六一m）南壁登攀を目指して出発準備中というものだった。

メンバーの写真の中に風間俊介もいた。彼は登攀隊長としてのコメントを発表していた。

「社会人の山岳会で、しかも個人の出資での遠征であるから、短期間での登頂を目指さなければならない。一人百万円以上といわれているヒマラヤを、シェルパレスで一人三十万というのが我々の考え方です。登頂はそのとき体調の良い者が優先する。犠牲者は絶対出してはならない」

俊介らしいと思った。彼との短い交際の間にも、登山に対する考え方を聞いていた。彼はたかが趣味の山登りに、他人の寄付など貰えないと言った。すべて自己責任でやり、他に迷惑をかけてはならないとも言った。

写真によるとプモ・リは厳しい中にも白く優美な山容をしていた。世界で最も美しい山と言われている、とも紹介されていた。

奈津子はスイスで見たマッターホルンを思い出した。それは空に向かって白く、鋭く突き立っていた。この世のものと思えないくらい美しい、とそのとき思った。

半年後、岳陽山岳会のプモ・リ登頂は失敗に終わったことを、奈津子は山の月刊誌で知った。

俊介ならもう一度挑戦するのでは、という奈津子の予想は当たって、二年後の昭和四十八年五月、名古屋の登攀クラブによるプモ・リ南稜初登攀がテレビや新聞で報じられた。その登攀隊長を務めたのが風岡俊介だった。ついに彼は夢を達成したのだ、と奈津子は心のうちで祝福した。

当初、岳陽山岳会の目指した南壁はフランス隊に先を越されてしまったため、第二登に飽きたらない俊介は、名古屋の仲間に合同してまでも初登にこだわった末の結果だった。奈津子は俊介の執念を感じた。

その後も、俊介の噂は時おり耳に入ってきた。特別気にしていたわけではなく、山小屋に宿泊した折などに、静岡から来た人たちから岳陽山岳会の活躍ぶりが話されることがあった。静岡人の特徴のある訛りはすぐに分かった。

また御在所岳の山小屋で一緒になった名古屋の山岳団体の人たちの会話に、突然風岡俊介という名前が出た。俊介夫婦がなんと名古屋の郊外に住んでいたというのだ。話している一方の男が言った。

「とにかく変わった人だよ。ヒマラヤ遠征から帰って当然のように職を失い、今度は奥さんと二人の子供をつれて、岐阜の山村へ入って百姓を始めるというんだから——」

聞きながら奈津子は、俊介は確実に自分の人生を生きている、と思った。かつて俊介を追って、その生き方に影響されたこともあった。そのハードな生き方に圧倒された、と言った方がいいかもしれない。

農業を志望して長野の農家へ研修に行ったという千代だから付いていけるのだろう。いや、あるいは千代は今、苦労しているのかもしれない。新婚早々からの二度のヒマラヤ遠征を、彼は自費でやるといっていたから、留守を与る千代は子供を抱えてどう生活していたのだろう。

そんなことを考えながら、奈津子はいまだ彼を忘れていなかったことに気づく。彼を男として忘れられないのではなく、自らの信念を貫くその生き様が気になるのだ。

私も自分なりの人生を生きていこう、と奈津子は思った。自立しようという、予《か》て《ね》からの希望を叶えようと思い切って会社を退職した。もちろん編集長の佐治には今まで通り原稿を書かせてくれとお願いした。

「君ならやれるだろう」

と、佐治は快くオーケーしてくれ、他の出版社の知り合いも紹介してくれた。もちろん「一本立ちは生易しいものじゃないよ」と釘を刺すことも忘れなかった。

奈津子は山の月刊誌等にも原稿を寄せ、少しずつ仕事を開拓していった。しかし無理はせず、あくまでマイペースを保とうと心がけた。

風岡俊介とは、その後会うことはもちろん、噂を聞いたこともなかったが、昭和五十五年の八月もあと一週間を残すだけとなった二十五日の夜、思いがけない彼からの電話が奈津子を驚かせた。俊介は奈津子の前いた出版社に問い合わせて居場所を知ったと言い、前穂の東壁を登りにいくが同行するか、と素っ気ない口調で言った。

それ以上の会話はなく、日時だけを記したメモ用紙を、奈津子はしばらく茫然と眺めていた。もともと俊介のぶっきら棒さは、照れの裏返しだということを、奈津子は過去の経験で知っている。

すっかり忘れてしまっていたが、彼はいつか奥又白池を見たいといった奈津子の願いを、律儀にも忘れなかったらしい。それにしても明後日というのはいかにも急だった。しかし、奈津子の仕事は個人営業みたいなものだから、何とでもなる。やはり俊介の誘いは嬉しかった。

3

上高地の河童橋の畔で、奈津子は十三年ぶりに俊介と再会した。梓川の上流に穂高連峰が空を圧していた。

「お電話ありがとうございました。お元気そうですね」

約束の九時少し前に現れた俊介に奈津子が言った。彼の後ろに背は俊介より少し低いが、精悍そうな若者が従っていた。

「やあ、どうも……。こちらは笹野君。急に前穂が決まりましたのでね。さあ行きましょうか」

と俊介は照れたように言って、さっそく歩き出す。後ろを歩きながら笹野が笑顔で挨拶した。

「笹野太一です。よろしく。ライターをなさってるそうですね。俊介先輩から聞いてます」

陽気な性格らしい。梓川沿いの平坦路を、前を行く俊介に数歩遅れて、奈津子はもっぱら笹野と会話を交わしながら歩いた。

笹野の話から、俊介の現状の一端が見えてきた。彼はヒマラヤから帰って岐阜の山村の農家に住み込んで手伝いをしていたが、独り立ちしようと開墾を目指した。そこへ実家の長兄が家を出てしまったという報が入り、帰郷して親族会議の結果、次男の俊介が実家に入ることに決まったという。

さんざん心配をかけてきた老父母に、ここらで親孝行をしなければという俊介の思いは、奈津子に想像できた。

「俊さんは実家の納屋を改造して、平茸《ひらたけ》の栽培をはじめました。なにしろ頑張り屋ですからね、夜昼働いて、今は順調にいってるようですよ。ところが山への情熱は相変わらずで、去年岩登りの訓練中、転落して大怪我をしました。再起を危ぶまれましたが、もうあのとおり元気です。だけど最近少しあせってるようにも僕には見えます。今回の前穂東壁も、来年のヒマラヤの訓練です」

先を行く俊介が振り向いて言った。

「おい、無駄話してないで、早く歩け」

道は梓川に架かる新村橋を右岸に渡った。荒涼とした河原を渡り返しながら行く。日差しが強く、汗が吹き出た。前方に前穂の北尾根が岩峰を連ねている。

松高ルンゼの取り付きで一休みした。食パンをかじりながら俊介が言った。

「貴女の『歴史の山道』、読ませてもらいましたよ。面白かった。あれから大分山へ登ったようですね」

奈津子はフリーになってから二冊本を物していた。その一冊を読んでくれていたと知って、嬉しかった。

「俊介さんこそ、プモ・リ、おめでとうございます」

「ありがとう。自分は頂上へ立てなかったですけど……」

「俊さんたちの二次アタックのときは天候が悪化してましたから。先輩は登攀隊長の任務を立派に果たしました」

横で笹野が俊介を弁護するように言った。俊介は苦笑いして、

「太一、ザイル用意してくれ。奈津子さんを間に挟んでお前がトップだ。さあ行こう」

と立ち上がった。

白い石のルンゼが続いた。下山する三人パーティーと行き会った。岩場になると、奈津子はザイルにつながれて笹野に確保された。やはり自分一人では登れないコースだった。

ルンゼを乗り越えた岩棚にケルンがあった。俊介がその前で手を合わせて、黙祷した。奈津子と笹野も黙ってそれにならった。雪崩遭難で逝った俊介の仲間、小山を悼んで積んだケルンに違いないと奈津子は思った。

奥又白池に到着したのはまだ陽の高いうちだった。池は尾根上にひっそりと佇んでいた。晩夏の池畔には人っ子一人居なかった。

少し上の高みに上ると、前穂北尾根の全貌が望めた。峨々たる岩の積み重なりだった。

正面が前穂東壁だった。俊介と笹野は岩壁の襞々を指差しながら会話を交わしていた。明日のルートを検討しているのだろう。

「これがあの『氷壁』の舞台になったところね」

奈津子はつぶやいた。屏風のように衝立する岩壁だった。彼らは明日この何処を攀って頂上に行こうとしているのだろう。奈津子には異質な世界であった。

(私にはあのオアシスのような池の方がいいわ)

奈津子は緑の山陰を映す池を見下ろして思った。はるか下に梓川の流れが見えている。

夕刻、その池畔に張ったツエルトの脇で、二人の男がラジュースに点火して食事の支度を始めた。手助けをしながら、奈津子は最近にない安らぎの時を過ごした。

かつてこんな素朴な、安らかな食事の時間を持ったことがあっただろうか――笹野のよそってくれた味噌汁とカレーに箸をつけながら、奈津子は思った。

「奈津子さん、此処を気に入ってくれましたか？」

笹野が食器を洗いに水場に出かけた後、俊介が言った。

「ええ、もう。私の人生で最高の時間を過ごさせてもらってます」

「よかった。何か貴女には借りがあるような気がずっとしていましたから……。まだ独身でいるのですか？」

「はい、それは私の信条ですから。もうそのことは言わないでください。それより、以前四十歳になったら危険な山はやめるって聞いた覚えがありますけど、失礼ですけどもうその辺りに来ていませんかしら」

「よく憶えてましたね。今、三十九です。来年ヒマラヤのアマ・ダブラムへ行きます。そうしたら……」

「危険な山なんでしょうね。大怪我なさったたって聞きましたけど。くれぐれも無理なさらないように」

「ありがとう。明日は未明に出発しますから、貴女はゆっくり寝ていてください。僕は昨夜寝てないから、先に寝ます」

暗くなって早々に俊介はテントに入り、笹野太一と奈津子は戸外に取り残された。

「俊さんは僕が今朝三時に車で迎えに行ったら、まだ仕事してました。明日も登攀が終わったら夜がけで帰る予定なんですよ」

「強行軍ですね」

「いつもそうです。俊さんは、仕事も山も手を抜きません。奥さんが三人の子供を見ながら、よく付いていくと感心しますよ」

奈津子は千代の顔を思いだした。自分に比べて、千代は大変な人生を歩んでいる、と思う。

(明日は〝氷壁の宿〟徳沢園に泊まろうかな)などと考えながら奈津子は空を見上げた。

「星がきれいですね。私、こんなたくさんの星を見たことあったかしら」

黒々とした稜線の上の空が、星屑に埋め尽くされていた。

「ここは山に囲まれているから、夜空がきれいなんですね。もう秋が近い感じですね」

笹野太一が言った。

「ほんと……」

奈津子は夜の深山で星の煌めきを見上げながら、今日知り合ったばかりの若者と時を過ごしているのに、少しも屈託を感じなかった。

4

寝袋の中で、奈津子は平和な眠りをむさぼっていた。俊介に借りた寝袋だった。

未明に笹野と俊介がごそごそと準備をし、テント場を後にしたのを夢うつつに聞いていたが、そのあとぐっすりと寝入ってしまったのだ。

奈津子は夢の中にいた。スイスの町ツェルマットの夕べ、奈津子は俊介と北壁を赤く染めたマッターホルンを見上げていた。空は白く、限りなく美しい夕景だった。

奈津子の幸せな時間はそこまでだった。

ガラガラと岩を踏む気配に夢を覚まされたのは、戸外が薄明るくなった時刻である。

「俊さんが墜ちた！」

ツエルトをめくると、血相を変えた笹野太一がそこにいた。息を弾ませている。

瞬間奈津子は事態が理解できずに、呆然と笹野の顔を見ていた。

「ツエルトをたたんで現場に移動します」

と笹野が言ったことで、容易ならざる事態が起こったことが察せられた。あの風岡俊介が墜ちたというのだろうか？

奈津子も、出来るだけの荷物を持って笹野の後に従った。尾根を越え、谷に下りて行く。急な草つきのガレ場を横切る。

俊介は草地の斜面に寝かされていた。ずり落ちないよう近くの岳樺と結んだザイルに確保されている。

「俊さん、大丈夫ですか？」

「風岡さん、しっかりしてください」

笹野と奈津子が交互に俊介の耳元に問いかけた。朦朧としていた俊介は薄目を開け、「うーん」とうめくような声を上げた。

「俺はどうなったんだ……」

「墜ちたんですよ。あそこの壁の下辺りから」

笹野太一が岩壁を見上げて指差した。霧が這って、岩壁の全容を隠していた。俊介には見る気力もないらしく「寒い」と又目を瞑ってしまう。笹野は俊介の体を寝袋で包みながら、奈津子に起こった状況を手短に説明した。

東壁に取り付く手前だったからまだアンザイレンしていなかった。小さなハング状の岩に三本の残置ザイルがぶら下がっていた。トップの笹野がその三本を握り、そこを難なく乗り越した。

続く俊介がそれに習おうとしたとき、突然こぶし大の落石が笹野を掠めて落下した。石は俊介を襲い、二本のザイルを握ったまま彼は四十メートルほど転落した。ザイルはハーケンごと抜けてしまったのだ。

「あそこまで墜ちたのです」笹野が残雪のある谷を指して言った。「重い俊さんを背負ってやっと安全なここまで移動したのです。どうやら頭と腰骨、肋骨も折れているようです」

そう言ってから笹野は奈津子を見つめ、真剣な顔で言った。

「いいですか、三木さん。僕は救援を要請しに徳沢まで行きます。貴女は俊さんの傍を離れないでください。出来ますか？」

笹野はいろいろ注意点を指示したあと、あわただしく去っていった。奈津子は俊介と二人残された。いや、一人取り残されたような気がして、改めて周囲を見回した奈津子は、自分の置かれた場所が荒寥としたガレ場の真っ只中であるのを知り、身震いした。

しかし今は、笹野が救援隊を連れてくるまで、何とか一人で頑張らねばと思い直した。重傷を負った俊介は自分一人が頼りなのだ。

彼女は俊介の頭から顔に流れている血をそっと拭き、

「何か食べますか？」

と聞いた。俊介はかすかに首を振り、唇を舐めるしぐさをした。ジュースを取り出し、唇に当てるとするように数口飲み、頷くようなしぐさをした。瞬間微笑んだように奈津子には見えた。そして再び昏睡に落ちていった。


俊介は夢の中にいた。

海鳴りがしている。

海は荒れているようだ。

「明日は間違いなく欠航だ。俺も漁に出るのはやめるから、ゆっくりしていきな」

漁師はそう言って、また酒を注いだ。

最果ての孤島、利尻。吹雪の中を三日かけて利尻岳を登頂し、下山して島を半周した。四晩目のビヴァークをしようと、ツエルトを張っているところに通りかかった漁師に話しかけられた。

「こんな雪の中に寝るのか？　よかったら俺の家に来い。あばら家だけど寒さはしのげる」

と親切に言ってくれた。少し酒をいただき、温かいご飯を腹いっぱい食べた。俺は岩と雪の山へなぜ挑戦するのかを語り、漁師は生活のため何時荒れるか分からない海へ乗り出す心情を語った。

「天気がいいと思って船出しても、突然の波で転覆して命を落とした漁師は、何人かいる。船といっても荒れる海の中では木の葉のようなものさ」

大自然を相手にする厳しさを漁師は語った。

それを克服したあとの楽しさには共通するものがあった。翌朝、漁師の言ったとおり海は大荒れ、稚内への船は欠航した。

あれはずいぶん若い頃だった。俺はあの素朴で親切な漁師に、大自然の厳しさとそれに対処する心構えを教えられたはずだった。

あれから幾たびか危険の中に身をおき、死を予感したことも正直幾たびかあった。いや危険を冒すことによって、生きる喜びを実感したといった方がいい。

北岳バットレス中央稜の下で吹雪に阻まれ、無念の撤退を余儀なくさせられた場面や、甲斐駒赤石沢奥壁を狙った冬季合宿で雪崩に襲われ、テントごとピッケルから靴まで流され、ほうほうの態で脱出した場面やらが、走馬灯のように蘇った。

そしてあのピッツ・パディレ北東壁での、嵐の中のビヴァーク……、プモ・リの急峻な氷壁……、

「俊介さん……」

誰かが呼んでいる。薄く目を開けると、奈津子の顔があった。此処はスイスなのか？

「良かった。気が付いたようですね。しっかりしてください。今､笹野さんが救援を呼びに行っています」

俊介は声が出ない。奈津子の背後の雲間に青空が見えている。日が当たった奈津子の顔が美しい。俺は

美しいものが好きだ。あのプモ・リも限りなく美しい山だった。その美しい山に二度も逢いに行った俺は幸せ者だ。

来年行く予定のアマ・ダブラムも険しいが、美しい。

こうしてはいられない。いったん帰宅して来年の遠征の支度に掛からなければ……。

人声がしだした。

いつの間に夜になったのか、闇の中にヘッドランプの光が交錯している。山岳会の誰彼の声がする。俺の救助に駆けつけてきた仲間たちだ。

長い間苦楽をともにしてきた仲間の声が、一人〳〵聞き分けられた。

会長が何か言っている。

「ヘリは要請したのか？」

「もう一つの遭難現場に行っていて、今日は無理でした。明朝晴れれば出動しますが、ヘリが近づける場所まで俊さんを移動させてくれとのことです」

「よし、あの尾根まで上げるぞ」

空が白み始めた時刻、会長の指図で全員が動き始めた。

(もう少しだ。頑張らねば。待っててくれ。じきに帰るから……)

俊介の脳裏に目の中に入れても痛くない、愛する三人の娘の顔と、妻、両親の顔が次々に思い浮かんだ。

5

奈津子は、昨日からのことを回想した。奈津子の傍らで、俊介は昏睡と覚醒を繰り返した。気が付いたときは歯を食いしばって、「ありがとう」「悪いね」と感謝の言葉を繰り返した。食欲はないらしく、ジュースだけを美味《うま》そうに飲んだ。奈津子は為すすべもなく、益になるかどうかも分からない慰めの言葉を言い、彼の体が草つき《ブッシュ》の斜面からずり落ちないよう確保するのに気をくだいた。

(助かってほしい。なんとしても……)奈津子はそれだけを念じた。

かつて一度は恋したことのある男であった。それももう遠い過去のことで、奈津子の中ではとうに整理がついている。しかし今も彼の生き方に感銘し、畏敬の念を抱き続けてきている。

笹野が二、三人の山岳救助隊員を伴って現場に来たのは午後も三時を回ってからだった。彼らは、あれこれ救助の手段を話し合っていたが、良い方法は見つからなかった。

夜になって、九時過ぎ、岳陽山岳会の会長はじめ七、八人が、それからも未明にかけて続々と会員たちがやってきた。静岡県の富士宮市から甲府へ出て、中央道の塩尻峠を越えて来たのだろう。奈津子は女性も混じった会員たちの行動力に感嘆した。

奈津子は俊介を会員たちに任せて、少し離れた潅木に体を預けて座った。雨具に包まれて目を瞑ってみたが、眠るどころではなかった。全身に疲労を感じていたが、神経だけが冴えていた。ただただ俊介の無事を祈りながら、ひたすら夜明けを待つしかなかった。

夜がすっかり明けて、岩峰を朝日が染めた。しかし景色を眺める余裕はない。

会長の指示で俊介を高みに移動したとき、「うっ!」とうめき声をあげた。慌てて人工呼吸が繰り返された。何とか助かってくれ、というのがここにいる全員の気持ちだった。

ヘリがやってきた。「木を一本伐らないと近寄れない」と指示が来て、ヘリはいったん去った。岳樺の木が伐られ、二度目の飛来で、ハンモックに包まれた俊介の体は尾根を離れ、舞い上がった。ヘリは岩壁をかすめて飛び去った。

一行は重い足取りで下山にかかった。

「俊さんがあんな箇所《とこ ろ》で堕ちるなんて——」

誰かが言った。

「何故アンザイレンしなかったんだ」

「トップが残置ザイルをよく点検したのか」

などという言葉が聞こえてきた。誰もが、重傷を負った、いや、生死の境をさまよう俊介を案じての言葉に違いなかった。

奈津子はそれを聞く笹野の心情を思った。それはとりもなおさず、俊介に対する鞭にも聞こえた。

松本の病院から無線が入ったのは、奇しくも故人を悼んで積まれたケルンのテラスまで下った時だった。

無線の受話器を切って、会長が沈痛な声で言った。

「病院で……、死亡が確認された」

山が沈黙に包まれた。

6

一年後の八月末、奈津子は徳本峠小屋に一泊後、霞沢岳に向かった。この日は先導する者は誰もいなかった。

(あれから十四年近くが経つ……)奈津子は指を折って、俊介の後を追って歩いた遠い日の記憶をたどった。

(私の前を、あたかも山と同化しているように歩いていた人が、あんなにあっけなく死んでしまうなんて……)幾度も繰り返した愚痴めいた回想であった。

一昨日、俊介の墓に線香を手向けてきた。墓は風岡家の裏手の、平茸の栽培小屋を見下ろす畑の中にあった。

若くして未亡人になった千代が、線香に火をつけてくれた。

「この土地へは三度目なんですよ。一度は信長の首塚のある本門寺に取材で、二度目は風岡さんのお葬式で。あんなに大勢の人が集まったお葬式、初めて見ました」

庭に入りきれない人たちが村道を埋めていた光景を、奈津子は思い出しながら言った。

千代は「その節はいろいろお世話になりました」と礼を言い、「ご近所や親戚のほかは殆んど山の友人です。岐阜や名古屋の人たち、遠く仙台から駆けつけてくれた人もいました」

葬式の間も涙ひとつ見せなかった千代を、奈津子は強い女性《ひと》だと思った。以後も義父母と三人の娘を抱え、従業員二人と忙しい日々を送っているという。

その傍ら千代は俊介の遺した原稿と、自らの手記を載せた遺稿集『孤高と大地』を自費出版していた。奈津子は山岳会を通じてその本を手に入れていた。

俊介のは膨大な山の記録であり、千代のそれは結婚生活の喜びと苦闘の手記だった。

「遺稿集『孤高と大地』読ませていただきました。孤高の山を目指した俊介さんと、あくまで大地に根を張ろうとした千代さんの心情に心打たれました」

「ありがとうございます。主人はその両方を求めていたような気もします」

「お仕事、お忙しいようですね」

「忙しくて泣いてる暇もありませんでした。でもね――」

と、瞬間笑顔を消した千代は、

「夜、布団の中で一人で泣いてたんですよ」と言った。

少女が駆けてきて千代にまつわりついた。

「次女の梓です。小一の甘ちゃんでーす」

と言っておどける千代を、少女はけたたましく笑いながら打った。

「この娘《こ》がね、山から降りれなくなったらハングライダーかヘリコプターで降りれば？　ってパパに言ったことがあるのよ、ね？」

少女は大声で笑いながら、あかんべえをし、逃げ去った。

「その通りになっちゃったわ」

そう呟いたあと千代は、

「短い間だったけど、いっぱい思い出を残してくれました。彼の残してくれたきのこ栽培の仕事が、これからの私の生き甲斐です」

奈津子はそう言って微笑む千代に、逆に勇気をもらった思いで、別れを告げた。

昨日、峠への道は以前の時と違って暑く、大汗をかいた。

「三木秀綱夫人遭難の碑」は改修されて立派になっていた。奈津子はその碑の前で手を合わせた。

(私は貴女と同郷の高山から来ました。どうか安らかにお眠りください)


霞沢岳の一峰、K1ピークに着いた。奈津子は汗をぬぐって目の前に広がる山並みに目をやった。あれから奈津子はその中の幾つかのピークをこの足で踏んできている。

自ずから山を見る目が違っていた。奈津子は懐かしい思いで、個性のある山の一つ一つを眺めた。穂高連峰は夏雲の下、相変わらず険しい山容を連ねていた。

「あの岩壁から、俊介さんは何処かに舞って行ってしまったのだわ」

一年前、図らずも俊介の死に立ち会ってしまった奈津子は、前穂の辺りに目をやって呟いた。

十四年前のあの日、俊介は岳友の死を悼んで此処にやってきた。奈津子はそのとき俊介が立っていた辺りにザックを下ろし、中をさぐって、ある物を取り出した。

小さな石造物。愛らしい、子供の顔をした石地蔵だった。奈津子は取材で知り合った造形家に依頼して、自らが描いたイラストを石に彫ってもらった。奈津子はその石地蔵を前穂の方角に向けて、ハクサンフウロの咲く草むらの中にそっと置いた。

「しゅん君、お別れね」

奈津子の堕ろした胎児は、彼女の意識の中で成長していった。親友麻衣の長女、菜泉が成長するのに合わせるように彼も成長した。三歳、七歳、十一歳……と。

俊介が遭難死してから一年、奈津子は、自らが意識の中で名づけた「しゅん」が成長を止めてしまったことに気づいた。時おり現れる夢にも、出なくなった。奈津子はしゅんとの別れを決めて、今日此処へやって来た。

「しゅん君、私もまだ花の中年よ。もうあなたとお別れして恋のひとつもしなきゃ、という心境なの」

新しく始めたいこともあるし、前に進んで生きるわ——奈津子はそう呟いてそっと石地蔵の頭をなぜた。

梓川の冷涼な空気を運んで吹き上げてくる風が、ハクサンフウロの草むらを揺らした。


（了）

※この作品は、北ア唐沢岳幕岩で転落遭難死した義弟、望月忠の追悼遺稿集『孤高と大地』を下敷きにした創作《フィクション》です。
昭和三十年から四十年代の、山に中高年登山者の姿が稀だった時代、山にあこがれ、より困難なルートに情熱を燃やした若者たちがいた。——その一端を書きたかったのです。

あとがき

定年後、しばらく中断していた山登りを再開し、入会した山の会の会報に紀行文など書いていたが、ある時、山から帰って、その記録を書こうとしたが、なかなか筆が進まない。山で感動したことを読む人に伝えるのは意外にむずかしい。ただ「景色が素晴らしかった」と言っても読者には通じない。

そこで、途中からいっそ小説にしてしまったら、と考えて書いたのが「黒部白竜峡」である。市民文芸に応募したら、佳作に入った。欠点だらけだとは思うが、初めての小説という意味で懐かしい。

次に、自らの山への思いを込めて「雁坂峠」を書き始めたが、どう書き進めたらいいのか悩み、暫く（半年ほども）、放っておいた。

あるとき、法事で墓石に映る自分の影をぼんやり見ていて、これが他人だったら面白い、小説になるのではと、過去に登った早池峰山への山行を絡ませたのが「遠野の一夜」で、それが先に出来てしまった。

「ケルンの墓」は黒部第三ダムの工事に材をとり、「残照」はわが母へのレクイエム、「岩壁に舞う」は遭難死した義弟の遺稿を下敷きに、彼の半生を浮かび上がらせようと試みた。

手紙を書くことさえ苦手な私が、定年後の足掛け十三年にわたって、折に触れ、呻吟しながら、何とか仕上げた作品たちである。小説の中に、私の山への思いを少しでも感じていただけたら望外の喜びである。

どの作も小説という形式である以上、フィクションである事は申すまでもありません。

昨今、自然がどんどん後退している感がする。富士山が世界文化遺産に登録されたはいいが、両県で登山者の数を競い合っているような現状で、どうして富士山の自然を守れるというのだろうか。極論だが、スカイラインをすべて無くしてしまえばいい、とさえ思っている。

市民文芸の枚数（市の原稿用紙三十六枚）をオーバーした三作は、白山書房の季刊誌『山の本』に送ったら、運よく採用していただいた。連載中は箕浦編集長ほかスタッフにずいぶん訂正、ご指導をいただき、ありがたく感謝している。

私のつたない作品集を立派な本にしていただいた羽衣出版の松原さん、素晴らしい挿絵を描いてくださった小野里匡笑さん、ありがとうございました。

最後に、わがままをいつも見守ってくれたわが妻に一言、感謝。

〈著者紹介〉
内藤　康生　（ないとう　やすお）
1939 年、静岡県富士宮市生まれ。
高卒後、数種の職業を経て、スズキ自販静岡に 35 年勤務。
趣味は、読書・登山。
あさぎり山の会 OB、富士宮つばき同好会々員。
〒 418-0022　富士宮市小泉 501-3
TEL 0544-25-2979

岩壁に舞う

平成二十七年三月二十六日発行
定価　本体一三八九円＋税

著者　内藤　康生
発行　羽衣出版　松原　正明
〒四二二—八〇三四
静岡市駿河区高松三二三三番地
TEL〇五四・二三八・二〇六一
FAX　〃

ISBN978-4-907118-17-4　C0093 ¥1389E

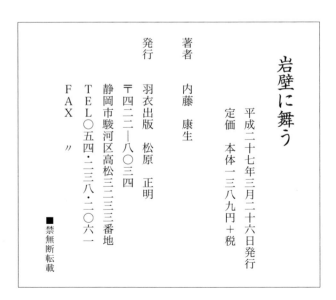